LA CONQUÉRANTE

DU MÊME AUTEUR

Crystal Palace (J.-C. Lattès), roman, 1985
Les Belles de Cocteau (J.-C. Lattès), document, 1995
Darjeeling (J.-C. Lattès), roman, 1996
A l'ombre des amandiers (Presses de la Cité), roman, 1997
Du côté de Pondichéry (Presses de la Cité), roman, 1999
Un siècle de femmes, en collaboration avec Véronique Lesueur (Le Pré aux Clercs), album, 2000
La Rose des vents (Presses de la Cité), roman, 2000
Une histoire de l'amour, en collaboration avec Véronique Lesueur (Le Pré aux Clercs), document, 2001
Les Nuits du Caire (Presses de la Cité), roman, 2001
Le Regard du sphinx (Presses de la Renaissance), roman, 2002
Ne disons pas au jour les secrets de la nuit, en collaboration avec Jean-Paul Gourévitch (Presses de la Renaissance), roman, 2003
Le Roman de Jeanne (Le Pré aux Clercs), roman, 2003
Cap Malabata (Presses de la Cité), roman, 2003
Et tout me parle de vous (Presses de la Cité), roman, 2004
Mes nuits ne sont pas les vôtres (Presses de la Cité), roman, 2005
La Belle et la Bête, les coulisses du tournage (Le Pré aux Clercs), album, 2005
Plaisir d'amour, en collaboration avec Jean-Paul Gourévitch (Le Pré aux Clercs), album, 2006
Jouez cœur et gagnez (Presses de la Cité), roman, 2006
Du côté de Bombay (Presses de la Cité), roman, 2007
Les Fous de lumière I, Hortense (Archipel), roman, 2008
Les Fous de lumière II, Hortense (Archipel), roman, 2008
Il nous reste si peu de temps (Presses de la Cité), roman, 2009
Jean Cocteau, archéologue de sa nuit (Textuel), album, 2010

Dominique Marny

LA CONQUÉRANTE

Roman
Nouvelle édition

Terres de France

PRESSES
DE LA CITÉ

Cet ouvrage est la réédition, revue par l'auteur, d'un roman publié en 1988 sous le titre *Les Orages désirés*.

ISBN 978-2-258-08773-6

A ma fille, Laure

1

Le front collé à la vitre, Judith soupira. En contrebas, s'étalait le mail où ni passant ni véhicule ne venaient rompre la monotonie de ce triste dimanche. L'avant-veille, elle avait fêté ses vingt ans. Sa mère envisageant son veuvage avec courage, le moment était venu d'employer tous les moyens pour quitter la bourgade natale.

Abandonnant son poste d'observation, elle fit les cent pas dans la chambre où le souvenir du père décédé était omniprésent. De l'index, elle caressa la photographie barrée d'un nœud de crêpe noir sur laquelle un homme d'une cinquantaine d'années, en uniforme de capitaine, souriait.

Le grincement de la grille la tira de ses pensées. Revenant à la fenêtre, elle aperçut son amie Marthe qui traversait le jardin.

Alors qu'elle lui ouvrait la porte du vestibule, celle-ci s'écria, les yeux brillants de joie :

— Il est là !

Judith ne semblant pas comprendre, elle ajouta :

— Christophe, voyons ! Une ambulance l'a ramené de Paris. Il m'a suppliée de venir te chercher.

Marthe avait toujours voué une admiration sans bornes à son frère aîné. Trois mois avant l'armistice, Christophe avait été blessé pendant la bataille de l'Ailette et l'on avait craint pour sa vie. Une balle avait touché la colonne vertébrale, le privant de sa motricité. Néanmoins, les médecins s'étaient montrés optimistes. Avec du temps et beaucoup de volonté, le convalescent récupérerait une partie de ses mouvements. Son retour marquait la fin d'un interminable séjour au Val-de-Grâce.

Judith décrocha sa pelisse d'une patère, posa sur ses cheveux un volumineux chapeau et, les mains enfouies dans son manchon de renard, suivit Marthe dans la rue.

Silhouettes sombres et frileuses, elles marchaient avec précaution sur la chaussée verglacée quand Judith posa la question qui la perturbait :

— Comment va-t-il ?

— Son moral est excellent !

Depuis la semaine qui avait suivi la mobilisation générale, quatre ans et demi plus tôt, Judith n'avait pas revu Christophe. Une correspondance régulière les avait liés jusqu'au moment où elle avait pris une allure trop sentimentale de la part du garçon. Le front, l'ennemi, la peur de la mort et la perte de compagnons avaient exalté une affection qui, pour elle, ne relevait que de l'amitié. D'autant que l'image d'un autre homme l'habitait depuis des années. Certes il y avait eu, durant leur adolescence, des promenades main dans la main le long de l'Indre, des baisers furtifs dans des sentiers dérobés, rien pourtant qui engageât l'avenir... Christophe avait-il révélé ses espoirs à sa famille ? Judith était tentée de le croire : depuis quelques mois, les Delorme l'entouraient d'égards réservés à une future belle-fille.

A mesure qu'elles approchaient de la maison située au pied de l'abbaye, Judith sentait les battements de son cœur s'accélérer. Prétextant le trottoir glissant, elle ralentit l'allure.

— L'infirmière qui l'a accompagné nous a vanté sa force d'âme. Jamais il ne se plaint, lui disait Marthe.

Devant la porte des Delorme, des femmes vêtues de noir bavardaient, insensibles au froid. De loin, elles ressemblaient à un groupe de corneilles. A la vue de Judith leurs commentaires s'intensifièrent et elles ne s'arrêtèrent que le temps de la laisser passer.

Certaines de leurs amies ou voisines avaient investi l'antichambre et le salon. La plupart avaient donné à la France un époux ou un fils, souvent les deux. Depuis le 1er août 1914, de nouvelles responsabilités s'étaient ajoutées à leurs tâches habituelles. Leurs conjoints éloignés ou disparus, elles avaient dû prendre en main les rênes du pays. Beaucoup s'étaient initiées aux cultures ou au négoce, domaines qui jusque-là leur étaient demeurés étrangers. Ce débordement d'activités les avait forcées à surmonter l'inacceptable, des années d'horreur marquées par le décès d'un million et demi d'hommes sacrifiés à Verdun ou sur la Somme, des milliers de blessés, de mutilés qui aujourd'hui leur rappelaient le goût amer de la victoire.

Eclairée par des lampes à pétrole, la pièce ressemblait à une crypte. Assise très droite sur une chaise, la bibliothécaire chuchotait à sa voisine les détails soutirés à leur hôtesse sur l'état de son fils. A ses côtés, l'épouse du médecin intervenait pour donner, par procuration, un avis médical que les deux autres écoutaient avec intérêt. Dans un coin reculé, la mercière, connue pour son émotivité, se tamponnait les yeux avec un mouchoir de dentelle. Quant à la grand-mère Delorme, elle bénéficiait d'un auditoire asservi. Saluer Judith comme un membre de la famille lui donna une occasion supplémentaire de se distinguer.

— Ma chère enfant... Comme vous devez remercier le Seigneur de vous l'avoir rendu !

Une colère qu'elle ne pouvait ni ne voulait maîtriser envahit la visiteuse.

— Depuis la mort de mon père, je ne remercie plus le Seigneur.

Dans l'escalier, Judith et Marthe croisèrent l'infirmière qui leur donna l'autorisation d'entrer chez le convalescent.

— Le voyage l'a éprouvé. Montrez-vous raisonnables.

Une odeur pharmaceutique les surprit lorsqu'elles pénétrèrent dans la chambre. Madame Delorme, debout près du lit, s'en écarta pour venir à leur rencontre. Afin de lui démontrer son affection, elle embrassa Judith. Celle-ci lui rendit son baiser avec distraction, attentive à la silhouette allongée sous les épaisses couvertures. Une main aux doigts amaigris se tendait vers elle et, dans un élan, elle s'en empara. Un visage émacié, dont elle ne reconnut que les yeux bruns, lui souriait. Qu'avaient-ils fait du garçon robuste et passionné de sports qu'elle avait connu ! Le fantôme de Christophe la contemplait avec un regard trop brillant. « Pourvu qu'il ne pleure pas », se disait Judith, accrochée à cette pensée. A la recherche d'une diversion elle se retourna, mais vit qu'on les avait laissés seuls.

— Ne crains rien, murmura le blessé qui avait perçu son affolement. Tu verras, on s'habitue. Assieds-toi, proposa-t-il en désignant une chaise.

Un moment, ils demeurèrent silencieux, attentifs chacun à leur nouvelle apparence. Peu à peu les souvenirs disparaissaient, laissant place pour l'un à l'admiration, pour l'autre à la pitié. Face à la métamorphose de Judith, Christophe se sentait intimidé, démuni. Le visage qu'il avait chéri pendant leur séparation n'avait été que le joli brouillon de celui qu'elle lui offrait. Avec émotion, il détailla le front obstiné, les grands yeux bleu foncé qui l'observaient avec acuité, le petit nez droit, la bouche entrouverte sur des dents éclatantes et dont une minuscule cicatrice soulignait la commissure. Les années de guerre avaient creusé ses traits, les débarrassant des dernières rondeurs de l'adolescence. Sous le chapeau noir, rebelles à toute discipline, des boucles s'échappaient du chignon. Les vêtements de deuil accentuaient la pâleur du teint.

— Pourquoi as-tu brutalement cessé de répondre à mes lettres ? lui demanda-t-il, incapable de différer cette question. Es-tu consciente du mal que tu m'as fait ?

— Oui, répondit-elle sans chercher à se dérober.

Cette franchise surprit Christophe, accoutumé depuis qu'il avait reçu sa blessure à des attentions particulières.

— En quoi t'ai-je déplu ?

— Je ne supportais pas le tour qu'avaient pris nos relations.

Il tenta de se redresser sur un coude.

— Veux-tu que je remonte tes oreillers ? proposa Judith.

Ce geste, elle l'avait accompli des centaines de fois à l'hôpital de Tours où elle avait soigné des militaires. Jour après jour, elle avait pansé des plaies, apaisé des douleurs et s'était rendu compte qu'on s'habituait à toutes les misères. Penchée sur Christophe, elle respirait son odeur d'homme confiné dans l'infirmité...

— Dans quelques mois, je serai tel que tu m'as connu, annonça-t-il.

Elle hocha la tête.

— Valide et capable de seconder mon père à l'étude.

Alors qu'elle se rasseyait, il poursuivit :

— Dès que j'irai mieux, nous pourrons nous marier.

Puis il ajouta, sur un ton exalté :

— L'idée de demander ta main m'a donné la force de tenir dans les pires moments. Dès qu'une voix me soufflait que mon aspect actuel pourrait t'impressionner, je me répétais que rien ne t'effraie...

Il devenait urgent d'interrompre ce rêve extravagant. Sans hausser le ton, Judith rectifia la situation.

— Je ne serai pas ta femme, Christophe, que tu sois diminué ou rétabli. L'affection que je te porte ne peut se transformer en amour.

— Qu'en sais-tu ?

Agrippé à son poignet, il essayait de la persuader.

— Je suis sans doute devenu un étranger pour toi, mais accorde-moi une chance, et... je vaincrai toutes tes résistances.

Face à ce visage livide, Judith eut un vertige. Christophe s'apparentait à la mort qu'elle avait côtoyée et cherchait à oublier ! D'un geste brutal, elle se libéra de son étreinte et après avoir crié « Non, jamais ! », se rua vers la porte.

Dans l'escalier, elle bouscula l'infirmière et Marthe que son éclat avait intriguées. Quitter cette maison qui ressemblait à un tombeau, quitter cet homme dont l'amour égoïste l'offensait, lui donnait des ailes. Sa course arrêta net les bavardages au rez-de-chaussée. Les voisines, médusées, regardèrent s'échapper celle qu'elles considéraient comme la fiancée du héros.

Sans leur accorder d'attention, Judith se précipita dans la rue et se mit à courir afin de fuir le sacrifice et la résignation, deux états que la vie lui avait déjà appris à détester.

2

Judith pénétra en trombe dans le salon où sa mère, assise derrière un bureau, terminait la comptabilité de l'affaire familiale. Depuis trois générations, des carrières de pierre, situées au nord de Cormery, procuraient aux Fontange de confortables revenus. La reconstruction d'une France dévastée ne pouvait que consolider les commandes, ôtant pour l'avenir les soucis matériels.

Habituée à la fougue de sa fille, à sa turbulence, Louise ne montra aucun étonnement. Puis elle remarqua que celle-ci était bouleversée. Posant sa plume près de l'encrier, elle ferma son registre.

— Que se passe-t-il ?

Louise mena Judith vers un canapé, face à la cheminée où brûlait un feu. Un silence s'installa que ni l'une ni l'autre n'essayèrent de rompre. Du regard, Judith passait en revue l'univers où elle avait grandi. Un intérieur provincial et bourgeois, semblable à des milliers d'autres ! Rien ne manquait, ni les portraits des grands-parents, ni les fleurs séchées conservées sous des globes de verre, pas plus que les classiques animaux pétrifiés dans le bronze. Disséminés sur des guéridons recouverts de damas fatigué, aucun des objets ayant appartenu à son père, pipes, boîtes à cigares ou presse-papiers, n'avait été touché. Ils étaient là, témoins d'une existence qui s'était déroulée, paisible et sereine, jusqu'à ce fameux été 14.

Dans la mémoire de Judith défilaient l'enfance privilégiée, l'adolescence protégée et l'affection qu'elle avait reçue, elle, la fille unique d'un couple qui s'aimait. S'y ajoutaient, hélas, les vacances à La Baule qui, sans transition, avaient fait d'elle une adulte.

Alors qu'elle rentrait de la plage par une fin d'après-midi, elle avait trouvé son père, arrivé à l'improviste une heure auparavant. La guerre était déclarée et il venait faire ses adieux avant de rejoindre son régiment à Paris. Louise avait insisté pour l'accompagner avec Judith. Dans la capitale planait une étrange atmosphère. Aucun métro, tramway ou fiacre ne fonctionnait, seulement quelques véhicules privés. Une foule immense et frappée de stupeur montait à pied vers les gares, dans un grondement régulier et feutré. Les wagons des trains étaient constellés d'inscriptions à la craie : « A bas Guillaume ! A Berlin ! Vive l'Alsace ! » Sur les quais, des couples s'étreignaient, tandis que des enfants, encore inconscients du drame, agitaient des drapeaux de fortune. Lorsque le convoi des guerriers s'était ébranlé, Judith sans oser regarder sa mère avait secoué son mouchoir d'une main fébrile. Des mois s'étaient étirés où l'on guettait les journaux et le courrier. De brèves permissions avaient donné l'occasion à la famille de se reformer, l'espace de quelques jours. Puis leur était parvenue la terrible nouvelle. Celui que Judith croyait protégé du danger avait été tué par un obus de 105, le 23 avril 1917, alors qu'il tentait de s'emparer d'un poste ennemi sur la rive droite de la Meuse. Les nuits peuplées de cauchemars s'étaient succédé, ainsi que les réveils glacés où l'on est confronté à l'irréparable. Face au courage et à la dignité de Louise, Judith avait fini par se ressaisir et réussir son bachot. Puis elle s'était penchée sur une partie du secrétariat des Carrières. Cormery ne pouvant satisfaire ses ambitions, le moment était venu de dévoiler son malaise à sa mère, même si celle-ci devait en concevoir de la tristesse.

Entre la diplomatie ou la franchise, elle opta pour la seconde attitude.

— Je me suis mal comportée chez les Delorme...

Louise haussa les sourcils.

— Christophe est rentré, poursuivit Judith. Il m'a réclamée. Marthe est venue me chercher.

— Et... que s'est-il passé ?

— Toutes les voisines étaient là à guetter mes réactions. On aurait dit des vautours...

En fixant les flammes qui crépitaient dans l'âtre, Judith ajouta :

— Je suis montée dans sa chambre...

Sans parvenir à maîtriser sa nervosité, elle raconta son entrevue avec le blessé.

— Ce fou m'a demandé de lui consacrer ma jeunesse, ma vie... Je ne lui avais pourtant rien promis !

Les pupilles de Judith s'étaient rétractées jusqu'à devenir des têtes d'épingle. D'un geste sec, elle dénoua les brides du chapeau qu'elle avait omis d'enlever.

— Maman... Dis-moi la vérité... Est-ce que je suis un monstre ?

Louise savait qu'elle seule détenait le pouvoir de remettre de l'ordre dans les pensées chaotiques de sa fille.

— Aucun engagement ne t'attachait à Christophe, tu l'as dit toi-même. Tu ne mérites pas de reproches.

— J'ai quitté la maison des Delorme comme si elle était en feu !

— L'opinion publique ne t'a jamais dérangée, que je sache !

— C'est vrai, admit Judith avec une lueur railleuse dans le regard. Mais, cette fois-ci, je passe pour un être mauvais, dénué de scrupules, indifférent au sens du devoir. Dans ce maudit village, on est vite condamné.

— Nous voici au cœur du problème !

Judith rougit. Décidément, sa mère devinait tout.

— Je voulais t'en parler depuis des semaines...

— Crois-tu que je ne m'en sois pas rendu compte ! J'ai même agi sans te consulter en écrivant à un foyer de jeunes filles parisien afin de savoir s'ils n'auraient pas une place pour toi.

— Quand as-tu envoyé cette lettre ? questionna Judith, les yeux agrandis par la surprise.

— Il y a une huitaine de jours. J'ai aussi demandé à nos cousins Darmon de t'aider à trouver du travail.

Les Darmon ! Ils habitaient près de l'Opéra. Judith se souvenait de leur avoir rendu visite avec ses parents lorsqu'elle était enfant. Elle se pinça pour s'assurer qu'elle ne rêvait pas. Gagnée par l'énervement, elle quitta son siège et se mit à virevolter dans la pièce. Prise de remords, elle rejoignit sa mère, et s'inquiéta :

— Que vas-tu devenir, toute seule ?

Cette question, Louise se l'était posée. Perdre un époux et se séparer d'un enfant unique en l'espace de quelques mois, c'était beaucoup. Elle trouvait néanmoins la force d'envisager une longue solitude, même si celle-ci serait consacrée aux souvenirs et jalonnée par les visites de plus en plus irrégulières d'une fille que le tourbillon de la vie ne manquerait pas de lui disputer.

— Je ne serai pas toute seule, affirma-t-elle sur un ton qu'elle tenta de rendre convaincant... Contrairement à toi, j'ai beaucoup d'amis ici. Et le travail m'occupera.

— Justement, je te secondais ! Qui me remplacera ?

— Sans minimiser le poste que tu occupais, il sera facile d'engager une secrétaire.

Judith avait conscience du sacrifice que sa mère s'imposait et de la comédie qu'elle lui jouait. Dès son plus jeune âge, Louise lui avait communiqué son aptitude au bonheur et insufflé un art de vivre qui supplantait ce que l'on apprenait à l'école. Le tempérament imaginatif et sensible de Judith n'avait pu que s'épanouir sous l'influence d'un tel enseignement. Ce soir, elle découvrait que l'ardeur qui la poussait à prendre son destin en main, elle la devait à sa mère.

Afin d'alléger l'atmosphère, Louise continua d'évoquer les problèmes matériels.

— Il ne nous reste plus qu'à guetter le facteur et à souhaiter une réponse positive.

— Tu crois que ce foyer pourrait être complet ?

— Il existe une telle crise dans le logement ! Mais nous sommes recommandées par sœur Christiane, la surveillante de l'hôpital.

3

Même la lecture de *L'Illustration*, si prisée d'habitude, ne parvenait pas à retenir l'attention de Judith qui, enfermée dans un compartiment avec un couple de quinquagénaires, savourait son approche de la capitale.

Avec une pointe de nostalgie, elle avait regardé défiler la vallée de la Loire encore blanche de givre, mais le rêve secret vers lequel convergeaient ses espoirs avait pris le dessus. A Paris, elle ne pourrait manquer d'apercevoir l'homme dont elle était secrètement amoureuse... Eric Fournier ! La vente de la propriété où il passait ses vacances avait mis un point final à leurs rares rencontres, mais les renseignements fournis par les anciens domestiques lui avaient appris qu'il avait brillamment passé, en 1914, le concours de Centrale. La guerre avait interrompu ses débuts dans l'entreprise de travaux publics familiale. Après une formation à l'école militaire d'aviation du Crotoy, il avait rejoint en 1916 l'escadrille C 66 basée à Villeneuve. A bord de fragiles Sopwith et avec l'aide d'un mitrailleur, il avait pourchassé les Fokker à croix noires de l'ennemi. Décoré de la croix de guerre avec palmes et auréolé de gloire, il avait renoué avec la vie civile quelques semaines après la signature de l'armistice.

Pas un jour ne s'était écoulé sans que Judith songeât à cet homme fascinant auquel elle n'avait qu'une seule fois adressé la parole. Au cours de la kermesse annuelle de Cormery ! Elle avait treize ans et tenait un stand de jeu de massacre. Accompagné de deux amis, il lui avait demandé le prix de la partie. Elle se souvenait d'avoir rougi puis balbutié d'inintelligibles paroles. Comment aurait-il imaginé que durant chaque messe dominicale, assise au milieu de la chorale, elle l'observait ? Les Fournier avaient leurs places attitrées au premier rang de la nef. Cette situation privilégiée le plaçait avec précision dans le champ de vision de Judith. Occupée à détailler son visage aux traits harmonieux, son regard dominateur, elle se repaissait de chimères. Lorsqu'elle serait en âge de le séduire, Eric Fournier capitulerait. Inconscience ou obstination, Judith n'en doutait pas. Ni le temps ni l'absence n'étaient parvenus à ternir le prince charmant, les pages d'un journal intime en témoignaient...

A Orléans, une jeune fille pénétra dans le compartiment en tirant à bout de bras une valise en carton bouilli. Son bagage juché dans le filet, elle se laissa tomber sur la banquette puis engagea la conversation avec le couple. Judith ne prêta d'abord pas attention aux paroles échangées. Néanmoins, la voix mélodieuse de l'arrivante, son vocabulaire imagé finirent par l'extirper de ses préoccupations.

— Je m'appelle Anna, déclara l'inconnue qui avait capté son regard. Et vous ?

— Judith.

— Voilà qui n'est pas commun ! C'est la première fois que vous vous rendez à Paris ?

— Presque.

— Vous y connaissez du monde ?

— Des cousins éloignés.

— Vous avez plus de chance que moi !

Un visage espiègle éclairé par de grands yeux noisette, une silhouette malingre donnaient à Anna une apparence enfantine.

— Vous y avez trouvé du travail ? lui demanda Judith.

— Oh, rien de merveilleux. ! Petite main dans un atelier de couture. C'est grâce à l'institutrice de notre village... J'ai pris la place que sa sœur a quittée pour raison de santé.

Anna baissa la voix :

— Elle a dû partir à la montagne, en sana.

— Où habiterez-vous ?

— Chez une logeuse, rue des Petits-Champs. Une dame très recommandable, très sérieuse, ajouta-t-elle avec une grimace. Ce sera toujours mieux qu'à La Ferté-Saint-Aubin !

D'emblée Judith éprouva de la sympathie pour cette provinciale qui, comme elle, aspirait à une existence mouvementée. Alors que le train ralentissait avant d'entrer en gare d'Austerlitz, elle lui donna son nom et sa future adresse.

— Peut-être pourrions-nous nous entraider...

Simone Darmon attendait Judith sur le quai. A la main, elle tenait la photographie que Louise lui avait envoyée, accompagnée de la description détaillée des vêtements que porterait la jeune fille.

— Impossible de se tromper ! Tu es le portrait de ta mère, déclara-t-elle sur un ton péremptoire en gratifiant sa cousine d'un baiser sans chaleur.

Judith, les bras tiraillés par le poids de ses valises, tenta de la suivre au milieu des voyageurs. D'un bref signe de tête, elle prit congé d'Anna avant que celle-ci ne disparût de sa vue. Enjambant colis et ballots, évitant des chariots poussés par des porteurs énervés, elle arriva jusqu'au contrôleur qui ramassait les billets. Autour d'elle, des familles se congratulaient. Sans pouvoir se défendre, des enfants hébétés par un long trajet étaient serrés contre les poitrines de grands-parents aux visages réjouis.

Simone tournait de temps en temps la tête pour vérifier l'allure de Judith. Celle-ci, le cœur battant, le corps en nage malgré une température peu clémente, put enfin se délester de son fardeau à l'arrêt du tramway. Pendant le trajet, elle eut le loisir de dévisager son chaperon. Des cheveux blonds tirés en un austère chignon, un visage marqué par un nez trop long et une bouche aux lèvres fines révélaient une femme aigrie. Elle oublia sa présence pour s'intéresser à Paris. A travers les vitres embuées par les haleines, elle se délectait du spectacle animé des rues. La concentration des magasins, lorsqu'elles atteignirent le centre de la ville, la combla. Jamais elle n'avait imaginé une telle magnificence, un tel appel à la tentation. Des femmes, qui lui parurent d'une élégance irréprochable et à la pointe de la mode, se pressaient devant les vitrines colorées. L'envie de sauter sur la chaussée afin de se frotter à l'atmosphère, l'envahit, mais le regard de sa cousine la rappela à l'ordre.

Elles descendirent à la station Invalides et gagnèrent à pied la rue Saint-Dominique pour s'arrêter devant un bâtiment de pierres grises. De l'index, Simone poussa un bouton de sonnette. Au bout d'un temps qui sembla interminable à Judith, le visage d'une religieuse apparut derrière un guichet.

— J'accompagne une nouvelle pensionnaire, expliqua Simone Darmon.

Le vantail s'ouvrit sur un vestibule. Ignorant les patins de feutre rangés sur des étagères, elles se dirigèrent vers le secrétariat. Omniprésentes sur les murs ocre jaune, des pancartes affichaient règlement, horaires et futurs événements concernant la communauté. Proches du vestiaire, des jeunes filles discutaient avec animation et rires autour du panneau réservé aux petites annonces. Judith dévisagea avec inquiétude ses futures compagnes. Comment l'accueilleraient-elles ? Elle se sentit démunie dans ce lieu inconnu qui avait des allures de prison. Des images de Cormery lui traversèrent l'esprit, apportant une vague de regrets. Furieuse de cet accès de sensiblerie, elle se concentra sur le questionnaire qu'une sœur lui avait remis.

— Notre mère supérieure va vous recevoir dans quelques instants.

Deux chaises au dossier raide leur furent désignées et l'attente commença. Le regard braqué sur l'horloge, Simone tapotait du bout des doigts son sac de maroquin, mais mère Agnès mit fin à son agacement en venant les chercher.

— Bonjour, madame, bonjour, mademoiselle, les salua-t-elle en observant Judith avec attention. Veuillez me suivre, je vous prie.

Elle s'effaça pour les laisser entrer dans un bureau où régnaient ordre et dénuement.

— Etes-vous madame Fontange ?

— Non, je suis une cousine des Fontange. La mère de Judith m'a demandé de veiller sur sa fille.

— Quelle est la raison qui vous a poussée à venir à Paris ? interrogea la religieuse en se tournant vers la jeune fille.

— L'envie de mesurer mes capacités à celles des autres.

Judith ajouta :

— Est-ce de l'orgueil ?

— Nous en reparlerons plus tard, répondit mère Agnès en retenant un sourire. Attardons-nous plutôt sur notre règlement. Il doit être respecté à la lettre sous peine d'exclusion. Nous sommes une communauté et pour que celle-ci fonctionne, il est nécessaire que chacune de nous se plie à une discipline. Me comprenez-vous bien ?

Judith hocha la tête.

Après avoir consulté un registre, mère Agnès reprit :

— Vous vous installerez au troisième étage et partagerez votre chambre avec Geneviève Garland. Les heures des repas sont affichées à l'entrée du réfectoire. Dans le hall, vous trouverez celles des messes que le révérend père Bernard vient dire dans notre établissement. Je précise qu'elles sont facultatives. Ses jours de confession y sont également inscrits. Quant au couvre-feu, il est fixé à neuf heures. Passé ce moment, les portes sont closes et tout retard entraîne un renvoi immédiat. En revanche, vous avez l'autorisation de sortir le dimanche après-midi.

Elle s'adressa à Simone Darmon.

— Dernière précision : les jeunes filles que nous hébergeons s'engagent à trouver du travail dans les plus brefs délais. Celles qui n'ont pas réussi à se faire embaucher dans les trois mois qui suivent leur arrivée doivent nous quitter. La paroisse nous aide à leur fournir des emplois. Avez-vous quelque chose en vue, mademoiselle Fontange ?

— Pas pour l'instant, ma mère. Mon cousin et ma cousine m'ont proposé de m'aider dans cette tâche.

— Mon mari est sertisseur dans un atelier de joaillerie, précisa Simone. Il essaiera au sein de la profession. C'est une époque difficile, soupira-t-elle. De plus, Judith n'a aucune expérience...

— Souhaitons que vos efforts soient couronnés de succès, conclut la religieuse en se levant.

Dès qu'elles furent seules, Simone chercha à s'échapper.

— Le principal est fait. Nous viendrons te prendre dimanche pour le déjeuner.

Judith s'engageait dans l'escalier lorsqu'une jeune fille aux lourdes tresses auburn la prit sous sa protection.

— Nouvelle et perdue, n'est-ce pas ? Quel est le numéro de votre chambre ? 35 ! Suivez-moi.

L'heure du thé approchant, un va-et-vient de pensionnaires, les bras chargés de boîtes de biscuits ou de chocolats, s'organisait de chambre en chambre.

Celle de Judith se situait à l'extrémité du couloir. Deux lits jumeaux recouverts d'une courtepointe de coton blanc et surmontés d'un crucifix occupaient le centre de la pièce. Une armoire à double porte, une grande table et deux chaises tenaient lieu de mobilier. Prêtant à peine attention à ce décor réduit à l'extrême, Judith alla vers la fenêtre et découvrit un jardin.

— Nos petites sœurs sont championnes en matière de logement. Un bel endroit pour égrener leurs chapelets, ne trouvez-vous pas ? Au fait, je m'appelle Sabine.

— Et moi, Judith.

Sabine consulta une montre accrochée à un sautoir en or.

— On m'attend pour tenir la bibliothèque. Geneviève ne va pas tarder à rentrer. Si vous avez besoin d'aide, n'hésitez pas à frapper chez vos voisines.

Alors qu'elle sortait, Sabine se ravisa.

— Dernière indication, le dîner est servi à sept heures et demie. Vous verrez, c'est mangeable !

Seule, Judith chercha des indices susceptibles de la renseigner sur la personnalité de sa future compagne. Elle s'approcha des photos rassemblées dans un cadre posé sur la table de chevet et découvrit une petite fille aux boucles blondes et aux joues rebondies. Sur une autre photo, un homme jouait du piano. Le fiancé, sans doute ! Un peu plus tard, la penderie révéla des tailleurs et des robes noirs ou gris, à l'élégance discrète, à la coupe raffinée. Geneviève avait du goût. Le choix de ses vêtements l'indiquait, comme celui des brosses en écaille et des flacons de cristal alignés sur une étagère.

Elle arriva alors que Judith hissait sa valise en haut de l'armoire.

— Vous êtes Judith, la salua-t-elle. Mère Agnès m'a avertie.

Judith sauta de son siège afin de serrer la main de la jeune femme qui poursuivait :

— Vous avez dû être effrayée par le tableau que la mère supérieure vous a brossé sur les règles du couvent. Malgré certaines mesures draconiennes, vous verrez que l'on n'y est pas malheureuse, la rassura Geneviève.

— Vous habitez ici depuis longtemps ?

— Depuis le 2 janvier. Auparavant, je vivais en Normandie, à Honfleur. Et vous ?

— A Cormery, un village près de Tours.

Débarrassée de son chapeau et de son manteau, Geneviève s'affairait autour d'une bouilloire et d'un minuscule réchaud.

— Voulez-vous une tasse de thé ?

Après qu'elles eurent fait davantage connaissance, Judith apprit avec étonnement que sa compagne de chambre était veuve.

— Je me suis mariée à dix-huit ans, juste avant la déclaration de guerre. A sa première permission, j'ai annoncé à Guillaume que j'attendais un enfant. Il n'a jamais connu sa fille.

Dans un murmure, elle ajouta :

— Tué avec son bataillon sur la Somme. J'avais fait un mariage d'amour... C'est atroce de voir ses rêves s'écrouler. Sans ma fille, j'aurais sombré.

— Où est-elle ?

— Chez mes parents. C'était une décision difficile que de la laisser. Mais elle était nécessaire pour notre avenir à toutes les deux. Dès que j'aurai un petit logement et pourrai subvenir à ses besoins, je ferai venir Rosemarie.

La cloche du dîner interrompit leur conversation. Dans le brouhaha, Judith rencontra les autres pensionnaires qui, entre les plats, évoquèrent les derniers films, la prochaine longueur des jupes... Le repas terminé, quelques-unes poursuivirent leur discussion dans le salon, tandis que d'autres entamaient des parties de dames ou de dominos. La plupart regagnèrent leur chambre, pressées d'y fumer une cigarette, occupation interdite au sein de la communauté, et de s'exercer avec une relative discrétion aux dernières danses à la mode.

Lorsqu'elle se glissa dans son lit et que Geneviève lui eut souhaité une bonne nuit, Judith demeura éveillée. Elle aurait été parfaitement heureuse si la pensée de sa mère, seule pour la première fois dans sa maison de Cormery, n'était venue la perturber.

4

Du bout des doigts, Judith effleura dans la poche de son manteau la carte que son cousin Raymond Darmon lui avait donnée.

« Raphaël Stern cherche un vendeur pour sa bijouterie, lui avait-il déclaré au cours du déjeuner qui les avait réunis rue La Fayette. J'ai malgré tout insisté pour qu'il te reçoive. A toi de l'influencer en ta faveur. Voici son adresse. Il t'attend jeudi prochain à sept heures et demie, après la fermeture du magasin. »

Non loin de la rue Réaumur, Judith ralentit le pas. Après avoir vérifié son apparence dans le reflet d'une vitre, elle se rendit à son rendez-vous. Quelle ne fut pas sa déception lorsqu'elle aperçut, serré entre une friperie et une papeterie, le magasin Stern. Croyant faire un mauvais rêve, elle s'avança vers deux étroites vitrines que barrait une grille à la peinture écaillée. Sur des coussins de velours pâli par le soleil voisinaient des gourmettes aux maillons tourmentés, des chevalières disharmonieuses et des bagues de fiançailles serties de pierres à peine plus grosses qu'une tête d'épingle. Une modeste bijouterie de quartier ! Allait-elle pousser cette porte cochère, traverser la cour ?

A peine eut-elle frappé que des pas résonnèrent.

— Qui est là ? s'enquit une voix rauque teintée d'un fort accent slave.

— Judith Fontange.

Le vantail s'entrebâilla.

— Vous êtes à l'heure, remarqua Raphaël Stern en s'effaçant pour la laisser entrer.

Il lui fit signe de le suivre vers le réduit sans fenêtre qui lui tenait lieu de bureau.

— Votre cousin a insisté pour que je vous rencontre. Je ne lui ai pas caché qu'a priori vous ne correspondiez pas à la personne dont j'ai besoin. L'expérience m'a poussé à ne plus engager des jeunes filles. La plupart partent au bout de quelques mois pour se marier... Dites-moi tout de même ce que vous avez fait jusqu'à présent.

— J'ai travaillé chez ma mère.

En quelques mots, Judith raconta son existence en province et l'affaire familiale. Puis, elle lui avoua qu'elle attendait tout de Paris. Monsieur Stern lui posa quelques questions d'ordre pratique, auxquelles elle répondit avec précision. Assis derrière une table qui disparaissait sous les catalogues et les factures, il étudiait sa visiteuse. La bonne éducation qu'elle semblait avoir reçue, son élégante présentation, ses manières raffinées influaient en sa faveur.

— N'avez-vous pas peur de plonger dans un monde qui vous est étranger ?

— J'aimerais que vous m'accordiez une chance, murmura Judith.

— Vous prenez un risque.

— Lequel ?

— Devenir l'esclave d'un métier passionnant. Si vous y prenez goût, il pourra dévorer votre vie.

— J'adore le danger !

Le rire qui accompagna cette déclaration emporta la décision de Raphaël Stern. Former cette jeune fille à ses nouvelles responsabilités lui réclamerait un effort dont il avait fini par se croire incapable. Un instant, il craignit la réaction de Rachel, sa sœur aînée, qui depuis vingt ans le secondait. Comment accepterait-elle la présence d'une autre femme ? Mal, sans doute, comme les fois précédentes.

— Je vous engage pour un essai d'un mois, à deux cent cinquante francs. Nous ouvrons le matin à neuf heures et fermons le soir à sept, du lundi au vendredi inclus. Vous avez deux jours pour réfléchir et me donner votre réponse, déclara Raphaël.

— C'est tout réfléchi, j'accepte.

— Je me méfie des décisions hâtives...

— Je n'ai qu'une parole, répliqua Judith en boutonnant ses gants de chevreau noir.

— Dans ce cas, vous commencerez la semaine prochaine. Ma sœur vous expliquera ce que l'on attend de vous. Ne vous illusionnez pas, vous manierez plus souvent le plumeau et le chiffon que les saphirs. Toutefois, je tenterai de vous insuffler l'amour et le respect que j'éprouve pour les pierres précieuses.

Judith observa Raphaël Stern. Il devait avoir une soixantaine d'années. Un corps malingre, des épaules voûtées révélaient une santé fragile. Le teint bilieux, les rides qui barraient son front dégarni et l'expression désabusée de la bouche indiquaient un tempérament anxieux et sensible. En se levant, il lui donna le signal du départ.

— A lundi, rappela-t-il alors qu'une poignée de main scellait leur accord.

Dans la chambre, Geneviève enlevait un à un les bigoudis de fer disséminés sur la tête de Sabine. Les cheveux cuivrés qui tirebouchonnaient offraient un spectacle loufoque.

— On dirait Louis XIV... vieillard ! s'esclaffa Judith.

— Attends qu'ils soient brossés, répondit Sabine et tu...

La plainte d'un violon couvrit les derniers mots.

Geneviève, exaspérée, ôta son escarpin et tapa contre le mur.

— Depuis une heure, elle nous harcèle avec les mêmes exercices... Qu'elle recommence et je l'étrangle...

— On sera deux, renchérit Sabine. A-t-on le droit d'imposer un tel cauchemar à des filles qui se sont tuées au travail toute la journée ?

Alors que Judith commençait à se déshabiller, Geneviève leva avec discrétion des sourcils interrogateurs et murmura :

— Du nouveau ?

— J'ai été engagée.

— C'est magnifique ! Raconte ! T'a-t-il fallu beaucoup batailler ?

— Je n'ai pas eu cette impression.

Pendant que Judith esquissait un bref tableau de l'endroit, son amie la considérait comme si elle avait perdu la raison.

— Pourquoi t'es-tu précipitée sur la première occasion qui se présentait ?

— Le personnage m'a plu.

— Est-ce qu'il te paye bien ?

— Correctement pour un début.

Sabine, qui n'avait pas perdu un mot de la conversation, s'interposa.

— Judith a eu raison d'accepter. Moi qui ai joué les difficiles, je me retrouve téléphoniste dans un hôtel médiocre. Tout le monde n'a pas ta chance, Geneviève... et tes capacités.

La jeune femme baissa la tête. A peine arrivée à Paris, elle feuilletait les pages d'un quotidien quand elle était tombée sur une annonce qui offrait à une candidate expérimentée un poste de secrétaire dans une maison de parfums. Sans trop y croire, elle s'était présentée. Après plusieurs entretiens, elle avait été choisie parmi une cinquantaine de candidates. La société qui l'employait avait décidé qu'à force de talent, d'audace et d'innovation, elle concurrencerait les grands noms de la parfumerie tels Guerlain, Houbigant ou Lubin. A la poursuite de cet idéal, ses dirigeants, aidés d'un « nez » qui n'avait rien à envier au plus subtil des magiciens, élaboraient des fragrances envoûtantes. Le personnel étant fréquemment appelé à se prononcer sur certaines compositions, Geneviève s'était familiarisée avec les senteurs du jasmin, de la vanille ou du benjoin. Ses remarques judicieuses avaient attiré l'attention sur sa compréhension d'un art d'autant plus complexe que, depuis la fin du siècle dernier, la chimie avait relayé la nature.

Le violon avait repris ses couinements, rendant la conversation impossible. Judith en profita pour descendre téléphoner aux Darmon.

Ce fut Pierre, leur second fils, qui lui répondit.

— Papa n'est pas rentré, mais je lui apprendrai la bonne nouvelle. Je suis ravi pour toi...

— N'oublie pas de le remercier de ma part...

— Sois tranquille ! Maintenant, dis-moi ce que tu as prévu pour dimanche.

— Rien de particulier. Pourquoi ?

— Je t'emmène au cinématographe. On a décidé d'y aller avec quelques amis.

Alors qu'elle semblait hésiter, il ajouta :

— Si cela doit te rassurer, viens avec la fille qui partage ta chambre.

— Geneviève ? Je ne suis pas sûre qu'elle acceptera…

— Rendez-vous à trois heures au Café de la Paix.

5

Accompagnée de Geneviève, Judith cherchait son cousin au milieu des nombreux clients attablés autour des guéridons en marbre vert. Les signes qu'il lui adressa du fond de la salle enfumée finirent par attirer son attention. En s'approchant du groupe qu'il formait avec ses amis, elle découvrit avec déplaisir Alain Darmon. Il lui avait d'emblée déplu, ce bellâtre aux cheveux pommadés, au regard langoureux et au sourire fat. Le contraire de son frère ! Par une poignée de main appuyée, il lui fit comprendre qu'il n'était venu que pour elle, mais ignorant la place qu'il lui proposait à son côté elle se glissa auprès de Pierre.

— Cécile, ma meilleure amie, annonça celui-ci en lui présentant une jeune fille aux yeux pétillants.

Geneviève était restée en retrait près du vestiaire. Judith allait l'appeler, lorsqu'elle vit s'avancer vers leur table Anna, sa compagne de voyage. Dans un petit mot déposé au foyer l'avant-veille, la cousette avait avoué son désarroi ; son premier contact avec Paris s'était révélé navrant. Sans hésiter, Judith lui avait téléphoné pour lui proposer de la rejoindre le dimanche suivant, place de l'Opéra.

— Les Trois Grâces, remarqua un dénommé Louis en dévisageant les nouvelles venues pendant que celles-ci s'installaient sur la banquette.

Aucune autre appellation n'aurait mieux défini les beautés différentes et complémentaires de Geneviève, Anna et Judith, la première avec ses traits réguliers et épanouis, la seconde, originale, mobile, quant à Judith...

« Un véritable danger pour celui qui l'approche », se disait Pierre en détaillant sa cousine. Leur lointaine parenté lui aurait permis de lui faire une cour assidue, mais il en avait écarté l'idée. L'amour, avec elle, ne pouvait reposer que sur un échange violent, dévastateur, entraînant jalousie et souffrance. Attaché à sa liberté et à une certaine sérénité, il ne voulait pas monter dans la charrette des condamnés et abandonnait sa place à son aîné Alain qui se démenait comme un diable pour gagner ses faveurs.

En lui rappelant l'heure, Cécile le sortit de ses pensées. Il était temps de se diriger vers le cinématographe.

Le froid n'avait pas retenu les Parisiens dans leurs foyers. Hommes et femmes s'étaient rués sur les boulevards, prenant d'assaut les cafés et les salles de spectacles. Quelques-uns s'arrêtaient devant les étals des camelots qui vantaient les performances de la dernière lotion capillaire ou du canif miraculeux. Le grondement des voitures, les cris des vendeurs de journaux couvraient leurs boniments, mais ils n'en avaient cure tant ils étaient obnubilés par les mérites de leurs marchandises. Livrés à eux-mêmes, des gamins dépenaillés formaient des queues devant les confiseurs ; si jouer les « durs » en fumant des mégots s'avérait grisant, rien ne remplaçait les pralines et les bonbons.

Judith s'enivrait de ce spectacle coloré. Elle adressa même un sourire à Alain lorsque celui-ci lui offrit un cornet de marrons chauds.

A peine eurent-ils pénétré dans la salle qu'il manœuvra pour s'asseoir à côté de sa cousine. Judith essaya d'abandonner son siège à Geneviève mais celle-ci, trop occupée à détailler le décor où étaient immortalisés Babylone et ses fastes, ne comprit pas le manège.

Jusqu'au début de la séance, Judith tourna le dos à Alain et conversa avec Cécile dont l'aisance et l'allure moderne lui plaisaient. Au point de le lui avouer !

— Il suffit de respirer l'air de Paris. Au début, j'étais aussi intimidée que vous ! lui répondit la jeune fille.

Alors que Judith lui jetait un regard interrogateur, elle poursuivit :

— J'habitais Versailles jusqu'à ce que mes parents m'autorisent à suivre des études de droit. Depuis la démobilisation de mon frère, nous partageons un appartement rue de Chaillot.

Autour d'elles, les couples s'installaient, attendant avec impatience une obscurité propice aux étreintes. Profitant de leur jour de congé, des secrétaires, des vendeuses cherchaient de séduisants cavaliers d'un jour ou, pourquoi pas, d'une vie.

Comme elles, Judith guettait... Eric Fournier aurait pu s'être glissé dans cette assistance. L'annuaire du téléphone avait révélé que ses bureaux occupaient trois étages d'un immeuble de l'avenue Kléber. C'était tout ce qu'elle connaissait de son existence...

Un roulement de tambour annonça le premier film et l'écran s'éclaira. Peu à peu, Judith oublia son obsession pour apprécier les aventures comiques d'une chercheuse d'or. Captivée par le jeu de l'actrice, elle ne prêta d'abord pas attention à la jambe d'Alain qui se collait contre la sienne ; toutefois, lorsqu'il appuya davantage son genou, elle ne put ignorer ses avances. Elle le repoussa avec brusquerie. Jusqu'à l'entracte, il la laissa en paix. Puis au commencement des attractions, le petit jeu reprit. Alors qu'elle admirait l'exhibition d'un prestidigitateur, elle sentit une main moite caresser son poignet et se plaquer sur sa paume. La pudeur et la crainte de se faire remarquer l'empêchèrent de provoquer un esclandre. La prenait-il pour l'une de ces filles faciles qu'il devait côtoyer dans des réunions estudiantines, ou s'amusait-il à effaroucher la pauvre provinciale qu'une promiscuité inespérée offrait à son bon vouloir ? Déniaiser une oie blanche, raconter cette performance à ses amis, constituait un programme qui ne manquait pas d'attrait pour un mufle de son espèce...

Bien qu'elle eût arraché ses doigts des siens, elle n'arrivait plus à concentrer son attention sur le ballet des foulards multicolores. Cette séance se transformait en supplice. Réfugiée contre Cécile, elle comptait les minutes qui la séparaient de la fin des attractions... Dès qu'une soliste à la voix éraillée eut terminé son tour de chant, elle se leva d'un bond et prétexta la chaleur pour se promener dans le hall.

— Je viens avec vous ! s'exclama Anna du bout de la rangée.

Pierre, qui trouvait de plus en plus de charme à la cousette, ne perdit pas un instant pour les rejoindre.

— Allons faire quelques pas. Je vous inviterai ensuite au salon de thé.

Avec soulagement, Judith vit qu'Alain les abandonnait et se dirigeait vers le fumoir.

Les spectateurs s'agglutinaient dans le hall et, à grand renfort de mimiques, d'exclamations, commentaient les péripéties qu'ils venaient de vivre. Réfugiées derrière les colonnes de stuc, des adolescentes chuchotaient en pouffant dans leurs mains. Le visage pâmé, les yeux brillants, elles échangeaient leurs appréciations sur l'acteur masculin qu'elles venaient de découvrir et qui, jusqu'à leur prochain engouement pour une autre idole, occuperait leurs rêves.

Se frayer un chemin dans cet univers d'illusion, de parodie, ce palais des mirages et du plaisir, relevait du tour de force. Protégées de la cohue par le rempart que formaient Pierre et Louis, les jeunes filles gagnèrent par un large escalier le salon de thé. Là encore, l'Orient était à l'honneur et des murs ruisselants d'or, des fontaines lumineuses, des tapis feutrés maintenaient une atmosphère propice aux élans imaginatifs.

Non sans mal, ils s'installèrent à l'ombre d'un palmier en carton-pâte. Geneviève, encore étourdie par cette débauche de luxe, contempla la sultane drapée dans des voiles qui vint prendre leur commande.

— Que voulez-vous boire ? lui demanda Louis.

— Un chocolat, s'il vous plaît.

En s'asseyant à côté d'elle, il avait entamé l'occupation d'un territoire qu'il était décidé à conquérir. La retenue dont usait Geneviève le séduisait.

Avec politesse, elle s'enquérait de ses activités.

— Je termine mes études de médecine...

Depuis son veuvage, Geneviève avait refusé les sorties. Judith avait dû insister pour qu'elle acceptât cette séance de cinématographe. Cet après-midi, elle prenait conscience des privations qu'elle s'était infligées. Comment demeurer insensible à cette ambiance de fête ? La gaieté bon enfant de ces gens avides de divertissements, les senteurs entêtantes des parfums allumaient des éclats dans ses yeux gris... Et Louis, attentif, assistait à cette métamorphose.

Cécile suivait leur aparté. Les cris chatouillés d'Anna à qui Pierre lisait les lignes de la main l'empêchaient d'entendre leurs paroles ; cependant la physionomie de Louis suffisait à révéler ce qu'il ressentait. Il était en train de tomber amoureux d'une autre qu'elle. Le pire était de ne découvrir aucun défaut à l'élue. Cécile soupira. Jusqu'à présent, Louis ne lui avait manifesté que de l'amitié. Un naturel optimiste l'avait aidée à se convaincre que son heure viendrait. La rencontre d'aujourd'hui barrait d'une croix ses espérances. Une idée la rasséréna. Et si Geneviève était fiancée... Elle se pencha vers Judith qui terminait de grignoter un biscuit et lui demanda :

— Votre amie...

— Anna ?

— Non, l'autre. (Cécile ne pouvait se résoudre à prononcer le nom de sa rivale.) Pourquoi est-elle à Paris ?

En quelques phrases, Judith brossa la situation. A mesure qu'elle parlait, le désarroi s'emparait de Cécile. La veuve et l'orpheline ! Louis ne résisterait pas à une telle occasion de jouer les Robin des Bois ! A peine s'il accorderait encore de l'attention à Cécile Margerit qui ne savait que bâiller dans un amphithéâtre, rire de futilités et organiser d'amicales rencontres dans son appartement.

En annonçant la fin de l'entracte, la sonnerie la délivra du spectacle auquel elle assistait. Indifférente au mouvement général, Anna, le chapeau en bataille, les joues roses d'excitation, écoutait les fadaises de Pierre qui, penché sur sa paume de main, lui prédisait une aventure fascinante avec un jeune homme qu'elle venait de rencontrer.

— Et cette logeuse dont vous m'avez parlé tout à l'heure... est-elle à cheval sur les horaires ?

— Oh oui ! Elle connaît par cœur mon emploi du temps !

— Comment allons-nous faire pour nous revoir ?

— Nous revoir ? Qui a dit que j'accepterais un nouveau rendez-vous, minauda Anna en plissant ses yeux de chat.

— Cessez de vous moquer de moi. Vous vous ennuyez en ma compagnie ?

— Non... De là...

— Une petite sortie de temps en temps n'a jamais nui à personne. On en discutera après le second film, murmura-t-il tandis qu'ils se levaient pour regagner la salle.

Pendant l'entracte, les spectateurs avaient eu le loisir de faire connaissance. Judith, amusée, découvrit que de nombreux fauteuils avaient changé d'occupants. Pour sa part, elle n'hésita pas à s'asseoir dans celui de Cécile en feignant la distraction. Alain, revenu de sa promenade, parut ignorer le subterfuge.

Les lumières s'éteignirent et l'orchestre entama un morceau au rythme endiablé que le public accompagna par des battements de pieds et des applaudissements. A Pierre qui l'observait, Judith cria en tapant dans ses mains :

— Je ne croyais pas que l'on pouvait autant s'amuser !

6

— C'est ici, annonça Pierre en garant l'automobile empruntée à son père devant un immeuble de la rue de Chaillot.

Avec galanterie, il ouvrit les portières pour permettre à Judith, Geneviève et Anna de descendre.

Regroupés dans le vestibule de l'immeuble, des jeunes gens parlaient à voix basse avec des mines réjouies.

— Vous voilà enfin ! chuchota Louis en venant à leur rencontre.

— Il faut t'en prendre à ces demoiselles, répliqua Pierre en désignant ses trois compagnes. Je les ai attendues plus d'une demi-heure.

— Toujours des excuses ! renchérit Louis, en serrant la main de Geneviève.

Judith s'était dirigée vers une amie de fraîche date qui se repoudrait le nez.

— Bonsoir, Nicole. Allons-nous être accueillis avec enthousiasme ?

— Sûrement ! D'autant que nous n'arrivons pas les mains vides. Regardez !

Elle désigna, alignés près de l'ascenseur, des paniers recouverts de torchons à carreaux rouges et de nombreuses bouteilles.

— Etes-vous certaine que Cécile ne se doute de rien ?

— Certaine... Quand je lui ai demandé tout à l'heure comment elle comptait occuper sa soirée, elle m'a répondu que son frère avait invité des amis à dîner et qu'elle leur tiendrait compagnie.

Avec un clin d'œil complice, Nicole ajouta :

— Elle m'a même proposé de me joindre a eux. Invitation que j'ai déclinée avec un immense regret...

Bientôt, elles se glissèrent au milieu de la file indienne qui s'engageait dans l'escalier. A la tête de la délégation Pierre, chargé d'un magnifique bouquet de roses, s'arrêta devant la porte palière, puis colla son oreille contre le battant.

— Ils sont là ? demanda Nicole.

— Tais-toi, si tu veux que je te renseigne !

— Et s'ils avaient changé d'avis... Qu'ils soient allés au théâtre ou ailleurs ? suggéra Anna.

En leur apprenant qu'il avait entendu les bribes d'une conversation lointaine, Pierre les rassura.

Dès qu'il eut sonné, des pas s'approchèrent et Cécile apparut dans l'entrebâillement de la porte.

— Qu'est-ce que tu fais là ! s'exclama-t-elle. J'ai oublié un rendez-vous... ou mon anniversaire ? ajouta-t-elle en remarquant les fleurs.

Un concert de cris lui répondit.

— Oh, magnifique, magnifique ! hurla-t-elle plus fort que ses amis en les applaudissant. Une surprise-partie ! Vous êtes merveilleux ! Allez, rentrez vite, qu'on s'amuse.

Judith eut à peine le temps de se débarrasser de son manteau qu'elle fut entraînée avec les autres filles vers la cuisine pour y déballer les provisions. Sur le fourneau, des casseroles mitonnaient...

— C'est notre dîner, mais on a à peine eu le temps d'y toucher, les rassurait la maîtresse de maison.

— Votre frère ne va peut-être pas apprécier notre invasion, souligna Geneviève en disposant sandwiches et petits-fours sur un plat de porcelaine.

— Antoine ? Il est comme moi, il adore l'imprévu. Il doit être déjà en train de déménager les meubles avec Pierre.

Une musique de jazz poussée à son paroxysme ne tarda pas à les avertir du bon déroulement des opérations. Cécile, dans un état d'extrême fébrilité, dirigeait ses aides. Sous l'effet d'une baguette magique, les plateaux de la table roulante se couvrirent de succulentes friandises. Un coup de chiffon pour dépoussiérer les flûtes à champagne sorties d'un buffet de noyer, et bientôt tout fut prêt pour entamer dignement la soirée.

Lorsque Judith pénétra dans le salon, elle eut l'impression qu'un cyclone avait balayé les lieux. Hormis le piano à queue et un volumineux divan, le mobilier avait disparu. Sans qu'elle s'en fût aperçue, un homme s'était approché d'elle pour se présenter.

— Bonsoir. Je suis Antoine, le frère de Cécile.

— C'est vous Antoine ? s'étonna-t-elle.

— Oui... Qu'y a-t-il de si extraordinaire à cela ?

— Je ne pensais pas que vous étiez si vieux.

Il éclata d'un rire sonore.

— Vous êtes sévère, je n'ai que vingt-huit ans !

— Ce n'est pas ce que j'ai voulu dire, s'enferrait Judith. Je pensais seulement qu'il n'y avait pas un aussi grand écart d'âge entre vous et votre sœur.

Ridicule ! Elle était ridicule pour sa première soirée parisienne. Incapable de politesse à défaut d'intelligence. Comme il ne l'abandonnait pas malgré le mutisme dans lequel elle s'était réfugiée, elle l'observa. Son visage anguleux n'était pas d'une exceptionnelle beauté, mais des yeux gris perçants, des traits fermes et dénués de suffisance, un sourire spirituel captaient l'attention et finissaient par séduire.

Une jeune fille, le front ceint d'un bandeau pailleté, faillit mettre fin à leur étrange confrontation en cherchant à entraîner Antoine dans un one-step endiablé.

— Tout à l'heure, Béatrice.

Les tapis roulés le long des murs avaient dégagé une vaste étendue de parquet que les danseurs prirent d'assaut. Pierre, expert en figures insolites, en occupait le centre et, sans lui accorder le moindre répit, faisait virevolter Anna. Le chignon écroulé, les joues cramoisies, celle-ci semblait satisfaite du traitement qu'il lui infligeait.

Antoine, qui n'avait toujours pas quitté Judith, lui proposa une cigarette qu'elle accepta.

— Vous ne voulez pas boire un verre de champagne ? proposa-t-il.

Elle le suivit jusqu'au buffet que l'on avait installé dans la salle à manger et autour duquel s'étaient réfugiés les amis du jeune homme.

Ils formaient un groupe dont le calme blasé tranchait sur l'enthousiasme des envahisseurs. Intimidée, Judith contemplait les femmes qui le composaient et songeait qu'elles n'avaient pas tort de paraître assurées de leur séduction. Vêtues d'étoffes bariolées et chatoyantes, coiffées de turbans sophistiqués, elles possédaient une allure originale, exotique, qui n'était pas sans rappeler celle des artistes de Montparnasse et leur donnait un charme d'oiseaux de paradis.

— La petite classe a l'air de s'amuser, commenta la plus jolie d'entre elles, avant de tirer une bouffée d'un fume-cigarette long comme son avant-bras.

Cette remarque distillée sur un ton condescendant atteignit Judith de plein fouet. Devinant que son interlocutrice avait sciemment cherché à la blesser, elle se força à lui adresser son sourire le plus serein ; l'autre ne s'avoua cependant pas vaincue.

— Qu'attends-tu, Antoine, pour nous présenter ta protégée ?

— C'est ce que j'aimerais faire, Vicky, si seulement je connaissais son nom.

— Je m'appelle Judith. Judith Fontange.

— Judith ! Quel lourd héritage ! s'exclama Antoine. Etes-vous aussi dangereuse que l'héroïne qui porte votre prénom dans l'Ancien Testament ? Couperiez-vous la tête de vos ennemis en profitant de leur ivresse ?

— Qu'en pensez-vous ?

— Je vous crois moins calculatrice et plus courageuse. Oui, ajouta-t-il, je vous vois davantage aimer les combats où les deux assaillants sont de force égale.

— Voilà notre Antoine lancé dans son numéro de don Juan, s'interposa Vicky. Méfiez-vous... Il se lasse aussi vite qu'il s'enthousiasme.

— Cela dépend de la qualité du sujet convoité, souligna avec sécheresse un garçon à la tenue débraillée.

— Oh, Georges, mêle-toi de tes affaires !

— Je ne demande que cela. C'est toi qui laves ton linge sale en public ! Moi, je prends seulement la défense de mon copain.

Judith, désarçonnée par cette faune dont elle ignorait les codes, profita d'une bousculade pour s'éclipser. Alors qu'elle se dirigeait vers Geneviève, un inconnu lui barra la route, la prit par le bras et, sans lui demander son avis, l'entraîna dans un tango...

— Ne vous crispez pas et laissez-vous conduire, lui murmura son cavalier qui avait perçu son désarroi. Oubliez aussi ces yeux qui nous regardent.

Dès qu'elle abandonna sa réserve, le miracle se produisit et son corps obéit aux directives qu'il recevait. Avec exaltation, elle sentait ses jambes s'accoler à celles de son partenaire, son buste se figer jusqu'à ce que, dans un mouvement syncopé, sa taille se cambrât avec souplesse et grâce. A cette griserie elle aurait aimé s'adonner la nuit entière, mais des applaudissements la rappelèrent à la réalité.

— Bravo, Philippe ! Vous n'avez pas perdu la main, s'écria Cécile. A mon tour !

— Vos désirs sont des ordres, répliqua Philippe Simoneau en s'inclinant devant la maîtresse de maison.

Antoine, appuyé contre le chambranle d'une porte, n'avait rien perdu de la scène. Dès que Judith eut recouvré sa liberté, il s'avança vers elle avec à la main le verre qu'il n'avait pas eu l'occasion de lui offrir.

— Vous dansez comme je l'imaginais, lui dit-il.

— Ah oui ? répondit-elle en trempant ses lèvres dans le breuvage glacé. Soyez gentil, renseignez-moi sur le responsable de mon succès.

— C'est la première fois que je le rencontre.

Le rire strident d'Anna attira leur attention. Elle avait ôté ses souliers et, la robe retroussée au-dessus des genoux, exécutait pour Pierre un numéro de music-hall.

— Bravo ! Encore ! l'encourageait-il.

L'abus de boisson la fit vaciller et, avec un gloussement, elle tomba dans ses bras.

— Je suis ivre, hoquetait-elle sans éprouver un quelconque embarras pour son état. C'est ta faute. Je t'avais dit de me surveiller. Tu sais que je ne suis pas raisonnable.

— Qui te demande de l'être ? Pas moi, en tous les cas. Si tu savais comme tu me plais... en ce moment...

— C'est vrai qu'elle est mignonne avec ses yeux trop brillants, constata Philippe Simoneau.

Il repoussa d'un index négligent une boucle de cheveux collée sur le front d'Anna.

— Mais je ne voudrais pas empiéter sur les plates-bandes d'un ami, poursuivit-il en reculant. J'attendrai mon tour. Ce n'en sera que plus palpitant.

Par sa suffisance, Philippe perdit tout crédit auprès de Judith. Il lui rappelait par sa physionomie sombre et désabusée les images des mauvais génies qui la glaçaient quand, enfant, elle feuilletait son livre de catéchisme. Avec soulagement, elle le vit suivre Nicole dans le corridor. Puis, dans les bras de nombreux cavaliers, elle oublia le malaise qu'il lui avait causé.

La nuit avait teinté l'atmosphère d'une langueur propice à des idylles dont les plus hardies se poursuivirent dans le secret des chambres. Judith, qui avait assisté à de soudaines disparitions, éprouvait étonnement et admiration pour la franchise avec laquelle certaines de ses compagnes n'hésitaient pas à sceller leurs préférences.

Assise dans un sofa, Geneviève subissait la cour de Louis. Profitant du moment où il se levait pour s'occuper du gramophone, Judith la rejoignit.

— Tu sembles t'ennuyer, Geneviève.

— Je n'aurais jamais dû accepter de venir.

— Tu ne vas pas rester enfermée toute ta vie !

— Cela m'éviterait d'entendre les fadaises de ce type.

— Il n'est ni le premier ni le dernier à tenter sa chance !

Comme elle n'obtenait pas de réponse, Judith réitéra sa question. Puis elle suivit le regard de Geneviève et se retourna. Antoine, derrière elle, attendait la fin de leur conversation.

— Vous n'avez pas encore dansé avec moi, Judith.

— Je suis fatiguée.

— J'insiste.

A peine eurent-ils esquissé quelques pas qu'il remarqua :

— De vos nombreux cavaliers, j'ai été le premier éconduit. Dois-je en conclure que je vous déplais ?

Avec un sourire amusé, il observa la rougeur qui envahissait le visage de Judith.

— Si à l'avenir vous prêtez un peu d'attention à ma personne, vous saurez que j'ai une faiblesse pour les questions directes. Alors, la pressa-t-il, répondez-moi.

Malgré son inexpérience, Judith comprit qu'il cherchait à placer leur relation au-dessus de la banalité. A une attitude coquette, elle préféra la sincérité.

— La raison de ma réticence devrait vous satisfaire.

Il resserra son étreinte et Judith découvrit ce que signifiait l'entente physique, cette harmonie des corps, des épidermes et des odeurs, ce désir de se chercher, de se mêler et de se fondre. Il était déjà trop tard pour lutter contre le piège qui s'était refermé sur eux, mais si elle en avait eu l'opportunité aurait-elle cherché à s'échapper ? Incapables de se séparer, ils restèrent rivés l'un à l'autre jusqu'à ce que le brouhaha d'un départ général les tirât de leur mutuelle attirance.

Afin de prolonger leur intimité, Antoine entraîna Judith vers l'embrasure d'une fenêtre.

— Puis-je vous raccompagner ? demanda-t-il dans un murmure.

— Je dois rentrer avec Pierre. Ses parents nous hébergent pour la nuit, Geneviève et moi.

— Alors, voyons-nous demain ?

— Demain...

— Rejoignez-moi à quatre heures chez Francis, place de l'Alma.

Alors que Judith acquiesçait, il ajouta en emprisonnant ses mains dans les siennes :

— Jurez-moi que vous ne me ferez pas faux bond.

— C'est promis.

Dans l'escalier, le chahut était à son comble. Pierre, à califourchon sur la rampe, tâchait de glisser jusqu'à l'étage inférieur. Des garçons éméchés par le punch et le champagne, des filles décoiffées s'étaient assis sur les marches pour assister à la prouesse. Une bouteille à la main, Georges, entre deux hoquets, discourait sur la cruauté des femmes à son égard pendant que Vicky, qui n'était plus qu'un bâillement, s'efforçait de le faire descendre. Ignorant leur numéro, Cécile, pieds nus sur le paillasson, retenait par tous les moyens un Louis obsédé par l'idée d'escorter Geneviève.

— Viendras-tu à Versailles, demain ? lui demanda-t-elle sur un ton qu'elle essaya de ne pas rendre suppliant.

— J'ai des examens à réviser.

— Et le soir ? Pourquoi n'irait-on pas au concert ?

— On verra.

— Si vous voulez un conseil vieux comme le monde, cessez de le relancer. Rendez-le plutôt jaloux, susurra Philippe Simoneau à Cécile.

— Jaloux ! Il ne me voit même pas.

Les vivats qui accompagnèrent les acrobaties de Pierre empêchèrent Cécile d'entendre la réponse de Philippe. Soudain, elle en eut assez de cette mascarade et, d'un geste, invita Antoine à brusquer les départs.

La dernière vision que Judith garda de cette soirée fut celle d'Antoine, debout devant la porte cochère et attendant pour rentrer que l'automobile qui l'emmenait tournât au coin de la rue de Chaillot.

7

Chez Francis, Antoine avait choisi une table à l'abri des regards indiscrets.

— Que voulez-vous boire ? demanda-t-il à Judith lorsqu'elle se fut assise en face de lui.

— Un thé ?

— Avec des toasts ?

— Non merci, je n'ai pas faim.

Dès qu'il eut commandé leurs boissons, Antoine reprit :

— Depuis ce matin, j'ai interrogé Cécile à votre sujet.

— Que vous a-t-elle dit ?

— Que vous étiez arrivée à Paris il y a trois mois, que vous viviez dans un foyer rue Saint-Dominique et que vous travailliez dans une bijouterie.

— Ces renseignements sont exacts. En revanche, j'ignore tout de vous, hormis que vous êtes autoritaire et obstiné.

— Dois-je prendre cette déclaration comme un compliment ou une critique ?

— A votre place, j'opterais pour le compliment.

Oubliant sa timidité, Judith eut un rire qui creusa deux fossettes dans ses joues et révéla des petites incisives écartées.

Antoine l'observait. Par sa vivacité, sa combativité, Judith lui plaisait. Il la questionna sur sa vie en Touraine, ses occupations pendant la guerre, ses débuts à Paris.

— Etes-vous contente de travailler chez ce bijoutier ? lui demanda-t-il.

— Grâce à lui, je découvre les rouages d'un métier dont je ne connaissais rien... Il me parle, me prête des livres, s'arrange pour que j'accompagne sa sœur lorsqu'elle se rend à l'atelier.

Elle s'interrompit pour boire une gorgée de thé puis remarqua :

— Vous ne m'avez encore rien dévoilé de vos activités.

— Dès ma démobilisation, j'ai repris le poste que j'occupais chez Sorbac et Vivier. Ces noms vous disent-ils quelque chose ?

— Il me semble les avoir déjà entendus...

— Ce sont deux décorateurs qui veulent créer un style propre à notre époque. Fini l'Art nouveau, ses courbes, ses tarabiscotages... Nous entrons dans l'ère des formes simples et des matériaux nobles !

Voyant qu'elle l'écoutait avec attention, Antoine poursuivit :

— En ayant réuni autour d'eux une équipe d'artistes de disciplines différentes, ils proposent à leur clientèle un éventail de produits destinés à l'installation d'une maison...

— Quel est votre rôle au sein de ce groupe ?

— Ensemblier.

Il suivit du regard les volutes de fumée qui s'échappaient de sa cigarette :

— Seuls quelques audacieux poussent la porte de nos bureaux. Mais j'ai bon espoir. Après cette guerre, les gens vont éprouver le besoin de bousculer leur passé.

Francis étant un café prisé des Parisiens, le brouhaha de la salle dérangeait leurs confidences.

— Si nous allions marcher le long des quais ? proposa Antoine.

Au loin, derrière la tour Eiffel, le soleil de mai commençait de décliner. Sous les derniers rayons, des mariniers terminaient leurs tâches journalières et, à l'aide de poulies, vidaient leurs embarcations d'énormes ballots que des charrettes achemineraient vers le centre de la ville. Des femmes, leurs jupes gonflées par le vent, ramassaient à l'arrière des péniches le linge étendu. D'un pont à l'autre, on s'interpellait, se parlait, au grand désespoir des pêcheurs qui espéraient le miracle au bout de leurs lignes.

Antoine laissa échapper :

— Au front, qui aurait cru retrouver des moments comme celui que nous vivons aujourd'hui !

Avec une note de dérision dans la voix, il continua :

— On était partis en pensant que l'on remporterait la victoire en quelques semaines. Des semaines qui se sont transformées en quatre années de misère physique et morale. Je ne connaissais rien de la douleur, de la mort… Et je me suis retrouvé dans les tranchées où des vivants qui n'avaient plus apparence humaine côtoyaient dans la boue leurs compagnons défunts.

En venant rôder autour d'eux et renifler leurs vêtements, un chien le tira de ses souvenirs.

— Quelle jolie promenade je vous propose ! constata-t-il en se reprenant. Veuillez m'excuser pour ce déballage...

Glissant son bras sous le sien, il l'entraîna vers le pont Alexandre-III.

— A quelle heure devez-vous rentrer ?

— Le dîner est servi à sept heures et demie.

— Il ne nous reste que le temps de gagner l'autre rive, dit-il après avoir consulté sa montre de gousset.

Alors qu'ils approchaient du foyer, Judith obligea son compagnon à s'arrêter.

— Je préfère que nous nous quittions ici...

— Soit, murmura-t-il en l'attirant vers une porte cochère. Quand allons-nous nous revoir ?

— Je n'ai que le dimanche comme jour de sortie.

— Pourtant... hier ?

— Hier, c'était particulier. Mes cousins Darmon avaient demandé une autorisation spéciale pour Geneviève et pour moi.

Antoine prit le visage de Judith entre ses mains et lui déclara, sa bouche proche de la sienne :

— Promettez-moi de me consacrer votre prochain dimanche. Nous déjeunerons ensemble. Puis, nous irons nous promener là où vous le souhaiterez.

Judith s'engouffra dans le vestibule du foyer au moment où la cloche annonçait le repas. De nombreuses pensionnaires avaient déjà répondu à ce premier appel et le réfectoire résonnait de leurs conversations. La retardataire, qui n'aspirait qu'à la tranquillité, prétexta une crise de foie pour se réfugier dans sa chambre.

Encore habillée, elle s'allongea sur son lit puis ferma les yeux pour mieux accueillir l'image d'Antoine. Avec quelle autorité s'était-il immiscé dans un cœur qui n'était pas à prendre, avec quelle adresse avait-il réussi à troubler un corps qu'elle réservait à un autre... Elle se trouvait devant un dilemme : Eric Fournier, Antoine Margerit. D'un côté, le rêve d'une adolescente, de l'autre, un être de chair et de sang...

Quand Geneviève monta, elle s'étonna de l'obscurité qui régnait dans la pièce.

— Qu'y a-t-il, Judith, tu es malade ?

— Non.

— Tu as des soucis ?

— Antoine Margerit me plaît trop, avoua Judith en se redressant sur un coude.

— Ce n'est pas grave !

— Enfin, Geneviève, tu as la mémoire courte ! Après les confidences que je t'ai faites sur Eric Fournier !

— Il serait temps de te montrer réaliste ! Ce Fournier, tu ne le connais pas !

— Et l'autre, tu crois que je le connais ?

— Tu lui as serré la main et tu lui as parlé. Il t'a dévoilé certaines de ses habitudes, de ses pensées. Alors que tu ne sais rien de ton aviateur ! Peut-être n'offre-t-il aucun intérêt.

— Comment peux-tu dire une chose pareille ! s'écria Judith. Il suffit de se pencher sur sa conduite héroïque pendant la guerre, sa réussite professionnelle pour comprendre qu'il est exceptionnel.

— Moi, je ne juge pas les êtres à leurs actions d'éclat. J'aurais même tendance à m'en méfier.

— Pardonne-moi de ne pas partager ton opinion, la coupa Judith avant de s'enfermer dans un silence boudeur.

Sans prêter attention aux humeurs de sa compagne, Geneviève commença ses préparatifs pour le lendemain. En la voyant sortir avec calme le tailleur qu'elle porterait, choisir la blouse appropriée, regrouper les dossiers établis pendant son jour de congé, Judith éprouva de la honte pour son attitude capricieuse. Comment avait-elle osé pleurnicher devant une femme qui ne s'était jamais plainte de son veuvage ou de l'inquiétude que lui procurait l'avenir de sa petite fille. Incapable de prolonger un différend qui la navrait, elle s'excusa :

— Je suis désolée, Geneviève.

— Oublions tout cela... Je crois que nous n'avons pas suffisamment dormi la nuit dernière.

— Comment fais-tu pour ne pas te laisser emporter ?

— Les événements m'ont appris à privilégier l'essentiel.

Peu à peu, le foyer entrait dans la nuit. Quelques pas dans le couloir, des chuchotements, le grincement d'une porte et le silence s'installa. Surprises par le couvre-feu, Judith et Geneviève avaient baissé la voix.

— Il serait malhonnête, reconnaissait Geneviève, de ne pas mentionner les coups de cafard. Certains jours, je ressens avec une insupportable acuité l'absence de Guillaume. Savoir qu'il est enseveli sous trois mètres de terre et n'accomplira plus ce qu'il aimait me tord le ventre. Le vide qu'il a laissé me rendrait folle si je n'avais pas Rosemarie.

En révélant ses doutes, ses failles, Geneviève devenait moins intimidante. Au respect que Judith lui avait voué dès leur première rencontre s'ajouta un élan de compassion et de tendresse qui transforma un agréable voisinage de chambre en amitié. Il lui devenait impossible de demeurer la spectatrice impuissante du drame qui l'affligeait. De quelle façon allait-elle venir au secours de la jeune femme ? Plusieurs idées germèrent dans son esprit avant qu'elle ne découvrît la solution satisfaisante.

— Tout deviendrait plus supportable si ta fille habitait avec toi...

— Bien sûr, mais c'est inenvisageable.

— En additionnant nos salaires, nous aurions les moyens de nous offrir un logement. D'autant qu'Anna serait enchantée de se joindre à nous.

Geneviève dévisagea Judith comme si celle-ci avait perdu la raison.

— Un appartement ! C'est introuvable, avec la crise !

— Je te promets qu'à la rentrée prochaine nous déménagerons.

— Comment vas-tu faire ?

— Je te demande seulement d'avoir confiance en moi.

— J'ai déjà constaté que lorsque tu avais une idée en tête, rien ne t'en écartait.

8

Le dimanche suivant, Judith confia son projet à Antoine. Il l'écouta, puis lui promit de se renseigner auprès d'amis et de connaissances.

La journée s'écoula, harmonieuse. Ni l'un ni l'autre ne souhaitaient brusquer les prémices d'une relation qu'ils jugeaient déjà supérieure à ce qu'ils avaient connu ou espéré. Parce qu'ils savaient qu'ils ne pourraient perpétuer le mutuel enchantement d'être deviné et admiré, ils s'attachaient aux premières phases de la séduction. Entre eux s'était établi un ballet de sous-entendus, de gestes ébauchés qui épuisait leurs nerfs.

En annonçant à Judith son prochain départ pour un chantier près de Cannes, Antoine marqua une pause dans leur jeu de cache-cache.

— Je vais m'absenter plusieurs semaines, lui déclara-t-il, alors qu'ils marchaient dans une allée du parc de Bagatelle. J'aimerais que vous ne m'oubliiez pas complètement...

Une brise faisait voleter sous la capeline de paille des boucles rebelles à la discipline des épingles et plaquait sa robe de mousseline blanche sur son corps aux courbes douces, la parant d'un troublant attrait.

Cédant à la tentation, Antoine effleura la joue de Judith puis approcha ses lèvres des siennes. Alors qu'il prenait possession de sa bouche, il observa qu'avec un talent inné elle répondait à son baiser. Ce fut lui qui, au bout d'un long moment, la repoussa.

— Nous sommes fous, murmura-t-il en remettant de l'ordre dans ses cheveux.

— C'est une critique ?

— Vous savez bien que non... De là à vous avoir infligé...

— Vous ne m'avez rien infligé ! Ce qui s'est passé, je le voulais autant que vous.

Avec curiosité, il la contempla, debout face à lui, fragile et mystérieuse. Telle une source de vie, elle lui insufflait un sang nouveau et la volonté de retrouver un bonheur enfoui sous des années de désenchantement.

Après un court silence, il remarqua :

— Vous n'avez toujours pas répondu à ma requête.

— Vous ne m'en avez guère accordé le loisir, répliqua-t-elle avec un sourire de connivence.

— Alors, Judith, allez-vous vous ennuyer de moi pendant mon absence ?

— Vous me manquerez, avoua-t-elle, en appuyant son front contre son épaule. Et cela me fait peur.

— Peur ! Pourquoi ?

— Je redoute les attachements.

— Moi aussi, mais en les refusant on se garde de bien des joies.

— Et de bien des souffrances.

— De quelles souffrances parlez-vous ?

— De celles provoquées par le départ, l'absence ou l'oubli. Vous pourriez vous fatiguer de moi, m'en préférer une autre.

— Je peux vous rendre la pareille. Mais aspirer à une relation de qualité exige de prendre des risques.

— Vous en avez déjà pris ?

— Avec vous ? Oui.

— Je... Je voulais parler d'autrefois.

— J'en ai pris certains, irréfléchis. Cela s'est mal terminé.

Qui évoquait-il ? Sur son passé affectif, il demeurait secret.

Dans le dessein de la rassurer, Antoine poursuivit :

— Tous les attachements ne sont pas dictés par l'amour. Il y en a même qui en sont totalement dénués.

Il ajouta sur un ton plus léger :

— Nous n'allons pas nous laisser malmener par des ombres lointaines. Ce qui compte, c'est ce que nous allons connaître ensemble...

D'un geste, il arrêta la protestation de Judith.

— Ne dites rien pour l'instant. A mon retour, vous saurez peut-être si je suis nécessaire à votre existence.

Rien n'avait le même goût depuis qu'Antoine ne respirait plus l'air de Paris. Non sans nervosité, Judith l'imaginait au cœur d'une Riviera parée de toutes les séductions. Lorsqu'elle se contemplait dans la glace, le doute s'emparait de son esprit. Une allure qu'elle jugeait gauche et une élégance exempte de sophistication lui enlevaient tout espoir de s'attacher les faveurs d'un être habitué aux usages du monde. La première lettre qu'il lui envoya la rassura en partie. Puisqu'il semblait lui porter de l'intérêt, à elle de savoir le stimuler. Habitué à côtoyer aux Arts décoratifs et dans sa profession des femmes qui partageaient son idéal et son ambition, Antoine n'accordait pas un regard aux demoiselles pour lesquelles un beau mariage représentait le but de l'existence. Même si elle était au bas de l'échelle, Judith avait pénétré l'univers des bijoux. S'y tailler une place à force de détermination et de connaissance devint son objectif. Ses sorties dominicales au théâtre ou au cinématographe furent remplacées par la lecture des épais et sérieux volumes que lui prêtait monsieur Stern. Grâce à ceux-ci, la provenance et la composition des gemmes ne lui furent plus étrangères. Cet apprentissage théorique aurait été fastidieux s'il n'avait été complété par de fréquentes promenades rue de la Paix, le cénacle des joailliers. Devant leurs vitrines, véritables reconstitutions des contes des Mille et Une Nuits, elle rêvait. Les diadèmes ailés, les bandeaux et les kokochniks où se mêlaient cristal de roche, diamants et perles lui arrachaient des murmures admiratifs. Plus courants, mais aussi extraordinaires par leur originalité, des colliers, des bracelets et des pendentifs apportaient grâce à l'emploi du jade, du corail ou de la turquoise les bouffées d'un exotisme chatoyant.

Un soir où, après la fermeture du magasin, elle livrait à Raphaël Stern ses dernières impressions, elle vit qu'il se retenait de sourire.

— Vous paraissez amusé. Pourquoi ?

— Je constatais vos progrès. Bientôt, je n'aurai plus grand-chose à vous apprendre. Ce n'est pas dans mon intérêt de le souligner, mais je n'ai pas le droit d'accaparer votre temps.

— Je n'ai pas envie de vous quitter.

— Si l'on veut progresser, il est important de ne pas tenir compte de ses élans de sympathie. Laissez-moi poursuivre, lui dit-il alors qu'elle tentait de l'interrompre. Votre contact avec notre clientèle est aisé pour ne pas dire parfait. Le moment est venu de vous mesurer à des femmes plus exigeantes que celles que vous côtoyez chez nous.

— Que m'apporteront-elles ? Leurs caprices ?

— Et leurs goûts.

Judith soupira.

— Je crains que vous ne vous illusionniez à mon sujet. Je n'ai aucune formation technique.

— Quelle importance ! Vous avez des idées !

— A quoi pourraient-elles servir puisque je suis incapable de les concrétiser.

— Vous aurez le choix entre deux solutions : prendre des cours de dessin ou trouver un réalisateur pour retranscrire vos projets.

Sans le rappel à l'ordre de ce vieux monsieur qu'elle estimait, Judith aurait sans doute laissé s'écouler des mois avant d'entrer dans l'arène de la joaillerie. Peur de l'inconnu, timidité ? Les deux raisons étaient intimement liées. De sa mémoire surgissaient les souvenirs de son apprentissage, les conseils sévères et précis de Rachel, la sœur de Raphaël Stern, le pincement quotidien des doigts dans la grille rouillée, le nettoyage des bijoux et l'assiduité qu'elle mettait à les rendre étincelants, tous ces riens qui avaient jalonné et embelli son existence. A ceux-ci, s'ajoutaient les rencontres de hasard, la fierté du fiancé venu choisir une bague pour sa promise, l'émoi des futurs mariés devant les alliances qui scelleraient leur serment d'amour et, plus triste, plus amer, la vieille femme acculée à revendre les talismans de son passé. Bientôt, ces scènes se dérouleraient ailleurs, dans un autre magasin, puisque la vie répétait des situations que le joaillier était appelé à marquer de son sceau. Mettre un art au service des épisodes heureux de l'existence plaisait à Judith. Si un jour elle réussissait à s'imposer parmi ses confrères, un peu d'elle-même accompagnerait les acheteurs qui lui auraient accordé leur confiance.

— Par facilité, par paresse, je n'ai jamais essayé d'emprunter le chemin que vous allez parcourir, reprit Raphaël Stern. La réussite sociale ainsi que le gain me laissent indifférent. A l'inverse de mes confrères, ajouta-t-il avec une lueur d'ironie dans les yeux. Il aurait été nécessaire qu'une compagne me stimule.

— Vous n'avez pas voulu vous marier ?

— J'ai failli épouser une amie d'enfance. Au dernier moment, elle m'a préféré un rival.

— Et ensuite ?

— Je me suis enfoncé dans un égoïste célibat.

— Ne pas avoir fondé de famille ne vous donne aucun regret ?

— La famille, je crois avoir été servi ! Nous étions dix enfants. Trois sont morts en bas âge, cinq ont émigré en Amérique dès leur majorité. Seuls Rachel et moi sommes restés auprès de nos parents…

Il hésita avant d'ajouter :

— Puisque nous sommes à l'heure des confidences, autant jouer la franchise. J'ai eu peur de ne pas savoir recréer la douceur de notre foyer. J'étais le troisième fils de deux Russes émigrés qui s'étaient connus à Paris. Lorsque j'ai eu dix ans, ils se sont installés à Nice où un parent lointain avait offert à mon père de prendre une participation dans une bijouterie. Nous y avons connu des années inoubliables. Je revois ma mère, chantant de sa voix basse les mélodies d'un pays que nous ne connaîtrions sans doute jamais. Fantaisiste, superstitieuse, elle avait construit autour de nous un rempart de croyances qui, pensait-elle, nous protégerait de l'avenir et de nous-mêmes. Mais le bonheur est éphémère. Mon père est tombé malade ; il lui a fallu abandonner son métier. J'étais le seul disponible pour le remplacer. Je me suis mis à travailler comme un forcené. Malgré mes efforts, les recettes ne permettaient pas de subvenir aux besoins quotidiens. Il ne nous restait plus qu'à tenter notre chance à Paris, dans un local moins onéreux. En désespoir de cause, nous avons pris cette boutique... Et nous y avons vu, lentement, s'effriter nos illusions. Les soucis d'argent se sont accumulés. Au lieu d'y faire face, je m'en suis remis au hasard.

En regardant autour de lui, il ajouta :

— Vous êtes le témoin du piètre résultat d'une aventure qui avait pourtant bien commencé...

Avec lassitude, il se dirigea vers le coffre-fort qui contenait ses plus jolies pierres et les recettes de la journée. D'un écrin de velours noir, il sortit un rubis d'environ six carats et le plaça devant la jeune fille.

— Voici ce qu'il reste de notre splendeur d'antan. Il est beau, n'est-ce pas ? Regardez comme sa teinte est uniforme, profonde : c'est un sang de pigeon.

Judith avait appris que l'intensité du ton était la première qualité d'une pierre de couleur.

A l'aide d'une pince, elle l'éleva à la hauteur de ses yeux.

— Il est magnifique ! D'où provient-il ? De Birmanie ?

— Oui. De la vallée de Mogok.

— C'est un véritable trésor.

— Le plus extraordinaire que mon père ait jamais possédé. Pour rien au monde, il ne s'en serait séparé. Par fidélité à sa mémoire, j'ai suivi son exemple.

— Comment l'a-t-il acheté ?

— Un matin, un inconnu a poussé la porte de sa boutique à Nice. Sa dernière nuit au casino lui avait été fatale. La transaction s'est faite sur-le-champ. Plus tard, mon père a éprouvé des remords pour avoir si peu payé une telle splendeur...

A son tour, il s'empara de la pince et déposa le rubis sur la paume de Judith.

— Regardez comme il vous va bien. Les gens ont trop tendance à suivre leurs impulsions ou les modes au détriment de l'accord entre la pierre et le style de sa propriétaire.

Il observa Judith, puis reprit :

— Au début, j'aurais d'abord songé au saphir. Il s'harmonise avec votre teint et le bleu de vos yeux. A présent que je vous connais, j'opte pour le rubis.

— Ce n'est pourtant pas vers lui que vont mes préférences.

— Vous y viendrez.

— Pourquoi ?

— Parce qu'il vous définit. Les Hindous l'appelaient « ratnaraj », la reine des pierres précieuses et affirmaient qu'il était habité par un inextinguible feu interne. Quand ces joyaux brillaient dans la nuit, ils resplendissaient au point de donner une impression de plein jour. Le rubis est associé à la passion, au sang, au courage. Les rois le portaient sur leur heaume, les chevaliers sur la poignée de leur épée. Il est également symbole de victoire, de loyauté et d'amour.

— C'est une comparaison beaucoup trop flatteuse.

— Certains êtres ont le don d'inspirer confiance à leur entourage sur leurs capacités à réussir... Vous en faites partie.

Quand, un peu plus tard, Judith vit Raphaël prendre son chapeau puis le panier que Rachel lui apportait chaque jour et qui contenait son repas à réchauffer, elle eut un pincement au cœur. Où vivait-il ? Elle l'imaginait attablé dans la cuisine d'un appartement sombre, avec son journal pour unique compagnie. Toutefois, des pièces manquaient au puzzle. Raphaël Stern ne puisait pas sa sérénité et son humanité dans ses activités officielles. Une passion l'habitait, suffisamment puissante pour supplanter l'âge, la solitude et le désenchantement. Sinon, montrerait-il une telle hâte à regagner un domicile où personne ne l'attendait ?

— Vous semblez songeuse, lui déclara-t-il en s'emparant d'un trousseau de clés.

— Je me demandais si vous aviez... un violon d'Ingres.

— Quelle curieuse idée !

— Vous ne voulez pas me répondre, n'est-ce pas ?

— Venez, se contenta-t-il de murmurer. Il est temps de fermer.

9

Le traité de Versailles fut signé le 28 juin dans la galerie des Glaces. A l'exemple de ses compatriotes, Judith se plongea dans la lecture des journaux qui commentaient la restitution à la France de l'Alsace-Lorraine, la démilitarisation de l'Allemagne et le montant des réparations de guerre. Il avait été décidé qu'un immense défilé symboliserait la victoire le 14 juillet. Pour fêter l'événement, le foyer, comme d'autres établissements, se transforma en atelier de couture où l'on confectionna avec ferveur les étendards tricolores et les bannières brodées qui claqueraient au vent dans les rues de la capitale.

Au milieu de la nuit, une foule meurtrie mais fière d'avoir vaincu le Boche commença de se masser le long de la voie qu'emprunteraient les héros rescapés. De la porte Maillot à la place de la République, des hommes sanglés dans leurs anciens uniformes, des femmes à la poitrine constellée de cocardes et des enfants armés de périscopes jouaient des coudes pour installer des pliants, des escabeaux, ou trouver une place de choix sur une statue, une branche de marronnier.

Judith et Geneviève, encore ensommeillées, gagnèrent au lever du soleil l'angle de l'avenue Montaigne et de la rue Bayard, où Pierre leur avait fixé rendez-vous. Non sans mal, elles le découvrirent, coincé contre un réverbère et à demi masqué par un groupe d'ecclésiastiques. Philippe Simoneau l'accompagnait.

— Nous attendons Cécile ! leur cria-t-il, les mains en porte-voix.

Viendrait-elle seule ? C'était la question que se posait Judith depuis la veille. Dans sa dernière lettre, Antoine lui avait écrit qu'il tenterait de regagner Paris à la mi-juillet. Tiendrait-il sa promesse ? Si tout à coup, il surgissait devant elle... Que dirait-il et que répondrait-elle ? Se regarderaient-ils, gauches, gênés de sentir peser sur leurs retrouvailles le regard de leurs amis ou, troublés, finiraient-ils par les oublier.

Perdue dans ses conjectures, elle n'entendit pas s'approcher son cousin Pierre.

— Encore endormie, lui dit-il avec une petite tape sur l'épaule. Nous levons le camp.

— Déjà !

— Il est presque six heures !

— Et Cécile ?

— Ou elle n'a pas entendu son réveil, ou elle est une fois de plus en retard. Tant pis pour elle !

Il avait à peine prononcé la sentence qu'une voix familière attira leur attention.

— Anna ! Que fait-elle ici ? murmura Judith. Je vous pensais fâchés...

— C'est vrai, nous le sommes. A cause de...

La raison de leur brouille, Judith s'en moquait. Derrière Anna, elle venait d'apercevoir Cécile puis Antoine. En deux enjambées, elle le rejoignit.

— Je n'y croyais plus, murmura-t-elle d'une voix altérée.

— Je devrais vous punir pour n'avoir pas confiance en moi.

Il tenait ses mains serrées entre les siennes et la contemplait. Elle, presque inquiète, cherchait sur son visage l'image qu'elle avait entretenue pendant son absence. C'était le même regard aigu, le même sourire partagé entre l'ironie et la tendresse... et ce charme indéfinissable contre lequel elle ne pouvait ni ne voulait lutter.

— Quand êtes-vous rentré ?

— Hier soir... Il était trop tard pour vous avertir. Mais, pour être totalement franc, l'idée de vous surprendre ne me déplaisait pas.

Après avoir observé la foule, il ajouta :

— J'aurais préféré pour cette rencontre un endroit plus intime. Cela m'aurait permis de vous embrasser.

— Taisez-vous, lui dit-elle en posant ses doigts sur sa bouche, ou c'est moi qui vais vous couvrir de honte en vous sautant au cou.

— On n'est pas là pour roucouler, les interrompit Pierre.

Le sentant contrarié, Cécile essaya pendant qu'ils se dirigeaient vers le Rond-Point de connaître les raisons de sa colère.

— C'est mon retard qui t'énerve ?

— Mais non !

— Alors, c'est quoi ?

Du menton, il désigna Anna.

— Pourquoi l'as-tu amenée ?

— Parce qu'elle a dormi à la maison.

— La voilà tout le temps fourrée chez toi.

— Tu oublies un peu vite que c'est toi qui me l'as imposée. Tu étais content, il y a encore un mois, de trouver un endroit accueillant pour tes escapades amoureuses.

— De là à te faire une amie de cette fille...

— Tu la parais de toutes les qualités jusqu'à ce qu'elle te préfère Simoneau.

— Peut-être... Mais pour rien au monde, je ne reviendrai avec elle.

— De toutes les façons, elle ne te le demande pas.

— Attends que Simoneau la plaque, répliqua Pierre sur un ton sec.

Malgré ses efforts, il ne parvenait pas à masquer son dépit. Pour mieux le narguer, les intéressés marchaient enlacés à quelques mètres de lui !

Anna ! Il avait d'abord joué avec elle. Une fille facile, comme beaucoup d'autres... Sans qu'il y prît garde, elle avait fini par l'émouvoir. Il aurait souhaité que leur liaison prît un tour plus sérieux, mais à ses élans sentimentaux elle n'avait cessé d'opposer désinvolture et raillerie. Sixième fille d'une famille de huit enfants, elle avait poussé comme une plante sans que quiconque se préoccupât de ses aspirations ou de son bien-être. Quand il avait tenté d'adoucir son existence solitaire, elle l'avait envoyé promener. Cette réaction n'avait pas entamé l'optimisme de Pierre, qui se répétait qu'à force de compréhension et de patience il finirait par l'apprivoiser. Il avait oublié qu'un rival pouvait anéantir ses plans. Simoneau était entré comme une tornade dans le cœur d'Anna. Subjuguée par son physique de jeune premier, stimulée par son flegme, elle lui avait voué une adoration sans limites.

— Elle n'a rien à attendre de ce type, reprit-il en ne sachant plus s'il s'adressait à Cécile ou à lui-même. Il en a usé quelques-unes avant elle.

Arrivés au Rond-Point, ils bifurquèrent vers la Concorde. Les trottoirs de l'avenue des Champs-Elysées étaient noirs de monde. Cécile, qui appréhendait les grandes manifestations, prit le bras de son ami.

— Essayons de rester ensemble ! leur cria Antoine qui veillait sur Judith et Geneviève.

Ils revinrent sur leurs pas avant d'élire refuge sur un arbre.

Installée sur une branche, Judith avait la possibilité d'admirer Paris pavoisé. De l'Etoile aux Tuileries, la plus belle voie du monde ressemblait à une marée tricolore. Sous l'Arc de triomphe, se dressait, dominé par les couleurs de la France, effleuré par les premiers rayons du soleil, le gigantesque cénotaphe dont Louis Süe avait dessiné le plan. Plus bas et s'étalant jusqu'à son perchoir, immeubles, fenêtres, balcons, réverbères croulaient sous le poids des drapeaux et des oriflammes. Rien n'avait été laissé de côté pour sacraliser le douloureux triomphe ! En les observant massés à ses pieds, Judith se demandait quelles pensées pouvaient remuer les veuves et les orphelins venus célébrer l'événement. Qu'éprouvaient-ils envers les rescapés qui, aujourd'hui, se trouvaient récompensés de leurs sacrifices ? Antoine, assis contre elle, demeurait silencieux. Contrairement à beaucoup d'autres, il n'avait pas revêtu son uniforme. Son visage grave révélait qu'il s'était réfugié dans un monde à lui. Afin de respecter son besoin de solitude, elle se pencha vers Anna assise sur une branche inférieure.

— Tu vois bien ?

— Parfaitement. Et toi ?

En enlaçant la jeune fille, Simoneau interrompit leur conversation. Il fixa Judith un long moment. Son geste n'était dicté que par le désir de la mettre mal à l'aise ; aussi soutint-elle son regard. Plusieurs fois, elle avait mis en garde Anna contre cet homme vénéneux. Elle avait prêché dans le vide. Anna était prête à toutes les compromissions pour conserver son amant. L'atelier de couture, lassé de ses absences et de ses retards répétés, lui avait envoyé un avertissement. Elle s'était contentée de hausser les épaules, certaine de trouver, lorsqu'elle le voudrait, un emploi plus adapté à ses capacités.

En demandant à Judith de se baisser, un photographe mit fin à leur étrange affrontement. Autour d'eux, le bruit s'était intensifié. On s'interpellait pour échanger des renseignements sur l'ordre du défilé, on se racontait avec force détails ses tranchées. Un enfant, fatigué par une nuit inachevée, se mit à hurler et une claque ne fit qu'augmenter ses vociférations. Pour tromper une attente qui devenait épuisante, on sortit des paniers copieusement garnis et des thermos. L'effluve du café se répandit et Judith ne refusa pas le gobelet que lui offrait Cécile.

— En voulez-vous une gorgée ? proposa-t-elle à Antoine.

— Non merci.

De sa bouche, il effleura sa tempe, ses cheveux, et sous cette caresse Judith frissonna. Pour lui cacher son trouble, elle baissa les paupières. Lui se détourna légèrement afin de mieux la serrer dans ses bras. Contre son dos, elle avait le rempart de son torse. L'odeur du vétiver mélangée à celle du tabac blond flottait, suggestive...

L'immense rumeur qui annonça le défilé l'obligea à se redresser. La grande marche venait de passer l'Arc de triomphe et s'approchait avec lenteur. Galvanisée, la foule l'accompagnait de ses cris et de ses applaudissements. Derrière les trompettes de la garde municipale venait la musique du 28e qui jouait *Vous n'aurez pas l'Alsace et la Lorraine.* Lorsque passa la délégation des mutilés conduite par Maginot, les acclamations s'intensifièrent, balayant les fanfares. Comme les autres, Judith se sentait emportée par une houle d'orgueil et de fraternité. La vue de Foch et de Joffre chevauchant botte à botte, l'un en dolman noir et culotte rouge, l'autre en uniforme bleu horizon, lui serra la gorge. A côté d'elle, Geneviève ne retenait plus ses larmes. Le canon tonnait et les arrachements, les deuils trouvaient une signification dans cette apothéose.

Vinrent les différentes nations. Pershing menait les troupes américaines coiffées de leurs casques plats. Derrière elles suivaient les armées belge, anglaise, canadienne, néo-zélandaise, les Italiens, les Chinois, les Japonais ainsi que les autres alliés.

Les heures s'écoulaient sans que personne y prît garde. Les yeux brillants, Cécile, en équilibre sur son poste d'observation, agitait avec frénésie un drapeau. Quant à Pierre, il avait oublié sa mauvaise humeur pour vibrer avec ses compatriotes.

Un vide s'étira avant l'arrivée des vingt et un corps de l'armée française, conduits par le maréchal Pétain et le général de Castelnau. L'exaltation atteignit son paroxysme. Un véritable délire escorta tout au long de leur parcours les fantassins, artilleurs, cavaliers, fusiliers marins, légionnaires et aviateurs qui avaient sauvé le pays de la domination allemande. Dans un nuage de poussière, ils avançaient au rythme de leurs musiques, leurs étendards en lambeaux agités par la brise, leurs sabres et leurs baïonnettes étincelant au soleil de l'été. L'émotion s'emparait des spectateurs. On reconnaissait le régiment du disparu et, le cœur serré, on l'ovationnait un peu plus. Judith pensait à son père. Elle l'imagina, assis auprès d'elle, goûtant à ce jour de gloire qu'il avait tant mérité. Personne ne lui avait enlevé le premier homme qu'elle avait aimé. Il suffisait de tendre la main pour le toucher...

Geneviève l'appela. La retraite s'organisait. On plia échelles et escabeaux, on roula les bannières. Judith descendit de son perchoir. Antoine la prit par la main et, s'ouvrant un chemin au milieu des spectateurs, il l'entraîna vers la place de l'Alma.

— Où allons-nous ? demanda-t-elle.

— A la maison. Cécile nous a préparé un déjeuner.

Ils arrivèrent les premiers rue de Chaillot. A peine Antoine eut-il refermé la porte de l'appartement qu'il attira Judith contre lui. Ce fut elle qui chercha sa bouche et, si dans le long baiser qu'ils échangèrent se mêlaient la joie et l'impatience de se découvrir, s'ajoutait le besoin d'oublier l'émotion qui depuis le matin les avait malmenés. Le chapeau de Judith bascula. Dans ses cheveux, sur sa nuque moite, effleurant ses épaules puis le bas de ses reins, couraient les doigts d'Antoine. Lorsqu'il voulut l'écarter de lui, elle résista.

— Croyez-vous que je suis là, avec vous pour jouer la comédie de l'oie blanche ? murmura-t-elle à son oreille.

Alors qu'il ne répondait rien, elle poursuivit :

— Depuis que j'ai accepté de vous voir, je suis consciente des risques que je cours...

— Taisez-vous...

— Jamais vous n'avez voulu que nous nous rencontrions dans un endroit qui ne fût public. De quoi avez-vous peur ? De faire de moi votre maîtresse ?

— Arrêtez. Cette discussion ne peut nous faire que du mal.

— Non. Vous m'écouterez jusqu'au bout.

— Je connais le moyen de vous rendre muette !

Il l'embrassa à nouveau. Les lèvres de Judith étaient douces, sa bouche fraîche, trop habile. Légère, sa robe laissait filtrer la chaleur de son corps et la senteur du jasmin. Au trouble physique s'ajoutait l'aveu qu'elle lui avait fait. Que serait-il advenu de ses belles résolutions, si le bruit d'une clé dans la serrure ne les avait obligés à se séparer ?

— Vous êtes déjà là ? remarqua Cécile en les enveloppant d'un regard entendu. Je ne sais pas comment vous avez supporté cette matinée... Moi, je suis éreintée... et j'ai faim.

— Tu n'es pas la seule ! s'exclama Pierre en la suivant à la cuisine.

Antoine, d'un geste rapide, avait ramassé le chapeau de Judith tandis que celle-ci s'était approchée du miroir pour remettre de l'ordre dans ses cheveux. L'un et l'autre, face aux étrangers qui entraient, éprouvaient la gêne de deux enfants dont on a découvert la faute. Pour cacher sa fébrilité, Judith se noya dans les préparatifs du repas ; elle sécha la salade, coupa du pain. L'atmosphère était gaie, chaleureuse. Même Simoneau abandonna sa suffisance pour moudre le café.

Lorsqu'ils s'assirent tous autour de la table dans la salle à manger, Cécile laissa échapper un soupir de satisfaction. La réunion semblait réussie. Seules

les réflexions acerbes que Pierre se croyait en droit de prodiguer à Anna l'inquiétaient. Loin de se préoccuper des humeurs de son ex-soupirant, la jeune fille humait le bordeaux qu'Antoine venait de verser dans son verre.

— A quoi allons-nous boire ? demanda-t-elle en prenant à témoin les convives.

— A mes vacances ! s'exclama Cécile. Je pars demain pour Deauville.

Ainsi, Antoine serait seul chez lui pendant l'été. Judith baissa les yeux sur son assiette.

— Deauville ! J'y serai moi aussi, annonça Geneviève. Je pars retrouver ma fille. Nous pourrons nous y rencontrer.

En ne répondant pas aux avances répétées de Louis, elle avait réussi à vaincre la méfiance de Cécile. Ce fut sans se forcer que celle-ci entérina la proposition.

— Nous pouvons aussi boire au prochain travail de Philippe, enchaîna Anna.

— Lequel ? Personne n'est au courant, répondit en chœur la tablée.

— Il va vous le dire lui-même.

Simoneau leva les yeux au ciel avant d'expliquer sur un ton qu'il tenta de rendre las :

— Par l'intermédiaire de mon oncle, je suis engagé chez René Valère.

— René Valère ! Le joaillier ? s'écria Judith.

— En effet.

— Vous avez une chance inouïe !

— Votre oncle le connaît bien, les interrompit Cécile toujours friande de précisions.

— Il fait partie de ses employés. C'est lui qui a la charge de trouver et d'acheter des pierres précieuses de grande qualité. J'espère pouvoir rapidement l'accompagner dans ses déplacements.

Les oreilles de Judith bourdonnaient. Philippe Simoneau se chargeait de tous ses espoirs, de tous ses rêves. Elle l'imaginait dans ces Indes de légende, reçu chez des maharajas tentés par l'échange de leurs trésors séculaires contre des nouveautés. Elle le voyait en Birmanie, parvenant après un épuisant voyage à cette fameuse vallée de Mogok où l'on extrayait du sol les plus beaux rubis et les saphirs les plus rares. Anvers, la capitale du diamant, lui ouvrirait ses portes. Dans les ventes aux enchères, il arracherait à ses concurrents des gemmes dont la provenance et le passé défrayaient la chronique.

— Tu ne m'avais pas dit que tu risquais d'être fréquemment absent, remarqua Anna.

— Pourquoi l'aurais-je fait ? répliqua Philippe. Tu n'es ni ma mère ni ma femme, que je sache.

En tourmentant sa mie de pain, Anna se réfugia dans le silence alors que Cécile déclarait :

— Il jouit d'une excellente réputation, ce René Valère.

— Ses affaires sont si florissantes qu'il déménage à la rentrée pour s'installer rue de la Paix dans des locaux plus grands.

— Des locaux plus grands ! Alors, il va devoir embaucher du personnel, observa Antoine. Au cas où l'occasion se produirait, pourriez-vous intervenir en faveur de Judith ?

— De Judith, pourquoi ?

— Ne savez-vous pas qu'elle est vendeuse dans une bijouterie ?

— Personne ne m'en a parlé.

Judith aurait aimé sauter au cou d'Antoine qui venait de formuler ce qu'elle n'aurait jamais osé demander... Encore moins à Philippe Simoneau. Celui-ci s'était tourné vers elle afin de la questionner sur sa formation professionnelle. Sans enjoliver la vérité, elle lui raconta ses quatre mois chez Raphaël Stern.

— J'ai peur que la durée de ce stage ne paraisse insuffisante à René Valère.

La conversation générale reprit, teintée de l'euphorie qui précède les départs en villégiature. Judith devint silencieuse, attentive à l'encouragement qu'elle lisait dans les yeux d'Antoine. Une alliance secrète, fondée sur la confiance et le respect, tissait entre eux des liens qui dépassaient la seule attirance amoureuse.

10

Peu à peu, le foyer se vida de ses pensionnaires. Deux tables demeurèrent occupées dans le réfectoire et Judith n'eut plus pour compagnie que celle de Sabine.

La semaine s'étira, longue et fastidieuse. Ses conversations avec Geneviève lui manquaient au moment de se coucher. Avec une pointe de tristesse, elle contemplait la penderie trop vaste pour ses propres vêtements, le lit jumeau aux couvertures bien tirées et la chambre vidée des objets usuels de son amie.

L'été amenant le mal du pays, Judith fermait parfois les yeux pour mieux se souvenir de la lumière dorée qui s'étendait sur les champs de blé, sentir l'odeur âcre de l'Indre mêlée à celle plus pénétrante, plus familière, des fleurs que le jardinier avait coutume d'arroser à la tombée du jour. Et la cloche de l'église qui avait égrené tant d'après-midi moroses, comme elle aurait aimé l'entendre ! Par une correspondance assidue, sa mère la tenait au courant des faits et gestes de la bourgade. Marthe avait pris le poste de secrétaire aux carrières Fontange. Christophe récupérait ses forces. Rien de miraculeux encore, mais il pouvait s'asseoir. Plusieurs fois, il avait évoqué Judith et demandé de ses nouvelles. Attentive, elle relisait les missives écrites à l'encre violette où défilaient les scènes d'un univers qu'elle n'arrivait pas à renier. A son malaise s'ajoutait la peur de l'avenir. Philippe Simoneau tiendrait-il parole ? Parlerait-il d'elle à René Valère et celui-ci prêterait-il attention aux dires de son employé ?

Antoine, accaparé par un chantier à Rouen, n'était pas en mesure de lui insuffler son optimisme. Elle ne l'avait pas revu depuis le 14 juillet et ses lettres, trop brèves, n'avaient réussi qu'à accentuer son impression d'isolement. Un rendez-vous fut enfin projeté pour le dernier dimanche du mois. L'exaltation, la fébrilité et l'inquiétude qu'elle éprouva la veille de leur rencontre la renseignèrent sur la fougue de ses sentiments. Etait-ce cela l'amour, cette nécessité d'unir sa pensée à celle d'Antoine, d'anticiper leurs entretiens, leurs gestes, cette aspiration à des étreintes chargées d'interdit ?

La nuit lui parut interminable. Après avoir en vain cherché le sommeil, elle choisit de se lever avec l'aube.

— Vous voilà bien matinale pour un jour de repos, souligna mère Agnès qui, après avoir assisté à la messe, prenait son petit déjeuner dans le réfectoire.

— C'est vrai, acquiesça Judith en s'asseyant en face de la supérieure.

Sans se dérober, elle soutint son regard. Mère Agnès serait-elle en mesure de lire ses pensées profanes ? De longues conversations les avaient rapprochées, toutes centrées sur la difficulté qu'avait la jeune fille à croire en un Dieu miséricordieux.

Aujourd'hui, mère Agnès avait l'esprit absorbé par l'envoi en vacances des orphelins dont elle s'occupait et elle ne s'attarda pas.

Restée seule, Judith remplit sa tasse de thé puis, la tête cotonneuse, attendit que le temps passât. La pendule annonçait six heures et demie. Elle devait rejoindre Antoine à midi devant la grille des Invalides. Comment occuper la matinée ? Se recoucher était inenvisageable, lire une revue impossible. A l'écart, des religieuses terminaient leur repas et leurs tasses, leurs soucoupes maniées avec pondération paraissaient presque irréelles. Ce monde ralenti, refermé sur lui-même, lui fit soudain horreur. Elle se leva et, après avoir débarrassé sa place, monta dans sa chambre.

Le miroir lui renvoya un visage chiffonné, des yeux battus. L'eau de rose ferait un miracle ! Des compresses furent confectionnées puis appliquées. Leur effet apaisant lui permit de réfléchir au problème de ses cheveux. Comment les porterait-elle sous la capeline de paille qu'affectionnait Antoine ? Crantés et mollement attachés sur la nuque ? Cette coiffure avait semblé lui plaire lors de leur dernière entrevue. Et cette robe de coton brodé, déployée sur le lit, saurait-elle le séduire par son élégante simplicité ? Plusieurs fois, elle l'avait vu poser son regard sur ses vêtements. Leurs conversations lui avaient révélé qu'aux couleurs franches il préférait le noir et les tons sourds...

A peine passée, la robe fut arrachée puis envoyée en boule dans un coin de la chambre. D'autres vêtements aussi vite enfilés et retirés suivirent la même trajectoire. La penderie se trouva bientôt vide et Judith, en combinaison de soie blanche, s'assit sur son lit. Elle en aurait pleuré de rage. Les minutes s'écoulaient et cependant elle restait immobile...

Ce fut Sabine qui, en entrant dans la pièce, la sortit de son anxiété. Il ne lui restait qu'une demi-heure pour être présentable si elle ne voulait pas être en retard. Elle s'empara de la robe qui, par miracle, n'était pas trop chiffonnée. Après l'avoir drapée devant elle, elle interrogea son amie.

— Comment la trouves-tu ?

— Jolie, mais un peu trop discrète.

En croyant avoir formulé une critique, Sabine avait prodigué le compliment adéquat. Judith, rassurée, ne perdit plus un instant pour s'habiller. De fines chaussures à brides, qui mettaient en valeur la petitesse de ses pieds, complétèrent avec bonheur sa tenue. Un collier et des bracelets de jade enserrèrent son cou, ses poignets. En chantonnant, elle boutonna ses gants... Elle était prête pour partir à la conquête d'Antoine Margerit.

Il l'attendait en faisant les cent pas à côté de sa voiture.

En le découvrant aussi heureux de la voir, de la toucher, elle se demanda comment elle avait pu douter de son pouvoir sur lui. Et ce bonheur intense et si rare qu'elle-même ressentait, pourquoi l'avait-elle craint ?

— Je vous emmène déjeuner à Saint-Cloud, annonça-t-il en lui ouvrant la portière du véhicule.

L'auberge était cachée au fond d'un parc touffu et prisé des oiseaux. Autour d'une fontaine moussue, des tables recouvertes de nappes à carreaux formaient un arc de cercle. La plupart avaient trouvé leurs occupants.

Antoine paraissait connu de la propriétaire qui lui désigna un emplacement de choix sous les branches d'un acacia.

Alors que Judith retenait un sourire, il l'interrogea dès qu'ils furent seuls :

— Qu'est-ce qui vous amuse ?

— J'essayais d'imaginer avec qui vous aviez l'habitude de venir, avoua-t-elle en se dégantant.

— Je vois à quoi vous faites allusion, mais sachez une fois pour toutes que je n'aime pas les répétitions. Aucune femme ne vous a précédée ici, tout du moins aucune femme avec qui j'aurais entretenu une relation amoureuse. Etes-vous rassurée ?

— Oui... Oui.

Une servante à la coiffe empesée et au tablier immaculé vint prendre leur commande. Antoine vanta à sa compagne l'omelette aux herbes et le chapon rôti à la broche. Appuyée contre le dossier de sa chaise en rotin, Judith s'abandonnait au murmure de l'eau et à la caresse sur sa peau des rayons de soleil qui perçaient le feuillage. Quelques gorgées d'un vin léger et frais l'aidèrent à oublier son trac. Elle questionna son compagnon sur le décor qu'il avait composé pour la maison rouennaise, puis elle l'écouta lui décrire les larges espaces ouverts à la lumière, les surfaces dénudées et polies, qu'il avait réalisés avec l'aide de ses collaborateurs. Aucun sacrifice ne lui paraissait superflu pour imposer l'harmonie et la simplicité, pas même celui du temps. Plutôt que de heurter un public traditionaliste par la brusquerie, il préférait tester les vertus de la patience et de la persuasion. La qualité de vie et la recherche du confort finiraient par vaincre les aberrations du modern style.

Et elle ? Qu'était-elle devenue, demanda-t-il en posant ses doigts sur les siens. Elle soupira. Les jours s'étaient déroulés, obscurcis par le vague à l'âme. L'avenir lui avait paru insurmontable. A mesure qu'elle se livrait, elle constatait qu'elle s'allégeait du poids de l'incertitude. Antoine savait accorder aux choses leur juste valeur et cette lucidité s'avérait communicative.

— Chaque fois que nous parlons ensemble, j'en sors raffermie, remarqua-t-elle d'un air songeur. Vous êtes un homme étrange, Antoine Margerit. Tant d'autres, à votre place, essaieraient de minimiser mes aspirations pour mieux m'avoir à leur disposition.

— A mes yeux, l'épanouissement de l'un passe nécessairement par celui de l'autre.

— C'est si rare à instaurer !

— J'y crois, lorsqu'il s'agit de nous.

Judith but son café à petites gorgées. Un enchanteur l'avait projetée dans un univers dénué de tabous et de sanctions. Avec un mélange de plaisir et de curiosité, elle accueillait le désir brutal qu'elle avait d'Antoine. Etait-ce le profil qu'il lui avait offert tout à l'heure, un simple geste pour relever la mèche de cheveux qui lui barrait le front ou certaines intonations dans sa voix... Parce qu'elle ne voulait plus différer ce qu'ils souhaitaient tous les deux, elle refusa la proposition qu'il lui fit de marcher dans le parc de Saint-Cloud.

— Que proposez-vous ? s'étonna-t-il en haussant les sourcils.

— D'aller chez vous.

Antoine garda le silence, partagé entre son code de l'honneur et la tentation de céder à l'appel de Judith. Des femmes, il en avait connu beaucoup, aux Arts décoratifs et ailleurs. Un heureux concours de circonstances avait voulu qu'elles eussent toutes été expertes en science amoureuse.

Aujourd'hui, la situation se révélait différente, mais une force contre laquelle il ne pouvait plus lutter balaya ses ultimes garde-fous.

Il écrasa sa cigarette dans le cendrier, puis se leva.

— Viens, ordonna-t-il sur un ton presque dur.

Judith monta les marches qui menaient à l'appartement d'Antoine en prenant garde de cacher un essoufflement qui ne devait rien à l'effort. Un mot était glissé sous la porte, mais il ne le ramassa pas. Pour le suivre jusqu'au salon, elle contourna, posées au milieu de l'entrée, les valises qu'il n'avait pas pris le temps d'ouvrir. Autour d'elle, les meubles figés sous une pellicule de poussière, les roses dont les pétales s'étaient répandus sur le guéridon, révélaient un lieu abandonné de ses occupants. D'un geste qu'elle tenta de rendre naturel, elle déposa son sac et ses gants au creux d'un fauteuil.

— Votre souhait est exaucé, nous voici arrivés, déclara Antoine en se tournant vers elle.

Judith s'affola. Pour la première fois, s'installait entre eux un rapport de force. En quelques enjambées, il fut près d'elle, puis la serra dans ses bras.

— N'aie plus peur, souffla-t-il.

Comprenant qu'il se méprenait sur la cause de son tourment, elle finit par lui avouer :

— Je crains tellement de vous décevoir.

— Tu sais bien que c'est impossible.

N'obéissant plus qu'au désir qu'il avait d'elle, il emprisonna son visage entre ses mains et s'empara de sa bouche pour lui donner un fervent baiser. Sous cette étreinte, Judith perdit de son inhibition.

Par l'intuition, elle compensa l'inexpérience et, spontanément, sans honte, trouva pour son partenaire des gestes susceptibles de vaincre le trop grand respect qu'il avait d'elle.

— Je t'aime, murmura-t-il.

Avec une hâte qu'il ne tenta plus de maîtriser, il malmena des boutons et se perdit dans des tissus vaporeux. Ce fut elle qui fit glisser sa robe jusqu'à ses pieds. Au travers de la combinaison, il devinait ses seins petits et ronds. Dans un élan possessif, il les sortit de leur voile de dentelle. Judith l'entendit évoquer la douceur et le goût de sa peau. Une brûlure se propageait dans son ventre. Impatiente de se mesurer à son ardeur, elle se pressa davantage contre lui. C'était le signe qu'il attendait pour l'emporter vers la chambre.

Lorsqu'il la rejoignit sur le lit où il l'avait déposée, il était nu.

— Laisse-moi te découvrir, te regarder, chuchota-t-il alors qu'elle voulait l'attirer contre elle.

Appuyé sur un coude, il cherchait dans son regard le trouble qu'engendraient des propos que nul ne lui avait encore tenus... Lorsque ses doigts s'attardèrent sur sa gorge puis glissèrent le long de sa hanche pour atteindre l'aine, elle se tendit vers lui. Ignorant la douleur, elle allait à la rencontre de son premier amant...

Une paix profonde les envahit lorsqu'ils reposèrent dans les bras l'un de l'autre. Les yeux mi-clos, Judith écoutait décroître les battements de leurs cœurs, et de son index redessinait le torse de son partenaire, insistant sur la cicatrice que lui avait laissée sa blessure. Sortant de son silence, Antoine murmura :

— Je n'arrive pas à éprouver de honte pour t'avoir si facilement obéi.

Alors qu'elle se levait, il la saisit aux épaules.

— Judith... tu ne m'as jamais dit...

— Je ne t'ai jamais dit quoi ? répondit-elle en caressant sa joue ombrée de barbe.

— Que tu m'aimais.

C'était vrai ! Et pourquoi ne pouvait-elle prononcer les mots qu'il attendait ?

— Oublions ce que je viens de dire, reprit-il pour alléger le malaise. Rallonge-toi près de moi.

Avec docilité, elle se pelotonna dans les oreillers. S'habituant au demi-jour qui filtrait à travers les lames des persiennes, elle inspecta l'univers d'Antoine. Cette pièce, jusque-là inconnue, reflétait les aspirations de son occupant. Les tapis aux motifs géométriques, le mobilier restreint mais de grande qualité traduisaient simplicité, confort et modernisme. Sur une table à dessin, des études attirèrent son attention.

— Ai-je le droit d'y jeter un coup d'œil ? interrogea-t-elle.

— Tout à l'heure.

— Il va bientôt falloir que je rentre.

— J'avais oublié le règlement ! Qu'allons-nous devenir avec une telle contrainte ?

— Ne t'ai-je pas demandé de me trouver un logement à partager avec Geneviève ?

Il retint un sourire.

— Qu'es-tu en train de me cacher ?

— Rien, je t'assure.

— Je suis certaine du contraire.

11

Pour Antoine et Judith, les mois d'été, d'habitude si creux, si ternes, devinrent les complices de leur aventure. De l'appartement rue de Chaillot, ils avaient fait leur royaume. Chaque fin de semaine, ils s'y rencontraient, impatients de poursuivre la découverte qu'ils faisaient l'un de l'autre. Leur similitude de pensées, de goûts les assura de la qualité et de l'avenir de leur relation. Il était rare qu'une telle connivence existât entre deux êtres. Dans les aspirations de Judith, Antoine retrouvait ses ambitions de jeunesse. Sous son égide, elle se familiarisait avec un art de vivre qu'elle comprenait et appréciait, mais qu'elle n'avait pas eu l'opportunité de côtoyer.

La rentrée s'approchant, la jeune fille commença à s'inquiéter. Où vivraient-ils leur intimité après le retour de Cécile ? Le foyer et ses horaires draconiens ne convenaient plus, non plus. Elle avait eu beau se démener, le seul logement qu'elle avait déniché dépassait les moyens de Geneviève et les siens réunis. Dans plusieurs lettres, son amie s'était enquise de ses démarches. Devait-elle envisager de revenir à Paris, accompagnée de sa fille ?

Le dernier dimanche d'août, Antoine vint chercher Judith devant les Invalides, mais cette fois-ci il était à pied. Il passa son bras sous le sien puis lui fit traverser la Seine.

— Où m'emmènes-tu ?

— Tu es trop curieuse.

Place François-Ier, il l'obligea à s'arrêter. En lui désignant l'un des immeubles, il demanda :

— Il te plaît ?

— Pourquoi ?

— Tu vas peut-être y habiter.

En poussant une lourde porte cochère, il expliqua :

— Madame Chambrun, une amie de ma grand-mère, possède au troisième étage un grand appartement. Son mari est mort l'an dernier de la grippe espagnole et son fils a été tué à Verdun. Elle vit seule avec un vieux couple de domestiques. J'ai pensé qu'une compagnie lui serait agréable. J'ai pensé aussi que Geneviève et toi seriez heureuses chez elle. Cela a pris du temps parce qu'elle était en Suisse depuis le début de l'été et que je voulais lui présenter ma requête de vive voix.

— Quand l'as-tu vue ?

— Hier soir, après t'avoir quittée.

Un valet de chambre à l'allure compassée leur annonça :

— Madame n'est pas rentrée de la messe. Voulez-vous l'attendre ou préférez-vous revenir ?

— Nous l'attendrons, répondit Antoine en lui tendant son chapeau.

Ils pénétrèrent dans un boudoir aux murs lambrissés et tapissés de livres. Une odeur capiteuse dispensée par un brûle-parfums rappelait l'Orient, ainsi que les miniatures persanes et les objets égyptiens disséminés sur les meubles. Sans obéir à un ordre précis, des sièges confortables incitaient à la conversation. Judith s'assit dans la bergère que lui présentait Antoine, puis elle guetta l'arrivée de leur hôtesse. Si seulement il l'avait prévenue, elle aurait mis un tailleur strict et des chaussures plates. Lorsqu'elle lui en fit la réflexion, il éclata d'un grand rire qu'interrompirent trois coups de sonnette.

— Bonjour ! les salua Irène Chambrun en entrant. Je ne sais pas ce qu'avait notre curé aujourd'hui, mais son prêche n'en finissait pas !

Elle serra la main d'Antoine, puis se tourna vers sa visiteuse.

— Antoine m'a chaleureusement parlé de vous. Si ce qu'il m'a confié est véridique, nous allons bien nous entendre.

De taille moyenne et de robuste constitution, madame Chambrun devait avoir une soixantaine d'années. Tout chez elle respirait l'enthousiasme et la bienveillance, mais son regard aigu indiquait que cette dernière qualité n'était utilisée qu'avec discernement.

— Que diriez-vous d'un verre de madère avant de faire plus ample connaissance ? proposa-t-elle en se dirigeant vers un plateau chargé de bouteilles et de carafes. Une longue expérience me permet d'affirmer que de toutes les médecines, c'est certainement la meilleure.

Elle profita de l'aide qu'Antoine lui avait offerte pour attirer Judith vers un sofa.

— Savez-vous que ce garçon m'a arrachée de mes valises à demi déballées pour me vanter vos mérites ? Au début, j'étais réticente à l'idée de partager ma maison. Vous dire que la solitude ne me pèse pas serait faux... Mais j'ai toujours prôné l'indépendance. Après avoir réfléchi, je me suis dit que de la jeunesse autour de moi m'empêcherait de me laisser aller.

Elle tapota le bout de sa cigarette sur un étui en argent et, avant de l'allumer, ajouta :

— Avec mon mari, nous avons vécu des moments privilégiés dans cet appartement. Nous avions la chance d'avoir des amis spirituels, avec lesquels nous avons partagé des soirées mémorables. Par respect pour le passé, j'essaie de maintenir un semblant d'apparences...

Lorsque les fées s'étaient penchées sur le berceau d'Irène Chambrun, elles avaient omis de lui donner des traits réguliers. En revanche, elles l'avaient dotée de charme et de vivacité. On ne pouvait l'oublier après l'avoir approchée. La vie lui avait également accordé un savoir-faire et une aisance qui se reflétaient sur son entourage. A ses côtés, la timidité s'évanouissait et l'on ne pensait plus qu'à gagner son estime.

— Depuis combien de temps vivez-vous à Paris, Judith ?

— Six mois.

— Cela ne vous a pas paru trop dur, au début ?

— J'ai eu la chance de rencontrer au foyer une amie qui m'a beaucoup aidée.

— Antoine m'a informée que vous aimeriez partager votre logement avec elle.

— En effet. Mais... murmura Judith en jouant son va-tout, il faut que vous sachiez qu'elle a une petite fille.

— Une petite fille ! De quel âge ?

— Quatre ans. Elle vit pour l'instant à Honfleur chez ses grands-parents.

Après un silence, Judith ajouta :

— Je comprendrais que cette information change tout pour vous.

— Une petite fille, répétait Irène Chambrun. Valentine fera une tête d'enterrement au début... Il s'agit de ma cuisinière. Raymond, qui vous a ouvert la porte, est son mari. Avec l'âge, elle devient acariâtre et pleurnicheuse. Nous aurons droit à une crise de larmes suivie d'une démission. Comme elle est brave, elle finira par accepter votre venue.

Madame Chambrun se leva.

— Au lieu de parler, visitons les lieux.

Antoine, qui s'était volontairement tenu à l'écart de leur conversation, leur emboîta le pas.

— L'appartement se prête avec facilité au partage, expliquait Irène. Je garderai pour moi les pièces en façade sur la rue François-Ier et je vous céderai celles qui donnent sur la rue Bayard. Nous serons séparées par le vestibule. Ainsi, chacune de nous préservera son indépendance.

Alors qu'elle suivait la maîtresse de maison, Judith tentait d'imaginer l'avenir. Là, ce serait le petit salon, puis la chambre à coucher de Geneviève et de Rosemarie, et enfin la sienne, à côté de la salle de bains qu'elles partageraient. Alors qu'elle s'inquiétait de l'existence d'un réchaud, elle apprit que Valentine préparerait leurs repas. Ce serait inclus dans le prix de la pension.

— Nous n'en avons pas parlé, murmura Judith. Je ne sais pas s'il conviendra à nos possibilités.

— Je vous demanderai mille cinquante francs par personne et par mois. Bien entendu, la petite fille ne payera aucun supplément.

C'était très raisonnable, pour ne pas dire donné. A peine plus cher que le foyer ! Le regard de Judith croisa celui d'Antoine. Une fois de plus, il était intervenu pour la libérer d'un souci majeur.

Un mois plus tard, tout était prêt pour accueillir les locataires. Grâce à des tissus récupérés dans ses ateliers et à un bric-à-brac oublié dans les débarras de madame Chambrun, Antoine avait élaboré un décor féminin et confortable. Les rideaux soyeux et chamarrés, les coussins aux couleurs éclatantes n'étaient pas sans rappeler la féerie des Ballets russes. Irène, que l'innovation et l'originalité ravissaient, se répandit en compliments qui ne servirent qu'à offusquer un peu plus Raymond et Valentine. Le valet de chambre se voûtait sur sa désapprobation et ressemblait à une équerre. Quant à sa femme, elle s'était enfermée dans le mutisme. Aucune tentative de séduction venant de Judith ou de Geneviève ne réussit à les amadouer. Le jour de leur installation, Raymond laissa les valises des jeunes femmes dans le vestibule. Quant à Valentine, concentrée sur l'épluchage des oignons, elle leva à peine la tête pour répondre à leur salut lorsqu'elles entrèrent dans la cuisine. Elle seule savait si les larmes qui mouillaient ses joues étaient dues à son travail ou à la colère.

Leur réticence n'empêcha pas l'emménagement d'être joyeux. Pierre, Cécile, ainsi qu'Anna et Sabine, profitèrent du week-end pour aider leurs amies à prendre possession de leur domaine. Armés de clous, de marteaux, de pinces et d'aiguilles à coudre, ils prêtèrent la main aux derniers embellissements. Les murs se couvrirent de tableaux et de photographies, les lampes reçurent des abat-jour et les tiroirs furent tapissés de cretonne.

Le dimanche soir vit leurs efforts récompensés. Les carreaux des fenêtres étincelaient au soleil couchant, les parquets fleuraient bon l'encaustique et les fleurs offertes par le petit groupe embaumaient le salon. Il était temps d'ouvrir les bouteilles de champagne qui rafraîchissaient dans la glacière. Anna, exténuée par l'accrochage des rideaux, n'attendit pas que son verre fût rempli pour s'endormir sur le canapé. Judith lui trouvait mauvaise mine. Le manque de vacances, sans doute, auquel s'ajoutait un surcroît de travail avant que ne débutent les revues de la rentrée ! Quelles réserves d'énergie et de patience n'épuisait-elle pas à confectionner les costumes emplumés des créatures fascinantes dont les noms s'étalaient sur les façades des Folies-Bergère ou du Casino de Paris. Cécile, à qui elle fit part de son impression, esquissa une moue sceptique.

— Ce n'est pas le surmenage qui est responsable de son état... mais Simoneau.

— Je l'ai pourtant mise en garde !

— Pas autant que moi !

Cécile haussa les épaules et poursuivit :

— Il la trompe à tour de bras, sans y mettre les formes... Cette idiote a tellement peur de le perdre qu'elle ferme les yeux. Elle me fait de la peine... Elle est si seule !

— J'ai pensé lui proposer de s'installer avec nous, mais...

— Ne t'inquiète pas, je vais la prendre à la maison. J'en ai parlé à Antoine. Il n'y voit pas d'objection.

Autour d'elles, les conversations étaient devenues languissantes. Retranchée dans ses coussins, Judith observait Geneviève qui, les yeux mi-clos, répondait aux propos de Sabine par d'imperceptibles hochements de tête. Elle se remémora les instants où elle avait appris à son amie qu'elles allaient déménager. Incrédule, celle-ci lui avait fait répéter la nouvelle. Tout ensuite s'était accéléré...

Afin qu'aucune ombre ne planât sur leur cohabitation, Judith devait gagner l'affection de Rosemarie. Il avait été convenu que la petite fille, accompagnée de sa grand-mère, arriverait rue François-Ier une semaine après l'emménagement.

Rosemarie terminait son dîner servi sur un plateau. Comme elle se trouvait à contre-jour, Judith ne discerna qu'une étonnante chevelure dorée et un nez retroussé.

— Rosemarie, voici Judith, la prévint Geneviève.

L'enfant tourna la tête et plongea ses yeux bleus dans ceux de l'arrivante, puis elle la dévisagea avec gravité.

Malgré cet examen intimidant, Judith s'approcha.

— Bonsoir, Rosemarie.

L'enfant saisit la main de sa mère et la serra convulsivement. Aucun sourire n'étirait ses lèvres. Etait-ce la peur d'être confrontée à une inconnue qui lui dictait cette attitude glaciale ? Judith choisit de ne pas insister et, déprimée par cet accueil, se retira dans sa chambre.

Elle allait s'assoupir quand des coups frappés à sa porte la tirèrent de sa torpeur. Une silhouette menue et vêtue d'une robe de chambre de piqué blanc se dirigea vers elle. Le bras en avant, elle tendait une grande feuille de papier.

— C'est un dessin, murmura-t-elle. Je viens de le faire.

— Un dessin ! Pour moi ? s'exclama Judith.

Rosemarie hocha la tête.

— C'est un magnifique bateau !

— Il vous plaît ?

— Beaucoup.

De son doigt potelé, Rosemarie désigna les membres de sa famille qu'elle avait représentés sur le pont, puis, gagnée par la confiance, grimpa sur le lit pour bavarder. Plusieurs frottements de paupières et des bâillements répétés indiquèrent que le sommeil était proche. Peu à peu, sa tête dodelina et se laissa aller sur les oreillers. De longues minutes s'écoulèrent avant que Judith ne se décidât à bouger. A sentir la chaleur, à percevoir le souffle ténu de sa protégée, elle éprouvait un mélange d'émotion et de tendresse. D'un baiser, elle effleura sa tempe. La petite murmura une phrase inintelligible...

12

Passé les premiers jours consacrés à une mutuelle observation, une vie de famille s'instaura rue François-Ier. Délivrée du souci de trouver un logement, Judith se recentra sur sa carrière.

A Antoine, elle avoua alors qu'ils terminaient de dîner dans une brasserie de Montparnasse :

— Pour que tous mes vœux soient exaucés, il ne me manque plus que de travailler chez René Valère.

— Tu as eu des nouvelles de Simoneau ?

— Par l'intermédiaire d'Anna. Il aurait parlé de moi... Sans éveiller un quelconque intérêt.

— Que comptes-tu faire ?

— Rien.

— A ta place, il y a longtemps que je serais allée me présenter chez ce joaillier.

— En lui vantant mes six mois d'expérience chez monsieur Stern !

Judith avait haussé le ton et les clients assis à la table voisine la toisèrent avec désapprobation.

— C'est facile à dire quand toute sa vie on a pu s'appuyer sur les relations de sa famille.

Ses paroles sonnaient faux, elle le savait. Comme les autres, Antoine avait étudié et, comme les autres, il avait déposé sa candidature auprès de plusieurs architectes décorateurs avant d'être engagé chez ses actuels employeurs. Personne ne l'avait aidé.

— Cesse d'être de mauvaise foi, se défendit-il. Si ce que tu laisses entendre était vrai, tu ne te serais pas intéressée à moi.

Judith s'enferma dans un silence buté. Antoine, qui ne connaissait pas la rancune, voulut s'emparer de sa main, mais ce geste ne réussit qu'à énerver un peu plus sa compagne.

— Enfin, Judith, c'est ridicule !

Le regard rivé sur son assiette, elle ne répondit pas. C'était leur première dispute et une force mauvaise la poussait à envenimer la situation.

— J'ai envie de rentrer.

— Dans ce cas...

Antoine se leva et se dirigea vers la caisse. C'était l'heure de pointe ; la porte à tambour déversait sans relâche son lot de convives affamés. Chaises et banquettes étaient prises d'assaut et les garçons, leurs plateaux surchargés de victuailles à bout de bras, ne savaient plus où donner de la tête. Judith, la rage au cœur, avait quitté sa place pour rejoindre le vestiaire. De loin, elle voyait Antoine ranger son portefeuille dans la poche de son veston puis, inquiet de ne plus la trouver à table, la chercher du regard. Il allait la rejoindre lorsqu'une jeune femme, plutôt jolie, se jeta dans ses bras. Après lui avoir murmuré quelques mots à l'oreille, l'inconnue l'entraîna jusqu'au fond de la salle. Dans la joyeuse bande qui les accueillit avec force exclamations, Judith reconnut Georges et Vicky. Cette confrontation avec une partie de l'existence d'Antoine, dont elle avait été tenue à l'écart, transforma sa colère en désarroi. Avec l'impression d'être la voyeuse d'un spectacle qui lui aurait été interdit, elle observa son compagnon. Debout derrière le siège de sa ravisseuse, il écoutait avec une mine amusée le discours qu'elle lui tenait. Et il riait ! C'était la preuve qu'il se souciait de leur mésentente comme d'une guigne. Judith s'empara de son manteau et gagna la sortie.

Comble de malchance, il pleuvait ! D'un pas rapide, elle marcha jusqu'au carrefour le plus proche. Aucun taxi libre ne se profilait dans son champ de vision. En maudissant Antoine, elle rebroussa chemin. Autant se rapprocher de son domicile ! Des idées de vengeance germaient dans son esprit. De quel droit ce mufle lui donnait-il des leçons ! Parler à voix haute l'aida à oublier ses vêtements trempés et le froid qui lui mordait la peau.

Tout le monde dormait quand elle arriva chez elle ; ce qui lui éviterait de fournir des explications sur son état pitoyable. Après s'être débarrassée de son chapeau dégoulinant et d'un manteau qui ressemblait à une serpillière, elle se dirigea sur la pointe des pieds vers la cuisine. Un grog lui épargnerait peut-être une bronchite. Afin que la potion gagnât en efficacité, le rhum y fut versé avec largesse. A la première gorgée, elle esquissa une grimace, mais sentir son sang circuler dans ses veines l'encouragea à vider son verre d'un trait. Lorsqu'elle se jugea ragaillardie, elle gagna sa chambre et se laissa tomber sur le lit. Des souvenirs magnifiés par les effets de l'alcool envahissaient sa mémoire. Presque malgré elle, son ressentiment contre son amant se dissipa devant le besoin qu'elle avait de lui. Que n'aurait-elle donné pour effacer son inexplicable conduite ! Elle soupira puis se pelotonna sous l'édredon. La nuit était trop avancée pour qu'elle tentât une réconciliation. Excuse facile ! En réalité, elle avait peur de téléphoner et de ne pas trouver Antoine chez lui. Comment avait-il réagi après avoir constaté sa fuite ? Avait-il essayé de la rattraper ou s'était-il contenté de hausser les épaules et de poursuivre sa conversation avec ses amis ? La seconde hypothèse paraissait la plus plausible. Peut-être était-il avec cette fille qui avait semblé lui porter plus qu'un simple intérêt. Réfugiée contre l'oreiller, Judith luttait pour écarter les images trop précises que lui inspirait la jalousie. Jamais elle ne s'était sentie aussi démunie ! Sur les murs, le halo de la lampe de chevet dessinait des ombres inquiétantes. Sa tête était lourde, ses tempes battaient trop fort. L'épuisement ne venant pas à bout de ses remords, elle ne sombra qu'à l'aube dans un sommeil agité avec l'espoir qu'Antoine la réveillerait en prenant de ses nouvelles.

Il n'en prit ni le lendemain, ni les jours suivants, laissant à Judith le soin difficile d'accomplir les premiers pas. Comment déclencher une réconciliation sans fournir une preuve de bonne volonté ? Elle eut beau retourner le problème dans tous les sens, se présenter chez René Valère s'avérait l'unique moyen de regagner l'estime d'Antoine.

Après deux longues semaines de tergiversations, elle pénétra chez le joaillier. A sa demande de rendez-vous, un secrétaire hautain fixa une date inacceptable tant elle était éloignée. Judith décida d'oublier ses principes et de s'incruster.

— Mademoiselle, je ne peux en aucun cas vous garantir que monsieur Valère trouvera quelques minutes à vous accorder.

— Je prends le risque d'attendre.

Avec peu d'empressement, on la conduisit vers un salon au charme exotique. Dès qu'elle y fut seule, elle tenta de retrouver une respiration normale. Les phrases qu'elle avait préparées défilaient dans son cerveau jusqu'à en perdre leur signification. A son malaise s'ajoutait la sensation d'être épiée. Beaucoup de grandes maisons avaient la réputation d'employer un personnel chargé de surveiller la clientèle. Une personne était-elle tapie derrière cette portière ou ce miroir qui pouvait être faux ?

L'après-midi était avancé lorsqu'un homme d'une cinquantaine d'années, à la sobre élégance, la fit sursauter en pénétrant dans la pièce au moment où elle croyait avoir été oubliée.

— Bonjour, mademoiselle, lui dit René Valère, sur un ton poli mais sec. Vous avez demandé à me voir.

— Bonjour, monsieur. Oui, c'est exact.

Après une courte hésitation, elle ajouta :

— Je suis venue pour vous proposer mes services.

— Je ne suis pas à la recherche de personnel.

— Philippe Simoneau m'a pourtant laissé entendre que...

Intimidée par l'expression sévère de son visage, elle s'arrêta net, puis comme il attendait, reprit :

— Il vous a, je crois, parlé de moi... Je suis Judith Fontange.

— De vous ? Non, jamais.

Ainsi que tous les hommes habitués à décider et commander, René Valère ne s'encombrait pas de fioritures. La vérité était assenée sans ménagement. Si le premier but recherché était le gain de temps, cette attitude présentait l'avantage de le renseigner quant à la qualité de ses interlocuteurs. Beaucoup battaient en retraite sans demander leur reste. En l'occurrence, la jeune inconnue ne paraissait pas prête à baisser les bras. Elle essayait même de le convaincre qu'elle voulait consacrer sa vie aux bijoux.

— Avez-vous des références sérieuses à me montrer ?

— Non.

— Dans ce cas, il me semble inutile de poursuivre cet entretien. Je suis navré de vous décevoir, mais notre renommée nous oblige à nous montrer stricts quant au choix de nos employés. La plupart des artisans qui travaillent ici ont été engagés par mon père. Certains vont bientôt fêter leurs trente ans de maison. Quant aux vendeurs, ils ont fait de longs séjours chez nos prestigieux concurrents avant d'entrer chez nous.

— Il a bien fallu qu'ils commencent un jour !

— Au bas de l'échelle et dans de modestes établissements.

— Je travaille actuellement dans une bijouterie de quartier. Stern, rue Réaumur, ajouta-t-elle sur un ton de défi.

— Je ne connais pas ce nom.

— Ce n'est qu'une petite boutique... Je crois néanmoins y avoir reçu un excellent enseignement.

— Je ne nie pas vos compétences, la rassura René Valère, mais je dois m'appuyer sur du concret et vous n'avez aucune preuve à me fournir.

Surpris par la détermination qu'il lut dans le regard de Judith, le joaillier l'observa avec plus d'attention. En quelques instants, elle s'était transformée en conquérante, et l'énergie qu'elle déployait pour défendre sa cause lui rappelait ses rébellions de jeunesse quand, à son entrée dans l'affaire familiale, il avait dû lutter pour imposer des idées que son père jugeait par trop novatrices. Depuis, l'âge, l'expérience, sa position hiérarchique l'avaient habitué à ne pas être contredit. Aussi prolongeait-il un face-à-face qui le coupait d'une monotonie parfois pesante.

En l'avertissant de l'arrivée d'un client prestigieux, son secrétaire mit fin à sa réflexion.

— Faites-le entrer dans le bureau bleu, lui dit-il.

Alors que son interlocutrice, désemparée par ce brutal rappel à l'ordre, se préparait à prendre congé, il s'entendit ajouter :

— Marois, avant le départ de mademoiselle Fontange, veuillez noter ses coordonnées ainsi que ses activités passées.

A Judith, qui le fixait interdite, il lança du seuil de la porte :

— Nous allons simplement ajouter votre candidature à celles que nous avons déjà enregistrées. Pour ne rien vous cacher, elles sont nombreuses.

Judith s'engageait rue de Rivoli lorsqu'une affiche annonçant le Salon d'automne attira son regard. Aucun carton d'invitation ne lui avait été envoyé par Antoine qui, avec ses collaborateurs, avait été engagé pour décorer un stand. Loin d'elle, il poursuivait sa vie et peut-être n'était-elle plus qu'une ombre dans sa mémoire. Quelle sottise d'avoir imaginé qu'il souffrait de son absence ! Néanmoins, aussi cruelle que fût la vérité, elle avait besoin de la connaître. Dès son retour rue François-Ier, elle téléphonerait à son amant.

Ce fut Cécile qui décrocha. Antoine n'était pas encore rentré.

— Essaye à l'atelier.

— Je n'aime pas le déranger là-bas. Je rappellerai plus tard.

— Il ne sera pas là de la soirée. Nous devons fêter l'anniversaire de Georges au Dancing des Champs-Elysées. Mais... pourquoi ne viendrais-tu pas ?

— Je suis fatiguée...

— C'est tout près de chez toi... Nous passerons te prendre avec Louis à onze heures.

— Cécile, je te dis que...

La jeune fille avait déjà raccroché.

13

Avenue Montaigne, devant l'entrée illuminée du Dancing des Champs-Elysées, une longue file d'automobiles déversait son lot de noctambules.

Grisée par la réputation de cet établissement déclaré plus dangereux que la grippe espagnole, Judith s'engouffra dans un hall où s'étalaient les photographies de l'orchestre qui, depuis un mois, galvanisait Paris.

— Rendez-vous au vestiaire ! lui cria Cécile, avant d'être emportée par la cohue.

Dès qu'elle se fut débarrassée de sa cape, Judith pénétra dans une salle immense et enfumée où une foule se déchaînait au son d'un ragtime. Elle s'inquiéta : comment retrouver Antoine dans pareille jungle ?

Louis lui fit signe de le suivre. Bientôt ils parvinrent au balcon où s'étaient réfugiés Georges et ses amis. Parmi lesquels ne figurait pas Antoine.

— Buvons à mes trente ans, ordonna Georges en lui tendant une coupe de champagne.

C'était sans doute ce qu'avait accompli un certain nombre de fois sa jolie voisine. S'il ne l'avait pas retenue d'un bras ferme, elle se serait écroulée sur la banquette.

Nicole, assise de l'autre côté d'une table surchargée de verres à demi vides, ne semblait guère plus flambante. Seule, l'énergie qu'elle déployait à séduire un garçon aux yeux étirés et aux pommettes saillantes la tenait encore éveillée.

— Elles ont forcé sur les vins pendant le dîner à La Cigogne, expliqua le héros de la fête.

En entamant les premières mesures d'un one-step, l'orchestre avait rendu toute conversation impossible. Après avoir ébauché un geste d'impuissance envers son interlocuteur, Judith choisit de se plonger dans la contemplation du spectacle coloré et trépidant que lui offrait la piste en contrebas.

A la fougue des musiciens répondait celle des danseurs qui obéissaient au rythme imposé par le saxophone, le cornet et le banjo. Décidées à imposer la nouvelle image de leur féminité, les femmes n'avaient reculé devant aucun moyen pour tourner la tête de ceux qui avaient trop longtemps été absents. Si les turbans chatoyants, les gants interminables, les fume-cigarettes d'ambre et d'argent n'étaient pas des atouts négligeables, elles n'avaient pas hésité à leur ajouter le fameux décolleté de la Victoire qui, en les dénudant jusqu'à la taille, offrait leur dos à l'étreinte de cavaliers subjugués.

Georges, accompagné d'une jeune fille à l'allure exotique, s'était lancé dans la mêlée. Peu attentif aux figures qu'il esquissait, il semblait chercher quelqu'un. De son observatoire, Judith le vit adresser la parole à son amie Vicky qui, occupée à faire oublier à un partenaire d'âge mûr la valse et le tango, lui répondit par un haussement d'épaules.

Alors que gagnée par l'effervescence, la formation enchaînait avec un shimmy, un jeune homme longiligne s'inclina devant Judith. Si elle déclina son invitation, elle ne lui refusa pas de s'asseoir à côté d'elle.

— Vous êtes une amie de Georges ? lui demanda-t-il avec un accent anglo-saxon.

— Oui... Enfin... Pas vraiment. Je suis venue avec Cécile. Vous la connaissez ?

— Cécile ! La sœur d'Antoine ?

— Oui... Justement, j'aimerais savoir... Il est là, Antoine ?

— Je viens de prendre un verre avec lui au bar.

— Excusez-moi, s'exclama Judith en se levant d'un bond.

A son passage, des murmures flatteurs la rassurèrent sur son pouvoir de séduction. Une robe de lamé noir, retenue par de fines bretelles lui donnait l'apparence d'une sirène. Quant aux étoiles de strass piquées dans ses cheveux, elles étaient avec de longs pendants d'oreilles ses seuls bijoux.

Ignorant les haleines chargées d'alcool qu'elle sentait flotter trop près de son visage et les rires stridents de femmes excitées par une atmosphère équivoque, elle s'approcha du grand comptoir de bois où, shakers en main, les barmen tentaient de satisfaire le goût de leurs « fidèles » pour des cocktails capables de réveiller un mort. Au coude-à-coude et pressés d'échapper aux démons du quotidien, le monde et le demi-monde ne leur accordaient aucun répit. Pour oublier la prohibition qui sévissait dans leur pays, quelques Américains avaient dépassé la dose. A grands cris, ils tentaient de rameuter une paire de filles dont un vieux beau, muni d'une liasse de billets, venait de s'attacher la compagnie. La plus voyante des demoiselles, énervée par leurs remarques grossières, n'hésita pas à inonder du contenu de son verre la figure de leur meneur. Comme celui-ci s'avançait vers elle pour la gifler, elle commença à pousser des cris perçants. Judith, qui ne voulait pas manquer leur algarade, se rapprocha. Mal lui en prit ! Un colosse, stimulé par l'éclat de son compatriote, la saisit par le cou et tenta de l'embrasser. La nuque meurtrie par des doigts de fer, elle perdait l'espoir d'échapper à son agresseur lorsqu'elle entendit dans son dos :

— Laisse-la.

L'ordre avait été donné avec calme, mais sur un ton qui n'admettait pas la discussion.

Surprise et encore chancelante, elle se retourna pour examiner son sauveur qui avait encore sa main posée sur le bras de l'Américain. Il devait avoir une trentaine d'années et son apparence physique n'était ni celle d'un redresseur de torts ni celle d'un lutteur. De taille moyenne, mince, il aurait pu paraître froid et intimidant si son regard sombre n'avait été empreint de nostalgie. Ses cheveux noirs, un teint mat et un nez légèrement busqué faisaient songer à des origines lointaines.

Elle aurait aimé le remercier, mais à peine son adversaire se fut-il éloigné en maugréant, qu'il alluma une cigarette. Puis il demanda à l'ami qui l'accompagnait s'il voulait une autre vodka.

— Non merci, Marc, lui répondit celui-ci. J'ai assez bu.

— Alors, allons-nous-en...

Judith, qui n'avait pas bougé, le vit prendre son portefeuille, régler sa note et gagner la sortie. Au sourire reconnaissant qu'elle lui adressa quand il passa devant elle, il répondit par un bref signe de tête. L'idée qu'il l'eût prise pour l'une des entraîneuses de l'établissement l'effleura et la contraria... jusqu'à ce qu'elle se persuadât que l'avis d'un homme qu'elle ne reverrait jamais ne comptait pas.

Déçue de n'avoir pas réussi à intercepter Antoine, perturbée par la scène qu'elle venait de vivre, elle décida de remettre au lendemain et dans un lieu plus propice leur réconciliation. Au balcon où elle était remontée pour récupérer son sac, elle ne trouva que Nicole et son bel athlète qui, en pleine extase amoureuse, ne remarquèrent pas sa présence. L'air, saturé de fumée et de parfums capiteux, était devenu lourd. Pour juguler un début de migraine, elle saisit dans un rafraîchissoir un cube de glace et s'en frotta le front. Elle s'abandonnait à ce froid bienfaisant lorsque la plainte du saxophone lui fouailla les nerfs et emplit ses yeux de larmes. Elle tentait de se ressaisir quand une voix familière la fit sursauter. Antoine montait l'escalier, suivi de la jeune fille qui avait surgi entre eux le soir de leur dispute. Lorsqu'il découvrit Judith, il s'arrêta de parler puis, avec une certaine gêne, libéra sa main de celle de sa partenaire.

— Depuis combien de temps es-tu là ? interrogea-t-il d'une voix blanche.

— Vingt minutes, environ... Vingt minutes que j'aurais aimé ne pas connaître.

— Ecoute...

— Je n'ai rien à écouter, Antoine. Laisse-moi passer.

— Pas avant que nous ayons parlé.

— Nous n'avons rien à nous dire qui ne puisse attendre.

— Arrête, Judith !

Dans ses yeux, elle lut une si grande tristesse qu'elle en fut déchirée. Afin d'atténuer ce gâchis, elle décida d'envoyer promener orgueil et jalousie.

Au moment où elle capitulait, sa rivale déclara avec une fausse magnanimité :

— Antoine, je t'accorde deux minutes pour régler ton problème. Ensuite, tu devras tenir ta promesse et ne t'occuper que de moi.

La garce ! Pour parler ainsi, elle devait avoir de solides certitudes. Judith ne songea plus qu'à prendre la fuite ! Elle atteignait le rez-de-chaussée quand Antoine la rattrapa et l'entraîna vers une zone d'obscurité.

— Laisse-moi ! gémit-elle alors qu'il la plaquait contre le mur. Laisse-moi, tu me fais mal.

— D'accord, mais promets-moi de ne pas chercher à m'échapper.

Comme elle ne répondait pas, il resserra son étreinte. Essoufflés, les yeux dans les yeux, ils restèrent à se défier jusqu'à ce qu'il murmurât :

— Il n'y a rien entre cette fille et moi. Rien, tu m'entends ?

— Ce n'est pas ce qu'elle laisse croire.

— T'ai-je déjà menti, Judith ?

— Comment pourrais-je le savoir ?

— En me parlant ainsi, tu es en train de renier ce qui a existé entre nous. Es-tu capable de répéter une deuxième fois ce que tu viens de me dire ?

Il l'avait libérée, mais son ton demeurait pressant.

— Alors...

Elle tenta de biaiser.

— Arrête de me harceler et de me donner tort pour te justifier.

— Mais tu as tort et sur toute la ligne ! Tu es l'unique responsable de ce que nous avons enduré.

— Tu oublies que tu ne t'es jamais préoccupé de mon sort !

— Parce que tu penses que je n'ai pas téléphoné à Irène pendant que tu étais au magasin ?

— Elle ne me l'a pas dit, s'étonna Judith.

Se reprenant, elle le défia :

— Et si je n'étais pas venue, ce soir ?

— J'aurais encore attendu.

— Et si je n'étais jamais venue ?

— J'essayais de ne pas y penser.

Si Georges ne les avait pas interrompus, Judith aurait demandé grâce et se serait réfugiée dans les bras de son amant.

— Ah, tu es là, mon vieux ! s'exclama le jeune homme en empestant l'atmosphère avec la bouffée d'un cigare. Je te cherchais.

— Pourquoi...

Alors que, le cerveau embrumé par les effets de l'alcool, Georges tâchait de rattraper sa gaffe, Judith vola à son secours.

— Te sachant en galante compagnie et craignant le drame, ton ami a voulu t'avertir de ma présence. Mais soyez rassuré, Georges, vos bonnes intentions seront récompensées. Nous avons décidé, Antoine et moi, de ne pas nous entretuer, tout du moins pas aujourd'hui.

Après un silence, elle ajouta :

— Nous avons seulement décidé de danser.

14

Profitant de l'absence d'Irène qui séjournait à Barbizon, Antoine et Judith passèrent le week-end enfermés rue François-Ier. De celle qu'elle avait crue sa rivale, Judith comprit qu'elle n'avait rien à redouter… Antoine ne lui vouait aucun sentiment.

— J'ai tout de même du mal à te croire ! Elle est très jolie, souligna-t-elle en l'observant avec attention.

— Peut-être, mais j'avais l'esprit et le cœur trop occupés par ta petite personne pour m'en rendre compte.

— Je t'ai vraiment manqué ?

— Oui… Et dans mes démarches les plus personnelles.

— Lesquelles ?

— J'ai par exemple été malheureux de ne pas t'avoir à mes côtés pour inaugurer le Salon d'automne.

— Tu ne m'avais pas invitée…

— Je n'aurais pas fait le premier pas…

— C'est de l'orgueil mal placé !

— C'est de la prudence. Si on cède avec toi, on est perdu.

— Quelle curieuse idée ! répondit-elle en s'approchant du guéridon où les attendait un repas froid.

Alors qu'il se levait pour la rejoindre, il fit d'un geste maladroit tomber un carton. Des dessins de bijoux s'en échappèrent, naïfs, malhabiles, mais chargés d'originalité.

— Laisse ! s'exclama-t-elle en se précipitant pour les ramasser.

— Pourquoi ?

— Ils ne sont pas bons.

Peu soucieux de lui obéir, il passa en revue les feuillets sur lesquels elle avait esquissé au crayon noir des tiares et des bracelets, des bagues et des pendentifs.

La gorge nouée, elle guettait sa réaction.

— Depuis quand t'exerces-tu ?

— Deux mois.

— Certaines idées sont intéressantes.

— Elles ont été inspirées par ce que j'ai vu dans les vitrines de Boucheron, de Cartier ou de René Valère.

Le nom avait été sciemment lancé, mais Antoine resta de marbre.

— J'y suis allée hier après-midi, poursuivit-elle.

— C'est bien, la félicita-t-il. Comment s'est déroulée l'entrevue ?

— Plutôt mal. Tout d'abord, Simoneau n'avait rien dit à mon sujet, quoiqu'il s'en soit vanté.

— J'avais raison de me méfier de ce type !

— Ensuite, on m'a gentiment fait comprendre que mes modestes références n'étaient pas dignes d'intérêt.

Elle soupira avant d'ajouter :

— Pour entrer chez un grand joaillier, je suis prête à balayer l'atelier, à faire les courses, mais...

quels seront mes débouchés ? Jamais on ne me placera au magasin où les clientes préfèrent avoir affaire à des vendeurs...

— Il reste la création.

— La création, tu plaisantes !

— Pas le moins du monde.

— Je ne connais rien, je ne sais rien.

— Il y a dans tes croquis une spontanéité et une fantaisie qui méritent d'être encouragées. Pourquoi ne t'inscrirais-tu pas dans une école spécialisée ? Il en existe à Paris.

— Oui, rue du Louvre.

— Dès lundi, tu devrais te renseigner sur les horaires et les tarifs des cours.

Aux yeux d'Antoine, rien n'était impossible. « La vie, c'est comme un match de boxe, aimait-il à répéter. Même si l'adversaire semble avoir la chance en sa faveur, rien n'est perdu jusqu'à la fin du dernier round. » Dans son métier, il appliquait cette théorie et se battait pour décrocher des chantiers. La dernière victoire dont il pouvait se vanter avait été d'emporter la décoration de la salle à manger et du fumoir d'un paquebot affecté à la route des Indes.

Préoccupée, elle allait et venait à travers la pièce. S'il se trompait et la poussait sur une mauvaise voie !

— Ne serait-il pas préférable de me lancer dans une entreprise plus accessible ? finit-elle par murmurer.

— Laquelle, par exemple ?

— Je ne sais pas encore, mais...

Il s'approcha d'elle, saisit son visage entre ses mains :

— Si ta passion est réelle, comme je le crois, tu dois l'assumer jusqu'au bout. On n'obtient rien sans imprudence.

Les inscriptions n'étant pas closes, elle fit bientôt partie des élèves de la rue du Louvre. Deux soirs par semaine, elle y suivait, en compagnie d'une vingtaine de garçons et de filles, des cours de dessin : enseignement fastidieux qu'Antoine complétait le dimanche avec patience. Contre les impératifs de la perspective et des volumes, Judith se rebellait... Mais il se montrait inflexible et les exercices se succédaient. Rien ne s'acquérant sans la connaissance, il l'emmena dans les musées. Guide intarissable et passionné, il savait transformer une œuvre d'art en matière vivante. Peu à peu, Judith découvrit Matisse, Picasso, Derain, ainsi que des artistes d'avant-garde tels Delaunay, Picabia et Léger qui, s'ils la déconcertaient, ne la laissaient pas indifférente.

En la personne d'Irène, Judith eut un autre mentor. Rien ne se passait dans la capitale sans que celle-ci en fût informée. Insatiable lectrice, elle demeurait une grande partie de la matinée étendue sous ses couvertures de fourrure à éplucher les journaux que Raymond lui apportait dès son réveil. Le samedi, jour de parution du *Merle blanc*, était chargé d'une saveur particulière. Aucun homme d'Etat, membre du gouvernement, comédien ou sportif n'était épargné dans cet hebdomadaire à vocation satirique. Après l'avoir assaisonné de son propre persiflage, elle en distillait le meilleur à ses locataires qui, sous sa tutelle, se familiarisaient avec l'esprit parisien.

Il n'avait pas fallu longtemps pour que des liens presque familiaux s'établissent entre les trois femmes. Lorsque, de part et d'autre, elles n'avaient pas d'engagement, elles prenaient ensemble leurs repas dans la grande salle à manger. De ces dîners impromptus, Judith sortait enrichie de détails étonnants.

Mariée très jeune à un quasi-inconnu, Irène avait avec intelligence tiré parti de la situation. De l'époux compassé et replié sur sa carrière de magistrat, elle avait fait un esthète doublé d'un globe-trotter. De leurs voyages, ils avaient non seulement rapporté d'intéressantes collections d'objets et de tableaux, mais aussi une séduisante conception de l'existence. Leur culture, leur raffinement d'esprit alliés à une hospitalité sans faille avaient attiré chez eux les plus brillants de leurs contemporains.

Aujourd'hui, malgré ses dires, Irène débordait d'activité et ne manquait pas d'amis fidèles et dévoués. Pour avoir soumis régulièrement son corps à la gymnastique, elle possédait une allure et une résistance que beaucoup de ses cadettes lui enviaient. Sans éprouver de lassitude, elle allait et venait, marquant de sa présence et de son enthousiasme les vernissages, réceptions à l'Académie française, les premières à l'Opéra ou au théâtre auxquels on n'oubliait pas de la convier. En sa compagnie, Judith et Geneviève avaient découvert Anna Pavlova dans *La Belle au bois dormant*, applaudi Berthe Bady, dans *La Vierge folle* de Henry Bernstein, et ri aux larmes avec *Triplepatte* de Tristan Bernard.

Dans ce tourbillon, Rosemarie n'était pas oubliée. Deux mois après son arrivée, l'enfant bénéficiait de droits importants, y compris celui de tenir compagnie à celle qu'elle appelait sans timidité « Mamé ».

A Geneviève qui s'excusait de ce sans-gêne, Irène répliquait :

« N'embêtez pas cette petite ! C'est une récréation pour moi que de lui commenter les photos de *L'Illustration*... »

Au mois de novembre, elles furent sans crier gare privées de ce plaisir : journalistes et imprimeurs se mirent en grève.

« Ils ont, bien sûr, choisi la période des législatives », fulminait Irène qui ne trouvait pas son compte dans la *Presse de Paris*, journal composé par cinquante-six quotidiens soucieux de ne pas priver leur clientèle d'informations.

Pour pallier cette carence et vivre à chaud une campagne qui la passionnait, elle fréquenta un peu plus les cénacles de la politique.

Le soir du scrutin, alors que Judith rentrait d'un concert, celle-ci fut étonnée de découvrir dans le vestibule quantité de pardessus et de chapeaux.

— Que se passe-t-il ? demanda-t-elle au maître d'hôtel qui passait courbé sur des glaces au café.

— Madame a convoqué au dernier moment quelques-unes de ses connaissances. Sans doute pour fêter l'événement... ajouta-t-il sur un ton neutre. Madame m'a chargé de vous avertir que votre présence était souhaitée.

— Il y a beaucoup de monde ?

— Les habitués...

Cela voulait dire une quinzaine de personnes.

Après s'être changée, Judith pénétra dans la fosse aux lions. Le soulagement l'envahit lorsqu'elle y découvrit Geneviève, elle aussi en service commandé.

— Bonsoir, Judith ! s'écria Irène. Approchez... que je vous présente à maître Berthelot, l'un de nos plus brillants avocats.

Un monsieur jovial et rondouillard se leva pesamment pour la saluer.

Judith entendit des noms, serra des mains. Il y avait, accoudé contre la cheminée, le critique Max de Loubet, mais aussi Mitza Woldoroff, auteur à ses moments perdus de contes pour enfants. Sans le moindre embarras, son mari et son amant rivalisaient avec elle de bons mots. Lolotte Magnan, qui depuis son veuvage affichait ses goûts saphiques, était venue avec sa dernière amie de cœur, une Américaine à l'allure moderne et sportive. Son affreux pékinois couché à ses pieds, elle se lamentait de l'inflation grandissante.

— Mais, ma chère, lui répondit un homme au visage sévère et intelligent, tant que l'Etat ne possédera pas en or la garantie du papier qu'il a émis, tant qu'il n'aura pas rétabli le crédit de sa monnaie, je ne vois pas comment le problème s'arrangerait.

A quelques pas, un groupe s'était formé autour de Raoul Dombreuse, cousin germain et chevalier servant d'Irène. Pessimiste, il pensait que l'Allemagne ne « paierait » pas. N'était-elle pas en train de récuser certaines clauses du traité de Versailles...

— Foch a raison de répéter que cette signature n'assure pas notre sécurité.

Judith prit le verre de punch que lui proposait Raymond. Elle se serait réfugiée auprès de Geneviève, si celle-ci n'avait été harponnée par maître Berthelot. Avec la sensation de vivre un rêve, elle observait le spectacle qui l'entourait. Les armes rangées, les morts enterrés, chacun, malgré ses meurtrissures, avait repris sa vie d'antan. D'un commun accord, et à l'instar de la maîtresse de maison, on évoquait l'avenir. Avec l'écrasant triomphe du « Bloc national » fondé sur le ralliement à l'« Union sacrée » et la crainte de la révolution bolchevique, on se persuadait que le pays, grâce à la nouvelle composition de sa Chambre, connaîtrait la stabilité. Millerand n'avait-il pas prôné le travail libre, la solidarité entre les classes sociales, le libéralisme économique, la pacification religieuse et l'augmentation des pouvoirs du chef de l'Etat ?

— Parlons-en du chef de l'Etat, s'insurgea Mitza Woldoroff. Voulez-vous me dire qui va succéder à Poincaré en janvier prochain ?

Assise dans son fauteuil, Irène jubilait. La soirée avait des chances de devenir houleuse, surtout si Mitza et Lolotte continuaient de s'écharper à propos du Père la Victoire [1]. Elle adressa un clin d'œil de connivence à Judith qu'avait rejointe Max de Loubet. Dès leur première rencontre, deux mois auparavant, la jeune fille et le critique avaient noué des liens de sympathie. Elle aimait son persiflage et il adorait son enthousiasme.

— On n'a guère entendu le son de votre voix, était-il en train de remarquer, le regard malicieux. La politique ne semble pas vous captiver. En toute sincérité, moi non plus...

— Dans ce cas, racontez-moi les noces de la grande-duchesse Charlotte auxquelles vous avez assisté. Etaient-elles réussies ?

Alors qu'il décrivait la robe de mariée, il s'interrompit pour lui demander :

1. Clemenceau.

— N'allez-vous pas devoir choisir la vôtre.

— La mienne ?

— Antoine vous a certainement demandé de l'épouser.

— Enfin, Max, nous venons de faire connaissance !

— A sa place, j'aurais déjà cherché à vous enchaîner !

— De peur que j'en préfère un autre ? Quel manque d'assurance... et de confiance !

— Dans le domaine du cœur, on ne peut être sûr de rien !

15

Le dimanche précédant la Noël, les Parisiens faisaient la queue devant le Grand Palais afin de découvrir le Salon de l'aéronautique.

Parmi eux, Judith emmitouflée jusqu'aux yeux écoutait avec amusement les propos élogieux qu'échangeaient des écoliers à propos de leurs héros favoris. Leurs préférences allaient à Védrines et Godefroy, mais atterrir sur le toit des Galeries Lafayette ou passer sous l'Arc de triomphe n'était pas donné à tout le monde.

— Crois-tu que Georges nous a fait faux bond ? demanda-t-elle à Antoine alors qu'ils gravissaient les marches qui menaient au guichet.

— Il est en retard, comme d'habitude.

Le jeune homme arriva au moment où ils se préparaient à acheter leurs billets.

— J'ai promis à mon amie Florence de l'attendre sur le parvis. Retrouvons nous au stand Breguet. Dans une demi-heure, leur proposa-t-il.

Curieux spectacle que celui de ces appareils échoués dans un hall d'exposition ceinturé de murs aveugles et coiffé d'une verrière. Laissant de côté le G 25 de Caudron qui attirait les suffrages, Antoine entraîna sa compagne vers le célèbre Nieuport 29 à bord duquel Casale s'était attribué le record mondial de l'altitude et Sadi-Lecointe, celui de la vitesse. Il était en train de lui donner des détails précis lorsqu'une salve d'applaudissements l'interrompit.

— Lefranc est là ! s'écria une voix.

Haussée sur la pointe des pieds, Judith tenta d'apercevoir l'homme qui avait effectué le premier raid Paris-Dakar quand elle se sentit emportée vers la travée voisine. Antoine, probablement happé par un courant contraire, avait disparu... Après l'avoir cherché sans résultat, elle songea à gagner le stand Breguet. Bousculée par un public impatient de côtoyer ses « dieux », elle erra un long moment à travers l'édifice surchauffé avant de pouvoir s'en approcher. N'en plus bouger quoi qu'il arrive était son dessein. Autour d'elle, le va-et-vient continuait. Hommes et femmes, éblouis par les débuts de l'aviation commerciale, s'agglutinaient devant le comptoir de la Compagnie des grands express aériens avec le rêve de se rendre en moins de trois heures à Londres ou Bruxelles et devenir ainsi des pionniers du ciel. Des militaires, la poitrine constellée de décorations, rappelaient que l'arme aérienne n'était pas étrangère à cet essor, puisque la guerre avait donné naissance à près de sept mille pilotes dont certains s'étaient reconvertis dans le transport postal ou la photographie aérienne. Comme les autres, ils s'arrêtaient devant le *Mammouth* conçu par Blériot, s'amusaient du « yacht aérien » que proposait au prix de soixante mille francs une marque italienne. Emportée par son imagination, Judith se voyait crever les nuages à grande vitesse lorsqu'on l'appela.

Georges lui faisait signe de le rejoindre. Derrière lui se tenait une jeune femme enveloppée de vison. Si sa beauté n'était pas tapageuse, elle était indéniable. Judith apprécia le visage de vierge florentine, l'abondante chevelure dorée que n'avait pu comprimer le chapeau, le nez fier un peu pincé, les yeux turquoise dans lesquels se lisaient droiture et bienveillance.

— Judith... Je vous présente Florence...

Une annonce divulguée par le haut-parleur empêcha Judith d'entendre la phrase dans son ensemble.

— Me voici devenu votre unique chevalier servant puisque tous nos amis ont disparu, déclara Georges, en regardant autour de lui.

— C'était à prévoir, renchérit Florence d'une voix mélodieuse.

A l'adresse de Judith, elle expliqua :

— Mon mari a été pilote pendant la guerre. Ce salon lui rappelle des souvenirs.

— Et Antoine, qu'est-il devenu ? interrogea Georges.

— Je l'ai perdu, répliqua Judith. J'espère qu'il aura l'idée de venir jusqu'ici.

— J'aperçois Marc, les interrompit Florence. Là-bas, derrière le *Bristol Pullman*, précisa-t-elle en désignant du doigt un avion géant.

De son côté, Judith continuait de scruter les visiteurs. L'énervement la gagnait : c'était pour Antoine qu'elle avait abandonné la chaleur de sa chambre et un livre qui la passionnait... A la fatigue d'une semaine de travail s'ajoutait celle du moment présent. Elle réprimait un bâillement quand un homme s'inclina devant elle en se présentant :

— Marc Dorfont.

Avec curiosité, elle observa celui qu'elle croyait être l'époux de Florence jusqu'à ce que l'idée de l'avoir déjà rencontré s'imposât. Où ? Quand ? La mémoire en éveil, elle cherchait un décor pour y replacer son visage qui trahissait une nature désenchantée. Lorsqu'elle croisa son regard, le voile se déchira. Le Dancing des Champs-Elysées ! C'était lui qui l'avait tirée des bras de l'Américain L'avait-il reconnue ? Rien dans son attitude ne le laissait supposer.

En demandant au nouveau venu ce qui avait retenu son intérêt, Florence interrompit leur face-à-face.

— La maquette d'un porte-avions.

Alors qu'elle prenait un air concerné, il ajouta avec un sourire ironique :

— Rassurez-vous... Je vous en épargnerai les détails.

— Oh, Marc, vous êtes odieux... Je suis venue ici pour me familiariser avec les appareils dont j'entends parler à la maison.

Judith, intriguée, assistait à cet échange où perçait une tendre complicité. Soudain, une voix masculine s'écria dans son dos :

— Regarde, Florence, regarde sur qui je viens de tomber !

Machinalement, elle se retourna et la stupeur la cloua. Deux hommes s'approchaient, mais elle n'avait d'yeux que pour le plus jeune.

— Voici mon ami Rivière dont je t'ai rebattu les oreilles, poursuivit celui-ci en se dirigeant vers leur petit groupe. Le voici, l'as des as !

— N'exagérons rien, bougonna son compagnon, un petit moustachu au teint bilieux.

— Aucun d'entre nous n'a descendu autant de Boches que toi, pas même Dorfont.

— Allez, c'est de l'histoire ancienne. Présente-moi plutôt à ta femme.

— Je ne suis pas sûr qu'elle te pardonnera d'avoir été absent à notre mariage.

— Je n'étais pas à Paris au mois d'octobre, répliqua Rivière qui, après avoir échangé une accolade avec Marc Dorfont, se tourna vers Florence.

A l'écart, Judith observait la scène, la gorge nouée. La rencontre qu'elle avait attendue des années se produisait au moment où elle l'aurait le moins souhaité. Eric Fournier était là, à quelques mètres, à peine vieilli et toujours aussi séduisant. De son bras il entourait les épaules de la femme qu'il venait d'épouser et qu'il contemplait avec fierté. Il aurait été difficile de créer couple plus harmonieux : de leur blondeur à leur élégance, tout s'accordait à les rendre exceptionnels. Le parfum des grandes familles bourgeoises attachées à la pérennité des traditions, à la transmission d'un capital que l'on se devait de préserver leur accordait une assurance qui ne s'inculquait pas, ne s'achetait pas. Eric Fournier avait choisi celle qui convenait à son rang, reconnaissait Judith.

— Les voilà replongés dans leurs souvenirs, déclarait Florence, les yeux levés au ciel. Toutes les prouesses de l'escadrille 66 vont y passer.

Judith, qui avait à peine écouté cette réflexion, lança pour le regretter aussitôt :

— Votre mari a dû vous parler de son enfance en Touraine.

— En effet.

— J'ai vécu jusqu'à l'an dernier à Cormery, le village où il avait l'habitude de passer ses vacances.

— A Cormery ! s'écria la jeune femme. C'est décidément la journée des rencontres. Eric ! appela-t-elle.

— Non, non, laissez-le ! Je suis certaine qu'il ne me reconnaîtra pas.

Trop tard ! Il les avait rejointes.

— Fontange, répéta-t-il après que Judith lui eut dévoilé son identité. Ce nom me dit quelque chose...

— Les carrières, murmura-t-elle.

— Bien sûr ! Nous avions coutume d'y jouer le dimanche avec Simon, le fils du médecin. Qu'est-il devenu ?

— Il a été gazé à Verdun.

Avec nervosité, Judith répondit à une multitude de questions. Attiré par les sortilèges d'une jeunesse perdue, Eric Fournier voulait tout savoir. L'ancienne propriété familiale avait-elle subi des transformations ? Emile, le jardinier, était-il toujours passionné par la pêche aux écrevisses ? Tour à tour défilèrent le garde champêtre, la marchande de macarons, un cortège de revenants dont l'évocation rompit la glace. Plongée dans un passé qui n'appartenait qu'à eux, Judith dévisageait l'homme qu'elle avait avec tant de constance, de fidélité, idolâtré.

En se plaignant de la chaleur, Florence créa une diversion...

— Je ne me sens pas bien, annonça-t-elle. J'aimerais rentrer.

— C'est vrai, tu es toute pâle, remarqua Eric.

De sa poche il tira un mouchoir et essuya le front moite de sa femme.

— J'ai besoin d'air.

— Tu n'es pas la seule, renchérit Georges. Moi aussi, je lève le camp !

Non sans mal, leur groupe gagna la sortie. Sur le trottoir, des mères, la cravate de fourrure en bataille, tentaient avec difficulté de maîtriser leurs enfants excités par une trop longue visite. Beaucoup d'entre eux, la pèlerine constellée de cocardes, les mains pleines de brochures et de réclames, tentaient une percée vers la charrette du marchand de marrons. Assourdis par les vociférations qu'avaient déclenchées des gifles plutôt lestes, les Fournier prirent rapidement congé, non sans assurer Judith d'une prochaine invitation à dîner dans leur appartement du boulevard de Courcelles.

Dans la Citroën de Georges qui lui avait proposé de la raccompagner, Judith passa à l'interrogatoire. Qui était Florence ? Eric la connaissait-il depuis longtemps ?

— Florence est la fille du banquier Raymond Favier. Ils se sont rencontrés au début de la guerre. Eric était en permission et elle accomplissait ses premiers pas dans le monde. Un vrai coup de foudre ! De sa part à elle…

— Ah oui ?

— Eric, au front, avait d'autres préoccupations. Mais elle s'est obstinée et a fini par le conquérir.

— Cet ami qui les accompagnait, que fait-il ?

— Marc Dorfont ? A sa démobilisation, il a refusé de travailler dans la société familiale pour se faire engager comme reporter au *Temps.* Il rentre de Chine.

Judith frappa à la porte de Geneviève. Celle-ci essayait la robe de mousseline qu'Anna était en train de lui confectionner en prévision du Nouvel An.

— Devinez ce qu'il vient de m'arriver ! s'écria-t-elle avec des yeux trop brillants.

— Tu as gagné à la tombola, déclara Anna.

— Je viens de rencontrer Eric Fournier. Eric Fournier ! répéta-t-elle avec ferveur. Est-ce que vous vous rendez compte ?

Les lèvres serrées sur ses épingles, Anna eut une exclamation étouffée. Elle était aux anges dès que le romanesque entrait en scène. Geneviève, en revanche, se rembrunit.

Avec une avalanche de détails, Judith relata l'entrevue. Néanmoins, à mesure qu'elle parlait, elle avait l'impression de tricher avec la vérité. Qui cherchait-elle à tromper en vantant les qualités de Florence et l'attachement que son époux semblait lui vouer ? Etait-elle sincère ou essayait-elle d'étouffer son dépit lorsqu'elle déclara d'une voix mal assurée qu'avoir croisé Eric, lui avoir enfin adressé la parole avait exorcisé le passé ? Aux prises avec sa conscience, elle ne se serait pas inquiétée du téléphone qui sonnait, si Geneviève n'avait annoncé :

— Ce doit être Antoine. Il a appelé plusieurs fois.

— Il va m'entendre pour m'avoir laissée tomber, maugréa Judith en s'emparant du récepteur.

Face aux excuses qu'il lui présenta, ses reproches se dissipèrent. Il avait escorté un enfant perdu jusqu'au poste de secours. La démarche s'étant avérée longue, il avait déduit qu'elle ne l'attendait plus au stand Breguet. Il partait dîner chez ses parents à Versailles, mais dès demain il saurait se faire pardonner et l'emmènerait où elle le souhaiterait…

16

Un carton d'invitation arriva, huit jours plus tard, rue François-Ier. Eric et Florence Fournier conviaient Judith à souper le 31 décembre avec quelques amis. Elle songea d'abord à décliner cette offre, mais elle découvrit en relisant le texte qu'elle pouvait se rendre boulevard de Courcelles accompagnée d'un cavalier. Pourquoi compliquer une situation ? Les Fournier avaient conclu un mariage d'amour et elle-même était liée à Antoine... Rien ne s'opposait à ce qu'ils se voient.

Convaincre son amant de l'escorter chez des inconnus, même si ceux-ci faisaient partie des intimes de Georges, ne fut pas facile. Antoine détestait les mondanités et il avait promis à Vicky de passer le réveillon chez elle.

— C'est seulement pour t'être agréable que je me prête à cette corvée, finit-il par maugréer.

Pour lui épargner cet effort, le ciel le prit en pitié en lui administrant à point nommé une angine.

Judith se préparait à quitter le magasin, lorsque Cécile lui annonça par téléphone la nouvelle.

— Il est au lit avec 39° et des cataplasmes.

— Lui aussi ! s'exclama Judith. Monsieur Stern est dans le même état depuis avant-hier. Ce doit être une épidémie !

— Ne parle pas de malheur ! protesta Cécile qui avait la phobie des microbes. Je suis chargée de t'annoncer que Georges te prendra chez toi à dix heures et demie.

— Il n'en est pas question ! Je ne veux pas laisser Antoine seul un soir pareil.

— C'est pourtant ce qu'il souhaite.

Avec davantage de diplomatie, Cécile précisa :

— Il se sent tellement mal qu'il ne songe qu'à dormir.

Rien ne se passait comme l'avait espéré Judith. Devait-elle ou non se décommander ? Concentrée sur son dilemme, elle prêtait une attention distraite à une jeune fille qui hésitait entre garder le bracelet qu'elle avait reçu pour Noël ou l'échanger contre un médaillon tarabiscoté.

— J'ai cru qu'elle ne partirait jamais ! s'exclama Rachel dès que la cliente eut franchi la porte. Je n'attraperai pas mon train pour Saint-Cloud, reprit-elle en consultant sa montre.

— Saint-Cloud ?

— Je suis invitée chez ma cousine.

— A quelle heure est votre train ?

— Sept heures, mais auparavant je dois porter à mon frère son dîner.

— Si cela peut vous rendre service, j'irai à votre place.

— Oh non... Ce serait trop compliqué !

— Compliqué ? Pourquoi ?

— Je vous assure...

Judith n'insista pas jusqu'à ce qu'elle vît Rachel batailler sous une pluie battante avec le panier à provisions, son sac de voyage et un parapluie.

— Laissez-le chez la concierge, répéta à plusieurs reprises la vieille dame avant de lui confier son fardeau.

Inutile de chercher un autobus, ils étaient tous complets. Pataugeant dans les flaques d'eau qui auréolaient la chaussée, Judith prit la direction de la Bastille. Comme elle, de nombreux Parisiens, cartons et bouteilles dans les bras, se hâtaient d'accomplir leurs dernières tâches. Bien que le préfet de police eût pour raisons économiques interdit les festivités, tous avaient l'intention de rendre mémorable le réveillon.

Quand elle s'engouffra dans l'immeuble vétuste et mal éclairé de Raphaël Stern, elle était trempée jusqu'aux os. Sur la vitre d'une loge désertée, une pancarte indiquait le nom et l'étage des locataires. Stern : 6e droite. Son patron n'aimerait certainement pas être surpris au saut du lit, mais elle n'avait pas d'autre choix que celui de forcer son intimité.

Après plusieurs coups de sonnette, la porte s'entrebâilla sur sa silhouette décharnée. Vêtu d'une robe de chambre en laine des Pyrénées, il dévisagea Judith avec des yeux étonnés.

— Votre sœur avait peur de manquer son train pour Saint-Cloud. Je lui ai proposé de venir jusqu'ici, expliqua-t-elle.

— C'est gentil, répondit monsieur Stern en s'emparant du panier qu'elle lui tendait.

— Comment vous sentez-vous ?

— La fièvre est tombée. Mais vous êtes transie, remarqua-t-il alors qu'elle réprimait un frisson. Entrez vous réchauffer.

Elle le suivit jusqu'à la pièce qui lui tenait lieu de salon. Dès qu'il eut jeté quelques bûches supplémentaires dans le poêle, il l'abandonna pour lui préparer une tisane de sa composition. Seule, elle se laissa envahir par la chaleur réconfortante du feu. Une sensation d'isolement mais aussi de quiétude la submergeait. Curieuse d'en connaître la raison, elle posa son regard sur les étagères, les livres, et lut les titres qui se trouvaient à sa portée. *La Science cabalistique* de Lenain, *Œdipus Egyptiacus* de Kircher, *La Philosophie occulte* d'Agrippa. Près de la fenêtre aux rideaux tirés, une grande table attira son attention. Des rouleaux de parchemin, quelques-uns déployés, en faisaient presque disparaître la surface. Tous étaient recouverts de caractères hébraïques. La Torah, sans doute. Dans un parfait alignement, elle découvrit des fioles et de nombreux objets représentant des étoiles, des triangles équilatéraux dont la signification échappait à son entendement. Des listes divisées en quatre colonnes étaient punaisées le long d'un mur, de même que des cartes du ciel. Elle sursauta lorsque Raphaël Stern déclara dans son dos :

— J'étudie l'influence des soixante-douze génies qui gouvernent la Terre et l'Univers.

Après avoir déposé devant elle une tasse, il ajouta :

— Si vous me donnez l'heure, le jour et le mois de votre naissance, je vous révélerai le nom de vos trois anges gardiens.

— Mes trois anges gardiens ?

— Le premier est le directeur de la vie, le second influe sur le moral, quant au troisième, il régit la santé et les actions.

Peu convaincue, Judith se prêta à l'expérience.

— Je suis née un 21 février... Tôt le matin. A huit heures trente, je crois.

Raphaël Stern se livra à un calcul.

— Vous êtes sous l'influence de Haaiah, le protecteur de ceux qui recherchent la vérité, de Hahasiah, l'initiateur aux mystères de la sagesse, et de Habuhiah, le guérisseur des maladies.

Judith le dévisagea avec étonnement. Comment aurait-elle songé que le bijoutier qu'elle côtoyait quotidiennement affrontait, dès qu'il était seul, l'enseignement sacré et ses mystères afin d'y découvrir l'avenir de l'humanité ? Pensant qu'il pourrait plus tard lui en vouloir d'avoir percé une intimité défendue avec tant de précautions, elle n'osa formuler aucune question. Percevant son malaise, il lui déclara sur un ton volontairement neutre :

— Si j'avais voulu vous tenir à l'écart de tout ceci, je vous aurais laissée repartir chez vous. Je vous ai observée depuis suffisamment longtemps pour vous juger capable de respecter et de comprendre les puissances invisibles. J'aurais sans doute cherché à vous initier à des pratiques si vous n'étiez appelée à briller dans la société. Il est important que vous abordiez certains événements sans subir d'influence.

— Et les erreurs de parcours ?

— Vous les ferez, comme tout le monde, mais elles sont nécessaires.

— Dites-moi tout de même si j'ai une chance de réussir ma vie.

— Qu'entendez-vous par « réussir votre vie » ? rétorqua-t-il avec un sourire ironique. Beaucoup prétendraient, d'après ce que je laisse transparaître à l'extérieur, que j'ai raté la mienne. Ils auraient tort.

— Serai-je heureuse, par exemple ?

— Bonheur et exigence ne s'accordent pas, vous le savez bien. Lorsque vous serez arrivée au bout de l'orgueil et de l'ambition, vous aspirerez sans doute à un certain isolement.

17

— Jurez-moi, Georges, de ne pas m'abandonner, murmura Judith à son cavalier avant de traverser le vestibule des Fournier. Je ne connais personne.

— Rassurez-vous, cela ne va pas durer. A la façon dont certains messieurs vous regardent, ils vont chercher à vous être présentés.

D'une tape sur la main, elle le fit taire. En attendant d'approcher les maîtres de maison accaparés par leurs nombreux invités, elle observa le décor qui l'entourait. La somptuosité était à l'honneur dans le salon au plafond orné d'anges joufflus, aux murs recouverts de lourdes tentures et de tapisseries des Gobelins. Curieux choix que celui de cet environnement classique et cossu, de la part d'un couple à la pointe de la mode : lui dans son habit noir, elle presque audacieuse avec ses cheveux entremêlés de plumes d'autruche et une robe décolletée que n'auraient reniée ni *Fémina* ni *La Gazette du bon ton*.

Avec surprise, elle remarqua que ses hôtes paraissaient heureux de sa venue.

— J'espère que vous ne vous ennuierez pas en compagnie de nos amis, lui glissa Florence. Dès que je le pourrai, je vous rejoindrai.

Quand elle se retourna, Judith découvrit que Georges, accaparé par une quinquagénaire volubile, n'avait pu tenir sa promesse. Décontenancée, elle prit la flûte de champagne que lui présentait un maître d'hôtel et la vida d'un trait. Autour d'elle, le cirque des mondanités allait bon train. Pour accueillir une année dont ils n'escomptaient que le meilleur, hommes et femmes avaient décidé de remplacer les inimitiés par les plaisanteries et le rire. Plongée dans l'étude de cette société désinvolte et policée dont elle avait tout à comprendre, elle n'avait pas vu s'approcher celui qui lui susurrait d'une voix mielleuse :

— Jamais je n'aurais pensé vous rencontrer ici.

— Moi non plus, répondit-elle du tac au tac à Philippe Simoneau. Je vous croyais à Lyon, chez votre mère.

— Chut...

Sur un ton entendu, il précisa :

— Je compte sur vous pour ne pas révéler à Anna mon changement de programme.

— Pourquoi lui mentez-vous sans cesse ? l'interrogea Judith sur un ton sec. Si elle ne compte plus pour vous, quittez-la !

— A plusieurs reprises, j'ai essayé de rompre. Elle s'accroche comme...

En les rejoignant, Georges interrompit un échange condamné à mal tourner.

Pour Judith, il aurait été difficile de trouver chevalier servant plus attentionné que l'ami d'Antoine. Sans écouter ses protestations de timidité, il l'entraîna à travers l'assistance. Peu à peu, grâce à l'encouragement qu'elle lut dans ses yeux, elle prit part à des conversations où il était question de la Seine en crue, de la saison de ski à Chamonix et du match France-Ecosse qui se disputerait au Parc des Princes. Avec étonnement, elle découvrait que ce petit cercle de blasés s'adonnait aux mêmes rites. Les messieurs fréquentaient l'Automobile Club, leurs épouses l'Afternoon Tea, et tous soupaient chez Larue ou Maxim's. Le tennis était un sport conseillé, de même que le golf. Dans cet éventail de loisirs, il aurait été déplacé de n'avoir pas assisté à la première de *La Boutique fantasque*, d'autant que la chorégraphie de Léonide Massine était éblouissante.

L'arrivée d'une femme à la beauté tapageuse mit un terme à des bavardages qui seraient devenus lassants. Judith n'avait jamais vu pareille sirène.

— Qui est-ce ? demanda-t-elle à Georges, alors que l'inconnue donnait à Eric sa main à baiser.

— Une poule.

— Si l'on s'en réfère à ses émeraudes, elle a fait une brillante carrière.

— Elle a surtout accompli à la perfection sa reconversion.

— En épousant le petit monsieur chauve qui l'escorte ?

— Ce petit monsieur chauve n'est autre que Raoul Baschet.

— Le propriétaire des chantiers navals ?

— Tout juste ! Et, jusqu'à ce qu'il rencontre Sylvia, le plus inconsolable des veufs.

Qui aurait résisté à pareil éclat, pareil savoir-faire ? se disait Judith en regardant la fameuse Sylvia Baschet se diriger, en compagnie d'Eric, vers le buffet où il lui commanda un verre de porto.

— Vous n'avez pas oublié mes habitudes, remarqua-t-elle, en l'épiant de ses prunelles vert d'eau.

— Qui les oublierait, Sylvia ?

— Vous n'étiez pas aussi galant, autrefois. Il est vrai que je n'occupais pas la même position.

De l'autre bout du salon, Florence suivait l'entretien. Des indiscrétions plus ou moins volontaires lui avaient appris qu'Eric avait été l'amant de cœur de cette madame Baschet qu'elle jugeait comme la plus dangereuse des rivales.

— Vous voilà bien sombre pour un soir de fête, commenta une voix qu'elle aurait reconnue entre mille.

— Oh, Marc ! J'ai cru que vous ne viendriez pas ! Il est presque minuit, ajouta Florence en se retournant vers l'arrivant.

— Je me suis laissé prendre par le temps.

— Vous étiez en train d'écrire, n'est-ce pas ?

— On ne peut rien vous cacher.

Après avoir jeté un regard autour de lui, Marc Dorfont constata :

— Cette réunion ne ressemble guère à la soirée intime que j'attendais.

— Eric a insisté pour inviter des relations d'affaires...

A son corps défendant, Marc fut bientôt entouré par d'anciens amis de collège, des relations de Normale, des maîtresses d'un soir ou d'un été. Combien en avait-il fallu, d'événements cocasses, heureux, graves ou déchirants, pour que, face à sa jeunesse resurgie, il n'éprouvât aucune nostalgie !

Les douze coups de minuit, sonnés par toutes les cloches de Paris, le tirèrent de ses pensées. Il fut serré entre des bras connus ou inconnus, congratulé, embrassé. Pour l'année nouvelle, on lui souhaitait le meilleur, mais la seule personne dont il eût aimé entendre les vœux était elle-même assiégée. Dans sa poche, il toucha le cadeau qu'il avait choisi à son intention et qu'il lui donnerait dès que le calme serait revenu. Il retint un soupir de lassitude. Son séjour en France n'avait servi qu'à raviver une blessure qu'il avait à tort crue cicatrisée. Alors qu'en buvant une gorgée de whisky il maudissait la faiblesse qui l'avait poussé à accepter cette soirée, ses yeux se posèrent sur une jeune femme à l'attitude réservée.

Il ne lui fallut pas longtemps pour reconnaître la personne croisée au Grand Palais. Plus frêle que dans son souvenir, elle était élégante avec son fourreau bleu nuit et ses sautoirs de perles baroques. Telle qu'elle était placée, elle lui paraissait différente des autres, plus mystérieuse, plus insaisissable. Au moment où, égayée par les propos de son voisin, elle renversa la nuque, il éprouva le brutal désir d'embrasser son cou à l'endroit où la peau fine n'était pas mordue par les bijoux. Perçut-elle la violence de son intérêt ? Comment expliquer, sinon, qu'elle se fût tournée vers lui ?

Dans la salle à manger, Judith avait pris place entre Georges et un éminent banquier quand, obéissant aux directives de Florence, Marc s'était assis entre la belle madame Baschet et la cousine germaine d'Eric. Philippe Simoneau et une vieille dame couverte d'amulettes avaient complété la table. La comtesse de la Chapelle, connue pour son indépendance et son originalité, avait sillonné le monde, mais Shanghai demeurait l'un de ses plus beaux souvenirs. Evoquer avec le séduisant Marc Dorfont cette ville réputée pour son luxe et ses multiples tentations, cette métropole grouillante de spéculateurs et d'aventuriers, ravivait son entrain.

En les écoutant, Judith visualisait l'embouchure du Yang-Tsé où glissaient jonques et sampans. Elle entendait, au travers du fameux brouillard jaune, le mugissement des sirènes qui annonçait l'arrivée des paquebots. Et ces rues secrètes, bordées de théâtres, de maisons de jeux ou de plaisirs, ces fumeries d'opium, elle n'avait aucun mal à les imaginer, pas plus que la forte attraction qu'elles exerçaient sur leurs habitués. A en juger par la lueur de regret qui brillait dans les yeux de Marc Dorfont, il en gardait la nostalgie.

— Pour quelles raisons séjourniez-vous là-bas ? interrogeait Louise de la Chapelle en rajustant un turban prêt à vaciller.

— *Le Temps* m'avait donné carte blanche pour une série d'articles sur l'évolution des villes chinoises.

— Votre mission accomplie, vous êtes tout de suite rentré en France ?

— J'avais promis à Eric d'être témoin à son mariage.

— Témoin à son mariage ! Alors, c'est vous qui lui avez sauvé la vie au-dessus de Verdun ?

— N'exagérons rien, répliqua Marc. J'ai mitraillé l'avion qui l'avait pris en chasse. Mais... qui vous a raconté cette histoire ?

— Florence.

— Florence n'a pas son pareil pour enjoliver les situations.

La tendresse contenue dans sa voix n'avait pas échappé à Judith. Pour cesser d'être le centre d'intérêt, il se tourna vers la cousine d'Eric. Mal lui en prit : elle était ennuyeuse à périr. Pur produit de son milieu, elle attendait un époux en suivant des cours de puériculture. Sylvia Baschet ne tarda pas à lui couper la parole. Ayant appris que Georges travaillait chez Süe et Mare depuis que ceux-ci avaient ouvert la Compagnie des arts français, elle lui demanda un projet pour la décoration de son hôtel particulier.

S'il avait été là, Antoine aurait peut-être contribué à enlever ce chantier. Avec tristesse, Judith songeait à son amant. N'aurait-elle pas dû rester auprès de lui ? A quels besoins avait-elle obéi en venant ici ? Avait-elle voulu connaître le cadre de vie des Fournier, avait-elle tenté de se créer d'intéressantes relations ? Eric était-il devenu un rêve inaccessible qu'il fallait oublier ? La soirée ne leur avait guère permis de se parler, néanmoins, elle l'avait surpris en train de la regarder à des moments où elle était courtisée.

Un impeccable ballet de maîtres d'hôtel avait présenté timbales de langoustines, truffes au champagne et chauds-froids de volaille. Judith, fatiguée par les émotions de la journée, n'avait presque pas touché à la nourriture. Tant d'événements étaient survenus en l'espace de quelques heures. C'était tout juste si elle ne croyait pas avoir rêvé son incursion chez Raphaël Stern. « Vous devez d'abord briller parmi les hommes », lui avait-il dit avant qu'elle ne s'infiltrât dans ce microcosme qui faisait et défaisait les modes et les renommées. Ce soir, sa présence avait été remarquée. Peu importait ce que l'on pensait d'elle, l'essentiel étant d'exister... Forte de cette idée, elle n'avait pas caché qu'elle travaillait comme vendeuse dans un magasin. Sous le regard horrifié de la cousine, elle avait raconté à Louise de la Chapelle sa venue à Paris. Lorsqu'elle avoua son désir d'entrer dans une joaillerie, elle guetta la réaction de Simoneau qui, obnubilé par les charmes de Sylvia Baschet, s'était désintéressé de son entourage. Marc Dorfont, de son côté, semblait perdu dans ses pensées. Etrange personnage qui pouvait passer de l'enthousiasme au repli ! A qui, à quoi, son existence était-elle consacrée ?

Dès la fin du repas, Judith s'éclipsa dans la bibliothèque déserte. Plongée dans la contemplation des volumes, elle ne prêta pas tout de suite attention à la conversation qui, par une porte entrebâillée, provenait du boudoir attenant.

— Mais alors, Marc, cela veut dire que l'on ne vous verra plus avant votre embarquement, murmurait une voix féminine. Combien de temps allez-vous nous quitter ?

— Quelques mois, peut-être un an. Tout dépendra de l'intérêt que je trouverai au Kenya.

— Si vous partez aussi longtemps, je dois vous révéler un secret.

— Un secret ?

— J'attends un enfant.

Il y eut un silence avant que Marc ne déclarât sur un ton altéré :

— Toutes mes félicitations, Florence. Eric doit être heureux.

— Fou de joie ! Je lui ai annoncé la nouvelle avant-hier.

— Quand ce bébé doit-il naître ?

— En juillet... Nous attendrons votre retour pour le baptiser. Vous ne nous refuserez pas d'être son parrain, n'est-ce pas ?

Attentive, Judith cherchait ce qui sonnait faux dans ce conciliabule dont les deux interlocuteurs ne semblaient pas dominés par les mêmes émotions.

Florence, concentrée sur son bonheur, était à mille lieues de percevoir le malaise de Marc.

— Parrain, était-il en train de répéter. Un membre de votre famille serait plus approprié.

— Comment pouvez-vous dire une chose pareille ! Vous êtes un frère pour Eric.

— Et pour vous que suis-je, Florence ?

— Mon meilleur ami.

La réponse avait fusé, franche, spontanée.

— Alors, c'est oui ? insistait la jeune femme sur un ton adouci.

— Vous ai-je déjà refusé quelque chose ?

L'irruption dans la bibliothèque d'un couple avide de calme mit fin à l'indiscrétion de Judith qui, troublée, regagna le salon.

18

Ni l'entrée en vigueur du traité de Versailles en janvier ni l'investiture à la présidence de la République de Paul Deschanel en février ne bousculèrent l'existence de Judith. Son entente avec Antoine demeurait privilégiée et, de la cohabitation avec Irène et Geneviève, elle n'avait qu'à se féliciter. Seule laissait à désirer son ascension professionnelle. Malgré le respect et l'affection qu'elle vouait à Raphaël Stern, elle savait que l'enseignement qu'il lui prodiguait touchait à sa fin.

Alors qu'au début du printemps, elle envisageait avec morosité l'avenir, un courrier la fit bondir de joie. La société Valère lui proposait de remplacer temporairement son apprenti qui s'était fracturé une jambe.

Irène, mise dans la confidence, ne manqua pas de souligner le « temporairement ».

— Ce que l'on vous propose n'est qu'un dépannage.

Judith demeurant silencieuse, la vieille dame poursuivit :

— Serait-il raisonnable d'abandonner une situation stable et rémunératrice pour courir le risque de vous retrouver à la rue dans quelques mois ?

— Non, mais je dois tenter ma chance, aussi minime soit-elle. Si je ne le fais pas, je le regretterai toute ma vie.

Robert Marois, secrétaire de monsieur Valère, l'informa des us et coutumes de la maison et du travail qu'elle aurait à accomplir.

— Vous serez essentiellement chargée des courses de l'atelier.

Après avoir insisté sur la ponctualité et une tenue irréprochable, il lui proposa de faire le tour des locaux. Les salons réservés à la clientèle occupaient la majeure partie du rez-de-chaussée. Leurs murs lambrissés, des tapis aux tons sourds et des meubles Louis XV répondaient à un souci de classicisme et de confort. En retrait, un corridor menait au service des livraisons et à la chambre forte où chaque soir étaient déposés les pierres et les bijoux. Au premier étage, c'était l'habituel va-et-vient qui précédait l'ouverture de la boutique. Les vendeurs, tous des hommes, vérifiaient le bon enregistrement de leurs ventes, tandis que les comptables et les secrétaires échangeaient des informations avant de gagner leurs places.

Judith montait à l'atelier lorsqu'elle se heurta à René Valère. Un homme d'une cinquantaine d'années au visage franc et sérieux le suivait. Il s'agissait d'Yves Savignac, l'oncle de Simoneau.

— Bonjour, mademoiselle, la salua le joaillier avec une froide politesse.

Ce furent ses seuls mots de bienvenue. Déjà, il s'adressait à Robert Marois.

— Nous allons procéder avec Savignac à l'inventaire. Veillez à ce que nous ne soyons pas dérangés.

— Oui, monsieur. Mais lady Deane doit venir à onze heures trente pour choisir ses perles.

— Quand elle aura effectué un premier tri dans l'échantillonnage que nous lui avons préparé, vous m'appellerez.

Pour bénéficier d'un maximum de lumière, on avait installé l'atelier de bijouterie-joaillerie sous les toits. Autour de deux établis disposés perpendiculairement à la verrière travaillaient une quinzaine d'artisans, tous vêtus de la traditionnelle blouse blanche. Assis sur des tabourets, une peau de cuir recouvrant leurs genoux, ils martelaient ou ciselaient l'or et le platine. A l'écart, quelques-uns de leurs compagnons s'affairaient autour de la forge, des laminoirs à planer ou des bancs à étirer. Judith fut présentée à chacun d'entre eux, ainsi qu'aux sertisseurs qui dans une pièce attenante transformaient le bijou en joyau.

Concentré sur sa tâche, le plus âgé du trio prenait à l'aide de brucelles les émeraudes disposées sur sa boîte à cire afin d'en orner une monture « mise à jour ». Œuvre de patience et de minutie, œuvre d'amour... Réceptif à l'intérêt que la jeune femme portait à sa réalisation, il lui en expliqua les détails techniques.

Ce fut la seule accalmie de Judith. Le reste de la journée se passa en courses multiples : achats de métaux, d'outils, contrôle des bijoux non sertis et non polis square du Temple. Un marathon qui la laissa harassée mais ravie.

— Je connaîtrai tout depuis la base, raconta-t-elle à Geneviève alors qu'elles buvaient une tisane. Même s'ils ne me gardent pas, ce sera une référence que d'avoir fait un stage chez eux. Mais je ne parle que de moi. Où en êtes-vous dans l'élaboration du parfum ?

— La fragrance sera bientôt au point. En revanche, nous piétinons pour le flacon. Plusieurs projets ont été refusés.

— Pourquoi ne demandez-vous pas à Lalique ?

— Il a déjà travaillé pour des concurrents. Nous ne voulons que de l'inédit.

Après une hésitation, Geneviève avoua :

— J'ai parlé d'Antoine à notre directeur. Il va le convoquer.

— C'est gentil de ta part !

— Il a beaucoup de talent.

Emue, Judith regarda les objets qu'Antoine lui avait offerts au fil du temps. Que ce fût le paravent où s'élançaient les animaux des espaces africains, le vase de laque à incrustations de coquillages, la lampe en laiton et verre dépoli, chacune de ces œuvres confirmait ce qu'avait déclaré Geneviève. Il y avait une facture originale, audacieuse, visionnaire, qui le différenciait de ses confrères. Les précurseurs et les esthètes l'ayant déjà compris, les commandes affluaient. Grands chantiers ou modèles uniques destinés à des collections, Antoine était submergé de travail. « Entre tes cours et mes déplacements, nous nous voyons à peine », s'était-il plaint le mois précédent.

Actuellement, il était à Lyon. Dans une lettre, elle l'avait informé de son changement de situation et de la rectitude de Raphaël Stern qui, dès qu'elle la lui avait demandée, lui avait donné sa liberté.

D'un étui en écaille, elle sortit une cigarette, l'alluma puis remarqua :

— Je n'aurais jamais pensé qu'en l'espace d'un an nous aurions l'une et l'autre parcouru un tel chemin.

— Moi non plus !

Impatiente de connaître la réaction de son amie, Judith ajouta :

— J'ai l'impression que tu t'es un peu réconciliée avec la vie, Geneviève. Est-ce que je me trompe ?

— Non.

— La présence de Rosemarie, n'est-ce pas ?

— Bien sûr... Mais il faut y ajouter ce noyau familial que nous avons su créer, cette chaleur, cette gaieté qui même si elles sont éphémères m'ont ôté mes semelles de plomb.

— Pourquoi éphémères ?

— En toute logique tu t'en iras bientôt pour suivre Antoine.

— Je ne suis pas pressée.

— Pas pressée ! De quoi as-tu peur ?

— De moi, peut-être.

— Tu n'es pas sûre de l'aimer ?

— Si.

— Alors ?

— Comme tu l'as remarqué tout à l'heure, Antoine a du talent... et je ne veux pas unir officiellement mon existence à la sienne tant que je n'aurai pas prouvé mes capacités. C'est peut-être égoïste, stupide, mais il m'est impossible d'agir autrement.

Dans cet état d'esprit, elle ne ménagea pas sa peine chez René Valère. Si les courses de l'atelier continuèrent d'être son lot quotidien, elles lui ouvrirent les coulisses du métier. Tout n'étant pas fabriqué par la maison, le bronze, la laque, l'horlogerie avaient leurs experts disséminés dans la capitale.

La réputation qu'avait René Valère d'être intransigeant sur les qualités morales et professionnelles de ses employés n'était pas surfaite. A mesure qu'elle fit la connaissance des polisseuses, enfileuses de perles, vendeurs et aides-vendeurs, Judith en eut la preuve.

Hissé au rang des plus prestigieux joailliers de Paris, égal de Boucheron, Cartier, Chaumet, il ne pouvait se permettre la plus petite erreur. Le passé le guidait, référence exemplaire d'une famille vouée à la haute idée qu'elle s'était forgée de cet art difficile. L'entrée des Valère dans la profession remontait au début du XIXe siècle. Ambroise, l'arrière-grand-père, travaillait chez un horloger. En 1835, son fils Prosper entrait comme ouvrier dans une joaillerie du Palais-Royal. Cinq ans plus tard, il épousait la fille de son patron et, à la mort de celui-ci, prenait la direction de l'affaire. Remarqué par la cour de Napoléon III, il avait connu de belles années jusqu'à la Commune. Au cours d'une formation en Angleterre, Raoul, son unique enfant, avait acquis un goût original et des idées modernes. Ce fut lui qui, à partir de 1875, sauva le magasin de la faillite en y attirant non seulement des investisseurs étrangers mais aussi une nouvelle clientèle de banquiers et d'industriels français. L'installation rue du Quatre-Septembre se profila, accompagnée par la faveur des cours royales et princières. Lorsqu'il succéda à son père en 1911, René se trouva à la tête d'une entreprise florissante.

L'arrivée de Jacques Nodier dans l'équipe des dessinateurs assit sa renommée. Cet ancien élève de l'école Boulle sut donner à la maison le style dont celle-ci avait besoin pour affronter le siècle des transformations. Inspiré, sensible, il possédait plus que quiconque le don d'exalter les pierres précieuses. De nombreux voyages en Orient, certains décors et costumes des Ballets russes avaient développé son goût du merveilleux et des couleurs contrastées qui allaient devenir son style. Rien ne l'effrayait, encore moins la juxtaposition si décriée du saphir et de l'émeraude, de l'améthyste et du jade...

Un tel virtuose ne pouvait que s'attirer l'admiration de Judith. Trois semaines furent nécessaires avant qu'elle n'osât l'aborder un soir d'avril, au moment de la fermeture des bureaux. Jacques Nodier était penché sur sa dernière création lorsqu'elle pénétra dans le « studio » et lui remit une chemise cartonnée.

— Monsieur Marois m'a priée de vous apporter ce dossier.

Il demeura la tête penchée sur un bracelet d'inspiration mauresque, pavé de corail, de diamants et d'onyx.

Judith, éblouie par la légèreté, la délicatesse de la gouache, était restée sur le côté à le regarder faire.

— Toutes les matières se valent et j'aime à les mélanger, lui dit-il lorsqu'il eut posé son pinceau.

Conscient de l'intérêt qu'elle portait à son ouvrage, il sortit d'un tiroir plusieurs études et les lui tendit : pendentif en « pierres de lune, saphirs, diamants et émail bleu », montre-pendentif en « onyx, diamants ronds, turquoises et émail noir », sautoir et gland en « cristal, émail rouge, onyx et or blanc », broches d'inspiration indienne, il y avait de quoi perdre la tête...

Les réflexions enthousiastes et judicieuses de Judith le poussèrent à lui montrer des croquis personnels dans lesquels étaient résumées ses promenades. Au fil des pages, le détail d'une icône voisinait avec un motif de tapis persan, la patte d'un lion avec une statuette égyptienne.

— Un jour ou l'autre, ils donneront naissance à des bagues, des colliers, des poudriers. Que sais-je ?

Avec son corps fluet, son visage mobile, la lueur de raillerie qui brillait dans ses yeux sombres, il ressemblait à un lutin facétieux.

Judith s'approcha de créations punaisées au mur. Il y avait là un diadème de perles et d'émeraudes destiné à une princesse nordique, une ceinture de diamants et cabochons de saphir commandée par une riche Américaine et, un peu à l'écart, des clips d'oreilles pour une certaine madame Baschet.

Simoneau n'avait guère tardé pour amener cette cliente chez Valère. Judith se souvenait du charme qu'il avait déployé chez les Fournier pour la gagner à sa cause et lui faire oublier un concurrent auquel elle se vantait d'être fidèle depuis des années.

Jacques Nodier lui présenta un modèle de montre destiné au stock du magasin. Indifférent au temps qui s'écoulait, il évoqua une future gamme de minaudières et de porte-cigarettes réalisée dans une inégalable laque.

Par la baie vitrée, Judith voyait le soleil disparaître derrière les toits de la place Vendôme. Elle serait en retard à son cours, mais elle avait l'impression d'avoir plus appris en cette demi-heure qu'en une année de théorie. Une complicité venait de s'établir. Si Judith connaissait le passé de son interlocuteur, lui ne savait rien de cette jeune femme vive, passionnée et érudite qui accomplissait les besognes ingrates de l'atelier.

— Comment avez-vous été recrutée pour remplacer notre apprenti ? finit-il par demander.

En quelques mots, elle lui avoua ses aspirations et les difficultés qu'elle rencontrait dans ce monde où les femmes n'avaient pas leur place.

— Aucune n'a encore réussi à se faire un nom dans la profession, conclut-elle avec un geste d'impuissance.

— Quelques négociantes en pierres, tout de même.

— Je pensais à la création. Croyez-vous que je mène un combat perdu d'avance ?

— Perdu, non... mais difficile...

Après quelques secondes de réflexion, Jacques Nodier ajouta :

— Si vous me faisiez voir vos croquis, je vous donnerais un avis ?

— Mes croquis ! s'exclama Judith. Vous y jetteriez un coup d'œil ?

— Bien sûr, mais je vous conseille de n'en parler à personne. Ici, les jalousies ne manquent pas.

Malgré une discipline de fer, intrigues et ragots infestaient les esprits. Il en résultait parfois une atmosphère pénible qui, si l'on y prêtait attention, pouvait briser les élans. En matière de complot, Simoneau n'était pas un débutant. Dernier engagé chez les aides-vendeurs, il avait en six mois réussi à acquérir une clientèle prestigieuse. Devenir vendeur à part entière était son obsession. Pour y parvenir, il lui faudrait bousculer un vétéran. Intelligent, calculateur, il savait à la perfection manier ses pions et Marcel Folon, sa cible favorite, avait à souffrir de sa perfidie.

Ne supportant pas qu'on le traitât avec indifférence, Simoneau avait tenté d'amadouer Judith. La méfiance qu'elle lui opposait finit par l'exaspérer.

La pressentant déterminée, volontaire et dangereuse à long terme, il s'était juré d'obtenir son renvoi au bout des trois mois qu'elle devait accomplir. Mission délicate : elle était appréciée du chef d'atelier et de Marois à qui elle rendait de nombreux services. Etait-ce de Simoneau que Jacques Nodier avait voulu parler ? Toujours est-il que Judith redoubla de prudence.

Plusieurs jours s'écoulèrent avant qu'elle ne trouvât l'occasion de soumettre ses esquisses au dessinateur.

— Je préfère les regarder chez moi, murmura Jacques Nodier en les glissant dans une serviette de cuir.

Que son jugement se révélât positif ou négatif, elle savait qu'elle le prendrait au pied de la lettre.

Le lendemain matin, alors qu'elle déposait son chapeau et ses gants dans le casier qui lui était réservé, elle découvrit une enveloppe cachetée. Croyant qu'il s'agissait de papiers administratifs, elle ne l'ouvrit que le soir, après avoir quitté les locaux. Le contenu tenait en une ligne : « Battez-vous. L'enjeu en vaut la peine. N. »

19

Un mariage princier et des réceptions donnèrent à la maison Valère un surcroît de travail. L'atelier se transforma en ruche et Judith ne ménagea pas sa peine. Epuisantes journées durant lesquelles elle courut chez un lapidaire, un laqueur, un négociant, d'autant plus épuisantes qu'elles étaient suivies de cours de dessin aux horaires tardifs.

Juin allait se terminer sans qu'elle eût la moindre idée de son avenir. Malgré la confiance qu'elle accordait à sa bonne étoile, elle commença à s'inquiéter.

— Votre engagement touche à sa fin, lui déclara un matin monsieur Marois.

Le cœur battant, elle attendit la suite.

— Vos services nous ayant donné satisfaction, nous avons décidé de vous proposer le poste d'aide-vendeur que monsieur Folon abandonne puisqu'il a décidé de partir pour Londres. Monsieur Stern nous a certifié que pour l'avoir pratiqué pendant près d'un an vous connaissiez bien ce secteur.

Aide-vendeur ! Judith croyait rêver. C'était une révolution au sein de cette maison que de lui donner sa chance. Peut-être souhaitaient-ils être les pionniers en la matière. Ce ne serait pas une mauvaise publicité à une époque où les mentalités changeaient. En s'étant fait un nom dans la mode, Gabrielle Chanel, Madeleine Vionnet, Jeanne Lanvin avaient ouvert une brèche.

— Notre offre vous intéresse-t-elle ? s'enquit Marois en la dévisageant avec attention.

— Comment pouvez-vous me poser une telle question ! s'exclama Judith avec un rire heureux.

Elle écouta attentivement les informations concernant son salaire et l'organisation du travail.

— Vous ferez équipe avec Tabourdin.

Judith respira. C'était le plus ancien des vendeurs, un homme proche de la retraite, efficace et courtois.

— Il est le seul à avoir accepté sans sourciller votre assistance...

Etrange personnage que Marois qui, par ses qualités de discrétion, de prudence et de fermeté, était devenu l'éminence grise de son patron. Premier arrivé, dernier parti, il ne semblait vivre que pour la joaillerie qui l'employait.

— Yves Savignac vous familiarisera avec notre stock de pierres... Et son neveu Simoneau vous enseignera le comportement que vous devrez adopter face à notre clientèle.

Si cette précision n'était pas celle qu'elle préférait, Judith n'en laissa rien voir. Simoneau avait le vent en poupe depuis qu'il avait apporté de nombreuses commandes.

A la mi-juillet, elle était en train de classer des archives lorsque Paul Tabourdin l'appela.

— Rejoignez-moi dans le salon chinois avec des saphirs de deux et trois carats.

Bien qu'il lui tournât le dos, elle n'eut aucun mal à reconnaître Eric Fournier. Assis dans un fauteuil canné, il écoutait les explications que lui prodiguait le vendeur sur les différentes qualités de saphirs.

Lorsqu'elle s'approcha, il la dévisagea avec insistance puis s'exclama :

— Judith Fontange !

En se levant pour la saluer, il demanda :

— Depuis quand faites-vous partie de cette honorable maison ?

— Trois mois et demi.

— Alors, vous allez m'aider à choisir un présent pour Florence.

Il s'interrompit pour reprendre aussitôt :

— Depuis ce matin nous avons un petit garçon. Charles-Henri, ajouta-t-il avec fierté.

— Toutes mes félicitations, déclara Judith sur un ton qu'elle essaya de rendre enthousiaste.

Les garde-fous édifiés depuis quelques mois s'écroulaient pour faire place à des regrets qui ne voulaient pas mourir.

— Comment s'est passé l'accouchement ? s'entendit-elle demander.

— Sans difficulté.

Eric se rassit et se concentra sur les pierres.

— Vous qui m'avez jusqu'à présent toujours bien conseillé, par quoi dois-je me laisser tenter, demanda-t-il à monsieur Tabourdin.

Le vendeur déposa sur une feuille blanche un premier saphir.

— Celui-ci provient de Ceylan. Sa couleur est belle, un peu claire… Comparons-le avec cette gemme trouvée en Birmanie.

— Son bleu paraît plus intense.

— En effet ! Mais je crains qu'il ne s'assombrisse à la lumière artificielle.

En retrait, Judith observait Eric. Il avait l'autorité naturelle des êtres habitués à voir leurs désirs exaucés. Son jugement était rapide, ses propos décidés. Puissant, fortuné, attentionné, généreux, il incarnait l'oiseau rare dont rêvaient les midinettes. Quand s'ajoutait à ce panégyrique un irréprochable physique, il y avait de quoi perdre la tête. Penché sur les choix qu'on lui proposait, il offrait son profil. Tel qu'elle le découvrait, les traits détendus, adoucis par cette journée unique entre toutes, il lui paraissait plus accessible que dans son souvenir. Il avait écarté la plupart des pierres, ne gardant que deux saphirs d'origine et de poids différents. Au moment où elle s'y attendait le moins, il s'enquit, curieux de connaître son opinion :

— Lequel préférez-vous ?

Faisant appel à sa conscience professionnelle afin d'oublier qu'elle allait servir les intérêts de celle qu'elle considérait à tort ou à raison comme sa rivale, Judith désigna un saphir du Cachemire, à la couleur veloutée, profonde.

— Celui-ci. Il est vivant, attirant.

Par expérience, elle savait que pour bien acheter une pierre, on devait suivre sa première impulsion.

— C'est aussi mon avis, répliqua Eric Fournier avec un sourire de connivence.

A Florence allait échoir cette pierre de la sagesse, de la fidélité, cette « gemme de l'âme » comme l'avait joliment baptisée la légende. Que ressentait-on lorsqu'on recevait un tel gage d'attachement ? Victime de son imagination, Judith prenait la place de l'intéressée. Ce mirage avait empli ses yeux de rêve et, sans qu'il en eût conscience, Eric subissait son charme, prenant un plaisir d'esthète à contempler le visage délicat et la silhouette que ne parvenait pas à masculiniser le tailleur de tussor à la coupe parfaite mais sévère.

En évoquant le problème de la monture, Paul Tabourdin le rappela à la réalité.

— Sous quelle forme souhaitez-vous voir porter ce saphir ?

— Ma femme a une passion pour les bagues. Elle m'a vanté vos dernières créations où le cristal de roche est employé.

— Mademoiselle Fontange va nous en apporter quelques spécimens.

Quand Judith revint chargée d'un nouveau plateau, Eric admira son port de tête et sa démarche légère. Aimable malgré une évidente réserve, compétente, résolue, cette femme le déroutait, lui qui avait toujours fréquenté de nonchalantes fleurs de serre.

Des bagues furent examinées, puis commentées. Monsieur Tabourdin était partisan d'une monture discrète.

— La pierre se suffit à elle-même, répétait-il à Eric Fournier qui demeurait sceptique.

Dès qu'elle eut compris que leur client souhaitait une touche d'originalité, Judith se risqua à donner son avis. Elle prit entre le pouce et l'index une bague assez volumineuse et suggéra :

— Pourquoi n'en garderions-nous pas l'esprit, tout en l'allégeant...

— Vous n'y pensez pas ! s'indigna le vendeur avec un regard furibond. Ce serait une hérésie !

Eric réclama des explications supplémentaires.

— Il suffirait de diminuer d'un tiers cette monture pour qu'elle convienne à votre saphir, déclarait avec conviction la jeune femme.

— L'idée m'intéresse, acquiesça Eric.

Monsieur Tabourdin, qui ne voulait pas passer pour un imbécile, se hâta de proposer :

— Voulez-vous que nous préparions un projet ?

— Auparavant, j'aimerais voir l'effet que produit ce bijou sur un doigt féminin.

Se tournant vers Judith, il ajouta :

— Pourriez-vous le passer ?

Prise au dépourvu, elle balbutia :

— Cela ne donnera rien...

— A moi d'en juger, répliqua Eric en lui présentant la bague.

Le cœur battant, elle s'exécuta. L'anneau trop large fit paraître encore plus frêle sa main dénuée d'autre ornement.

— Vous voyez, cela n'a rien de convaincant...

— Vous vous trompez ! Me voici décidé.

Déconcerté, monsieur Tabourdin se demandait s'il devrait en privé réprimander ou féliciter son assistante. Ce n'était pas la première fois qu'elle outrepassait ses droits. Aujourd'hui, elle avait l'excuse de connaître le client. Il les entendait évoquer la Touraine.

— Notre rencontre m'a rappelé Cormery et ses qualités. J'ai écrit au notaire Delorme pour savoir s'il avait des terrains à vendre.

— Vous voudriez construire ?

— Florence souhaiterait une maison moderne. L'influence de Georges, sans doute...

20

Judith, qui n'aurait droit qu'à quelques jours de vacances en septembre, ne refusait pas les sorties, encore moins celles qui lui faisaient rencontrer les amis d'Antoine. Peintres, sculpteurs, photographes, mais aussi bronziers, dinandiers, artisans du métal et du verre, la plupart habitaient Montparnasse.

De temps en temps, les portes de leurs ateliers s'ouvraient sur des réunions privées. C'était à l'une de celles-ci qu'elle se rendit la veille du 15 août.

Le maître de maison, un Scandinave à l'allure de bûcheron, paraissait déjà éméché lorsqu'il l'invita à pénétrer avec Antoine dans le cénacle. Au gré de leurs nationalités et de leurs affinités, les invités avaient formé des groupes. Les Russes possédaient la suprématie du nombre. Emigrés d'avant ou d'après la révolution, ils profitaient de la rencontre qui leur était offerte pour renouer avec leur langue maternelle et évoquer une patrie que quelques-uns craignaient de ne jamais revoir. Parmi eux, Judith aperçut Marie Wassilieff, connue pour avoir nourri pendant la guerre Modigliani, Soutine et Picasso. Le visage épanoui, elle prêtait une oreille attentive aux confidences que lui murmurait un Japonais vêtu d'une veste de papier. Si l'on suivait le regard de Foujita – c'était bien lui derrière les lunettes d'écaille et la lourde frange de cheveux – on était en droit de supposer qu'il lui distillait les pires horreurs sur la grande fille brune qui monopolisait les mains de Moïse Kisling. « Encore un modèle », se dit Judith en détaillant sous la fine robe de pongé le corps aux courbes sensuelles. L'assistance regorgeait de ces splendides créatures que l'amour, la générosité ou la vanité poussaient à poser. De toutes, Kiki était par sa vivacité, son naturel, son franc-parler, la plus fascinante, la plus troublante. Egérie du quartier, elle pouvait se vanter d'enflammer l'imagination et les sens de ces hommes jeunes et démunis dont elle avait su flairer le talent.

Antoine avait rejoint Vicky et son dernier protégé, un danseur moscovite qui enthousiasmait les foules. Elle l'hébergeait, le nourrissait et lui tenait les rênes serrées. Le garçon, encore fruste, avait sans révolte pris l'habitude de la suivre comme une ombre, trouvant dans la possessivité de sa maîtresse un rempart contre une faune qui le paralysait.

Lorsque Judith s'approcha, Vicky l'ignora délibérément et continua d'évoquer pour Antoine les tissus qu'elle avait, à sa demande, imaginés.

— Tu les auras la semaine prochaine, lui disait-elle.

— C'est le dernier délai que je t'accorde.

Désireux de varier sa gamme de matériaux, Antoine commandait à l'extérieur des créations susceptibles d'emporter l'assentiment d'une clientèle exigeante. Grâce à son talent, Vicky faisait partie des élus et elle ne manquait pas d'en tirer des prérogatives, ainsi que de l'amitié qui les liait depuis les Arts décoratifs. Avec déplaisir, elle avait assisté à la prise de pouvoir de Judith, déplaisir qu'elle avait pris l'habitude de manifester par du dédain.

Connaissant le caractère entier de Judith, Antoine redouta une algarade entre les deux femmes. D'autant que l'orage qui couvait depuis la fin de l'après-midi allait éclater. Il n'y avait qu'à regarder à droite et à gauche pour comprendre que, chez certains, la nervosité avait pris le pas sur les autres états. Au fond d'une alcôve, sur des matelas déroulés, des corps se cherchaient, luisants de moiteur. Mêlés aux rires stridents, aux professions de foi artistiques, fusaient des propos de cocher qui auraient fait rougir des vétérans. Les bouteilles circulaient, lampées au goulot, les verres se renversaient et le mauvais alcool noyait les mégots éteints à même le sol. Judith fut bientôt harponnée par un garçon malingre qui lui demandait de poser pour une sculpture.

— Je t'ai déjà dit que je n'avais pas de patience, lui répondit-elle en riant.

— Tu n'oses pas, c'est tout !

— Pourquoi t'acharnes-tu sur moi ? Il n'y a que l'embarras du choix, ici.

— Je les connais toutes.

— Et cette personne ? insista-t-elle en désignant une jeune Slave qui, accompagnée au piano par un compatriote, avait entamé une mélodie de son pays.

— Irina... Je la connais aussi. Elle prend des cours chez Bourdelle.

— Elle est belle.

— Pas autant que toi.

Captivée par la voix riche et nuancée de la soliste, Judith se détourna du sculpteur. Le sens des paroles avait beau lui échapper, l'univers qu'elle avait découvert dans les romans de Pouchkine ou de Tolstoï surgissait, chargé de l'intensité propre aux choses révolues. Elle n'était pas la seule à subir la magie du moment ! Autour d'elle les conversations avaient cessé. Incapables de résister à ce rappel du passé, les Russes dérivaient vers l'émotion, ce poison qui savait si bien s'emparer de leurs âmes tourmentées. Sans aucune affectation, Irina prolongea son incursion dans le répertoire romantique. Avec son teint diaphane, ses pommettes accusées, son nez busqué, elle pouvait ne pas paraître jolie de prime abord. Mais si l'on se laissait prendre par la flamme qui brillait dans ses yeux verts ou par l'un de ses sourires, on était conquis. Lorsqu'elle vit que la mélancolie allait prendre le pas sur le plaisir musical, elle céda la place à une bande de Caucasiens qui surent réchauffer les ardeurs. Ce fut un délire… d'autant que Marie Wassilieff s'était décidée à danser. Gagnée par la fièvre générale, Judith se mit à crier et à taper dans ses mains. Un verre passa au-dessus de sa tête pour se fracasser contre un mur, immédiatement suivi de quelques autres. Il y eut des exclamations de fausse frayeur, puis des applaudissements. Des bouteilles furent sorties d'un vieux cabas et l'on se remit à boire et à boire encore. Tout aurait été cassé si un grondement de tonnerre et le crépitement de la pluie sur la verrière n'avaient créé la diversion. Dans un élan, on se rua vers la cour. Plusieurs filles, qui ne tenaient pas à être mouillées, furent entraînées sous l'averse. Pour échapper au même sort, Judith se glissa dans un recoin où s'étaient abritées Irina et la muse de Kisling.

— Ça va les dessoûler, prédisait celle-ci.

— Ou leur donner un coup de fouet pour continuer la nuit, répondit Irina dans un impeccable français.

— Parle pas de malheur, je suis claquée.

— Tu dormiras demain.

— Tu rigoles… Le jour de la Vierge, il n'est pas fait pour moi ! A midi, je dois montrer mes fesses à Blanchard.

A l'adresse de Judith, elle précisa :

— Un sculpteur. Je pose pour sa « Salomé ». A défaut de talent, il a du fric.

Juché sur une poubelle, Foujita brandissait les lambeaux de sa veste détrempée, tandis que Kiki se douchait sous une gouttière. Certains jouaient au bras de fer. Ivre mort, un mégot éteint entre les lèvres, le Scandinave terrassait l'un après l'autre ses adversaires. Vint le tour d'Antoine ; par un effort de volonté surhumain, il parvint à résister plus longtemps que ses prédécesseurs.

— Qu'il s'arrête, mon Dieu ! murmura Irina.

Etonnée par la ferveur de cette réaction, Judith ne manqua pas, dès qu'ils furent seuls, de poser à Antoine quelques questions.

— Je n'avais pas encore rencontré Irina. Elle est arrivée à Paris depuis longtemps ?

— Depuis le début de l'année.

— Tu l'as connue par la bande ?

— Oui.

Les yeux rivés sur la route, il expliqua :

— C'est le danseur de Vicky qui nous l'a amenée.

— Elle vient de Moscou ?

— De Saint-Pétersbourg.

— Comment est-elle arrivée en France ?

— Par la Finlande, la Suède et d'autres pays dont la Suisse. Un périple devenu classique pour ces malheureux…

Judith songea aux seigneurs déchus qui se présentaient chez René Valère pour proposer à des prix sacrifiés les rares trésors qu'ils avaient sous les doublures de leurs vêtements réussi à sauver. De familiers du tsar, ils étaient devenus tourneurs, chauffeurs de taxi, chanteurs de cabaret et quand la chance leur avait souri interprètes. Meudon était leur terre d'asile. Ils y logeaient, entassés dans des réduits dont ils n'auraient pas voulu autrefois pour garde-robe.

— Comment subsiste-t-elle ?

— En fabriquant des vêtements de poupées.

Poussant un soupir, Antoine appuya sa nuque contre le dossier.

— J'ai une migraine de tous les diables. Jamais, je n'aurais dû boire cette piquette.

Pour rien au monde il n'aurait évoqué la vraie raison de son malaise, le surcroît de travail qu'il avait accumulé ces derniers temps et qui épuisait son énergie. « Tant que les nerfs tiennent, il n'y a pas lieu de s'inquiéter », répétait-il à Judith lorsqu'elle lui conseillait de prendre des vacances. Ambitieux, il voulait l'emporter sur ses concurrents, ces jeunes gens qui sous la tutelle de Süe, Mare, Groult, Coard ou Ruhlmann commençaient de se faire un nom. Cela lui valait un visage tiré, une silhouette amaigrie et de grands coups de fatigue.

Par la disponibilité et les attentions, Judith essayait de compenser cette tension. Pour avoir cru en elle et l'avoir aidée à s'accomplir, Antoine, quoi qu'ils puissent un jour décider, occuperait toujours une place à part dans son cœur. Elle eut hâte de retrouver la chambre de son amant où ils s'endormiraient l'un contre l'autre...

Dès qu'ils eurent franchi le seuil de l'appartement, ils furent pris à partie.

— Vous voilà enfin ! s'écria Cécile. On vous a attendus toute la nuit.

— Que se passe-t-il ? lui demanda son frère, inquiet.

— Anna a fait ses bagages, murmura Sabine.

— Ce n'est que cela, lâcha-t-il soulagé.

Sur un ton las, Judith remarqua :

— Depuis quelque temps, elle accumule les sautes d'humeur.

— Cette fois-ci, c'est grave.

— Vos histoires ne m'intéressent pas, lança Antoine en se dirigeant vers sa chambre. Je vais dormir.

Judith aurait voulu l'imiter, mais elle s'obligea à suivre ses deux amies vers le salon. Cécile semblait bouleversée.

— Que s'est-il passé ?

— Elle est rentrée en larmes... On l'a renvoyée de l'atelier.

— Ça devait arriver...

— Elle pensait qu'elle s'en tirerait toujours.

— Et qu'a-t-elle l'intention de faire ?

— Simoneau va, paraît-il, l'aider.

— Il se soucie d'elle comme d'une guigne !

— Je lui ai fait la même réflexion... Ce qui a mis le feu aux poudres.

— Il est l'amant d'une certaine madame Baschet. En face, notre pauvre Anna ne fait pas le poids ! résuma Judith.

Lorsqu'on s'était attiré les faveurs de cette créature ensorcelante et fortunée, que pouvait-on attendre d'une gentille cousette ? Soupçonnant que Simoneau n'agissait jamais sans intérêt, elle cherchait les raisons qui l'avaient empêché de rompre.

— Où avait-elle l'intention de se réfugier ? Elle ne connaît pas grand monde.

— Et elle n'a pas le sou pour se payer la moindre soupente, s'insurgea Sabine. Je suis bien placée pour le savoir. Il y a deux jours, elle m'a suppliée de la dépanner de quelques francs.

Chez Cécile le désarroi s'effaçait pour laisser place à la colère et à la déception.

— Quand je pense à ce que nous avons donné à cette malheureuse ! Quand je pense que pendant des mois je l'ai hébergée et nourrie. Tout cela pour qu'elle parte en claquant la porte sans même un adieu à défaut d'un merci...

Dès le lendemain, Judith s'approcha de Simoneau qui, dans le bureau réservé aux vendeurs, était en train de comparer des devis.

— Tiens, Judith ! Que me vaut l'honneur d'un entretien... à caractère privé ? ne manqua-t-il pas d'ajouter en la voyant fermer la porte. Nourririez-vous de meilleurs sentiments à mon égard ?

— Où est Anna ?

— Pourquoi en saurais-je plus que vous qui vous considérez comme sa meilleure amie ?

— N'essayez pas de jouer au plus fin avec moi.

— Vous me menacez ?

Il s'était levé de son fauteuil et à pas lents s'approchait de Judith qui lui jeta au visage :

— A cause de vous et de vous seul, elle a perdu le travail qui lui permettait de vivre.

— De moi !

— Dès que vous lui demandiez de venir vous retrouver, elle oubliait obligations et horaires.

— Vous me prêtez beaucoup de pouvoir ! Au lieu de vous inquiéter, pourquoi ne vous dites-vous pas qu'elle accomplit peut-être des besognes plus rémunératrices ?

— Lesquelles ?

— Manqueriez-vous à ce point d'imagination ?

Attentif, il guettait l'effet que produisaient ses paroles. Pour ne pas lui donner satisfaction, Judith cacha derrière un sourire méprisant la peine qu'elle éprouvait. Elle revoyait Anna telle qu'elle l'avait découverte dans le train qui les menait toutes deux à Paris. Une bouffée de haine pour le responsable de ce gâchis l'envahit. Il était là, trop proche, plein de fatuité, de malfaisance... Pour maintenir entre eux un écart qu'il s'efforçait de diminuer, elle recula de deux pas mais ne réussit qu'à se plaquer contre un mur. Ravi du tour que prenaient les événements, il avança vers elle. Contre son visage, elle sentit son souffle précipité. Le voyant déterminé à l'embrasser, elle le gifla.

— Maudite garce ! lui dit-il en l'empoignant par les cheveux.

Un commun désir de ne pas attirer l'attention les obligeait à lutter en silence. A coups de morsures et de griffures, Judith essayait de se dégager. Pardessus l'épaule de Simoneau, elle apercevait la sortie. Alors qu'il trébuchait en heurtant un siège, elle se précipita... D'un bond, il la rattrapa et, s'emparant de son poignet, le tordit à le briser. L'idée que quelqu'un pouvait entrer et les faire renvoyer empêcha Judith de crier sa douleur. Grâce à des contorsions, elle finit par se libérer. Déjà, elle ouvrait la porte.

— Ne crois pas t'en tirer aussi facilement, siffla Simoneau dans son dos. Je t'aurai... Et je ne donne pas cher de ta peau dans cette boîte.

21

Judith avait choisi de passer son unique semaine de vacances à Cormery.

Louise l'attendait à la gare. Pour la première fois depuis son veuvage, elle avait remplacé ses vêtements de deuil par une robe de crêpe de Chine parme. En embrassant sa mère, Judith retrouva l'odeur du chèvrefeuille qui avait accompagné son enfance.

Elles se dirigèrent vers une rutilante 10 CV Citroën.

— Ma dernière acquisition, annonça Louise. Tu veux la conduire pour étrenner ton permis ?

Avec fierté, Judith se glissa derrière le volant. A petite vitesse, elles gagnèrent la bourgade où les maisons de pierres blanches s'étaient, pour le concours de la plus jolie façade, parées de géraniums. A la terrasse du café, les habitués buvaient un verre de montlouis ou de vouvray en évoquant les prochaines vendanges. Rien n'avait changé, se disait Judith en apercevant le bourrelier et le garde champêtre qui disputaient leur quotidienne partie de dominos.

Chez elle, Jeanne lui plaqua deux vigoureux baisers sur les joues. Puis la servante critiqua sa sveltesse.

— C'est la mode, se défendit Judith.

— Mode ou pas, on va y remédier.

Le gavage aurait commencé le soir même si la « Parisienne » n'avait résisté. Rien ne manquait au typique menu tourangeau, pas plus les rillettes que la matelote d'anguille ou le civet de lapin arrosé au bourgueil. On y avait ajouté le fromage de Sainte-Maure et les mirabelles du verger.

Sur la vie que menait sa fille, Louise ne posait pas de questions, se contentant des informations qui lui étaient distillées. Lors de son dernier passage dans la capitale, Irène Chambrun et Geneviève Garland lui avaient été présentées. En revanche, Antoine était demeuré invisible. Si Judith ne cachait pas son existence, elle ne disait rien sur leur relation.

Pour profiter du crépuscule, elles allèrent s'asseoir sous la tonnelle. Gueules-de-loup et dahlias fraîchement arrosés exhalaient leur parfum, mêlé à celui des roses trémières. L'air était si doux, l'atmosphère si paisible que Judith aurait aimé fixer ce moment.

A la demande de sa fille, Louise donna des nouvelles du village. A force de volonté, Christophe Delorme avait repris l'étude notariale de son père.

— Tu vas devoir le rencontrer, la prévint Louise. Maintenant que tu es majeure, nous avons des papiers à signer.

Il s'agissait d'entrer en possession des biens que son père lui avait attribués par testament. Une ferme du côté de Verneuil avec une dizaine d'hectares cultivables, des vignes près de Bléré et un moulin sur l'Indre.

— Le meunier n'a pas renouvelé son bail, expliquait Louise.

— Je vais devoir chercher un locataire...

— Sauf si tu envisages de garder à ta disposition cette habitation.

— Quelle utilité pourrais-je en avoir ?

— Il n'y a pas que l'utilité dans l'existence. Il y a aussi le plaisir.

— Mais, maman... Je n'ai pas de famille, pas d'enfants.

— Pour l'instant.

— Pourquoi cherches-tu à me mettre un fil à la patte ?

— Avant de prendre une décision, il serait bon que tu le visites...

Pour ne pas contrarier sa mère, Judith prit le lendemain son vélo. Après avoir surplombé l'Indre, elle parvint à l'extrémité du hameau de Vontes. Escortée par un groupe de chiens errants, elle poursuivit à pied son chemin jusqu'au lit de la rivière pour découvrir le moulin et ses dépendances dispersés sur de petits îlots que reliaient des passerelles moussues.

Habillé de vigne vierge et se découpant sur un miroir d'eau que ne troublait pas la roue endormie, il rappelait les demeures enchantées des contes. Se frayant un passage au travers des ajoncs et des herbes folles, Judith s'engagea sur le ponton. Quelques marches menaient à l'habitation principale. Elle sortit de sa poche la clé que sa mère lui avait confiée. L'odeur âcre de l'humidité l'accueillit dans l'unique pièce du rez-de-chaussée. Sans s'y attarder, elle monta par une échelle à l'étage puis ouvrit les fenêtres sur une vue extraordinaire. Elle aurait pu se croire à la proue d'un bateau : au-delà des écluses, la rivière se déroulait languide et secrète. Spontanément, Judith imagina le terre-plein en contrebas transformé par ses soins en une terrasse fleurie. Pour permettre au soleil de pénétrer à flots, il serait nécessaire d'élaguer les arbres alentour... A quel usage destinerait-elle la pièce dans laquelle elle se trouvait, la seule qui fût cloisonnée ? Elle le saurait lorsqu'elle aurait effectué le tour complet de la demeure. Un second étage pourrait accueillir des chambres et des cabinets de toilette. Après en avoir échafaudé l'organisation, elle redescendit. Les crues annuelles condamnaient le rez-de-chaussée à être meublé sommairement. C'était à partir du niveau supérieur que devrait s'établir un plan sérieux. En compartimentant la surface qui se présentait, elle y incorpora une cuisine et son office, une salle à manger dont les fenêtres seraient effleurées par les branches d'un saule, un salon de taille intime et la bibliothèque.

Un sursaut de raison interrompit sa rêverie. Jusqu'à présent, elle avait refusé tout ce qui pouvait constituer une entrave à la liberté qu'elle recherchait, et voilà qu'elle était en train de se charger du plus lourd des fardeaux. Quelles motivations la poussaient à pareille folie ? La magie du site ? L'attirance de l'eau, son pouvoir purifiant, vivifiant ?

A mi-chemin de Cormery, le regard de Judith fut attiré par des hommes qui, à flanc de colline, délimitaient des terrains. Guidée par la curiosité, elle s'approcha et reconnut un géomètre de Tours dont le notaire Delorme avait l'habitude d'utiliser les services. Du piton rocheux où ils se tenaient, ils dominaient la vallée de l'Indre, ses méandres et ses mystères. C'était le plus étonnant point de vue de la contrée. Depuis des générations, les familles avaient l'habitude de s'y promener le dimanche ou d'y pique-niquer. Accaparés par leur travail, ils ne prêtèrent pas attention à sa présence. Il lui fallut attendre une pause pour leur demander ce qu'ils effectuaient.

— Monsieur et madame Fournier ont acheté la colline. Un coup de foudre ! Seulement, pour bâtir à même la roche, ce ne sera pas facile ! Plusieurs architectes sont en concurrence.

Judith l'écoutait à peine. Devait-elle considérer comme un encouragement du destin qu'Eric devînt son voisin ? Si elle se souvenait du désir qu'il avait exprimé d'un retour en Touraine, elle n'y avait pas pensé en décidant de restaurer le moulin.

— Quand doivent commencer les travaux ?

— Au printemps prochain. C'est ce que vient de nous annoncer madame Fournier.

— Elle est là ?

Le lendemain, Judith se heurta à Florence Fournier qui achetait ses journaux.

— Judith ! s'étonna celle-ci.

Passait-elle ses vacances à Cormery ? L'avait-on mise au courant de leur acquisition ? Judith répondit aux questions de son interlocutrice avec amabilité.

Rose et lisse sous sa capeline fleurie, Florence avait acquis avec la maternité un nouvel éclat.

— Nous sommes descendus à la Pêcheraie, annonça-t-elle. Pourquoi ne viendriez-vous pas dîner demain soir ?

Tout en devisant, elles étaient sorties du magasin.

— Eric n'a pas pu m'accompagner. Discuter projets et devis n'étant pas mon fort, je suis venue avec Marc Dorfont. Il me conseille.

Une Delage couleur vanille était rangée le long du trottoir. Avant d'en ouvrir la portière, Florence se retourna :

— Alors, c'est entendu…

22

Huit heures sonnaient à l'abbaye lorsque Judith pria l'aubergiste d'avertir madame Fournier de son arrivée.

Elle patientait, accoudée au parapet qui surplombait l'Indre quand une voix masculine l'interpella.

— Florence est retardée par un appel téléphonique, l'informa Marc Dorfont en lui serrant la main. Elle m'a chargé de vous tenir compagnie.

Il choisit des sièges au bord de la rivière.

— Vous êtes en vacances ? demanda-t-il.

— Pour quelques jours. Cela faisait un an que je n'étais pas revenue à Cormery.

— Quelle impression ressentez-vous ? De l'indifférence vis-à-vis du passé ou du plaisir ?

— Plutôt l'impression de me réconcilier avec moi-même.

A son tour, elle l'interrogea :

— Lorsque vous rentrez de vos périples à travers le monde, n'êtes-vous pas heureux de retrouver vos habitudes ?

— Je m'installe dans des lieux anonymes, des hôtels, des maisons louées ou prêtées.

— Vous n'avez pas de famille ?

Elle s'en voulut de son indiscrétion, mais il était trop tard.

— Je ne la vois plus depuis la fin de la guerre.

Le vol d'une poule d'eau échappée d'un bouquet d'osiers créa une diversion. Avec le crépuscule, les arbres et les buissons devenaient flous. Seules les flèches des peupliers se détachaient sur un ciel qui s'opacifiait. A l'ouest, au-delà du pont, les derniers rayons du soleil s'attardaient sur un groupe de maisons isolées, leur donnant un aspect presque théâtral. Accompagnée d'une brume, l'ombre prenait possession de la rivière. Au bruit du courant se mêlaient les bruissements d'une faune lacustre qui ne se manifestait qu'avec la tombée du jour.

— Curieux moment où rien n'est défini, où tout n'est qu'attente, murmura Marc.

L'obscurité empêchait Judith de discerner l'expression de ses traits. Réfugié dans ses songes, lui avait-il faussé compagnie ? Pour lui ôter la conduite d'un entretien qu'il avait mené à sa guise, elle lui demanda s'il avait d'autres reportages en vue.

— Pas avant d'avoir terminé mon roman.

— Je ne savais pas que vous écriviez.

— Peu de gens sont au courant.

La venue de Florence interrompit cette ébauche de confidences. Volubile, elle présenta des excuses pour son retard puis se plaignit d'avoir faim. Sans attendre, ils se replièrent vers la salle à manger où, sur des nappes à carreaux, de nombreux clients dégustaient alose et brochet.

Ils s'installèrent autour de la table ronde que l'on avait dressée à leur intention. A peine eurent-ils commandé leur menu que Florence se lança dans la description de sa future demeure. Enfin, elle avait trouvé un architecte digne de ce nom ! A l'inverse de ses prédécesseurs, il avait compris ses désirs et présenté un projet que n'aurait pas renié Frank Lloyd Wright. Marc se montrant sceptique, elle ne leur fit grâce d'aucun détail. Les yeux brillants d'enthousiasme, elle évoqua les lignes épurées de la façade, le toit en pente douce et les ouvertures sur la vallée que son candidat avait imaginés.

— Supposons qu'Eric ne partage pas vos vues, souligna Marc qui jouait l'avocat du diable...

— Eric ! Il m'a donné carte blanche... jusqu'à la présentation des devis.

— Dans ce cas...

— Promettez-moi de soutenir ce dernier projet auprès de lui...

— Je ne vois pas en quoi compterait mon avis.

— Si Eric se moquait de votre opinion, pourquoi vous aurait-il demandé de m'escorter jusqu'ici ?

— Pour vous tenir compagnie.

— Ce n'était pas l'unique raison.

« La vie pouvait vous réserver des tours inimaginables », se disait Marc. Dans un large éventail de relations, c'était lui que l'on avait choisi comme chevalier servant, lui qui rêvait de conquérir Florence.

— Je ferai de mon mieux, promit-il alors qu'elle se tournait vers Judith pour la questionner sur ses activités parisiennes.

— Je travaille depuis six mois chez René Valère.

— René Valère... Comme c'est amusant ! Eric vient de m'y acheter une bague. Peut-être en avez-vous entendu parler ?

— J'en ai eu des échos.

Songeuse, Judith essayait de deviner les raisons pour lesquelles Eric Fournier n'avait pas jugé bon de relater leur entrevue chez le joaillier et sa responsabilité dans l'élaboration du bijou. Simple oubli ? Omission volontaire ? Dans le second cas, pourquoi tant de mystère ?

— Votre travail doit être fréquemment fastidieux, enchaîna Florence.

— Fastidieux ! se récria Judith. Au contraire !

— Ah, j'aurais cru. Après tout, c'est une manière comme une autre d'attendre le mariage.

Judith hésita. Etait-il nécessaire de justifier sa démarche ? Ce fut l'intérêt qu'elle perçut dans le regard de Marc Dorfont qui la poussa à avouer :

— Je ne cherche pas à m'occuper, mais à apprendre un métier dans lequel j'espère réussir.

Florence ne parvint pas à cacher sa surprise. Elle qui avait connu les délices d'un cocon doré ne comprenait pas que l'on pût rechercher par goût une profession. Considérant que le sujet était clos, elle s'adressa à Marc pour lui reprocher de sans cesse prendre la fuite. A peine rentré à Paris, n'allait-il pas refaire sa valise pour se cloîtrer dans le Bordelais ?

— C'est l'Afrique qui vous a transformé en misanthrope ? Il me semblait qu'à Nairobi on faisait preuve d'une grande civilité.

Avec une certaine ironie, Marc imaginait sa déception si elle avait vu à quoi se résumait cette métropole aux rues poussiéreuses et aux habitations de tôle ondulée. Des articles qu'elle avait parcourus, elle n'avait retenu que le palais du gouverneur et le Muthaiga Club dont les intrigues se paraient à distance d'un sulfureux exotisme.

Telle une enfant, elle le relançait sur les Anglaises qui, là-bas, avaient su créer un paradis sophistiqué et romanesque. Etaient-elles aussi libres qu'on le prétendait et avait-il goûté à leurs charmes ? Malgré l'insistance qu'elle y mit, il ignora la dernière question et revint sur les émotions et les inquiétudes qu'il avait connues en expéditions. Il possédait un incontestable don de conteur et les heures s'écoulèrent sans qu'aucun d'entre eux y prît garde. Aux alentours de onze heures, l'aubergiste les obligea par une extinction progressive des lumières à quitter la salle à manger.

Alors que Judith prenait congé, Marc lui proposa de la raccompagner.

— Ne vous dérangez pas. J'habite à trois cents mètres...

— J'ai l'habitude de marcher avant de me coucher.

Le clair de lune incitant aux flâneries, ni l'un ni l'autre ne pressèrent le pas.

— Avez-vous quitté Cormery sur un coup de tête ? demanda-t-il.

— Je ne le pense pas.

Judith réfléchit avant d'ajouter :

— La disparition de mon père m'a donné la force de m'échapper. S'il n'était pas mort au front, je n'aurais probablement pas osé prendre une telle décision.

A quelle impulsion avait-elle obéi pour confier à un inconnu cette découverte qui la bouleversait ?

— Vous avez froid, constata-t-il en la voyant frissonner.

Sans écouter ses protestations, il enleva sa veste et la posa sur ses épaules. Contre sa peau, elle sentit la doublure de soie encore imprégnée de la chaleur de son propriétaire.

— J'ai toujours pensé qu'à certaines périodes de l'existence les ruptures étaient nécessaires, déclara Marc en reprenant sa marche. Si elles ne sont pas imposées par le destin, il faut avoir le courage de les provoquer.

— Vous y parvenez ?

— Pas autant que je le voudrais.

Arrivée devant la grille de son jardin, elle s'arrêta et tendit à son compagnon le vêtement qu'il lui avait prêté.

— Vous êtes toujours là pour me secourir.

Une nouvelle fois, sa langue l'avait trahie puisqu'elle s'était juré de ne pas évoquer le Dancing des Champs-Elysées. Trop tard ! Il réclamait des éclaircissements.

— Ou vous n'êtes pas physionomiste ou vous manquez de mémoire, se contenta-t-elle de répondre.

Amusé, il s'exclama :

— Il s'agit là d'une véritable énigme !

— Que vous n'arriverez pas à résoudre, je vous l'assure.

— Vous pariez ?

— Oh oui... Et je suis sûre de gagner.

— Quel sera mon gage ?

— Une soirée dans un cabaret tzigane. J'en rêve.

— D'accord ! Mais au cas où vous perdriez, que m'offririez-vous ?

— Cette éventualité ne se produira pas.

Il aima le rire qui accompagna sa condamnation, tout comme il aima la réponse qu'il s'attira lorsqu'il demanda :

— A qui reviendra l'honneur de fixer notre prochaine confrontation ?

— Au hasard ! L'attente n'en sera que plus exaltante.

23

Au bouquet de roses que Judith découvrit rue François-Ier, Antoine avait ajouté une invitation : ils sortiraient ensemble pour fêter son retour.

Il semblait animé d'une grande joie lorsqu'il la serra dans ses bras.

— Rien d'autre ne compte que toi et moi, répétait-il la bouche contre son oreille.

Pour mieux se laisser convaincre, elle ferma les yeux. C'était si simple d'obéir au désir qui les envahissait, si simple d'accomplir des gestes au pouvoir renouvelé. Avec un soupir de reddition, elle se lova contre lui, recherchant sa chaleur...

— Arrête, murmura-t-il, ou je ne réponds plus de rien.

Privé jusqu'à la fin du week-end de ses occupantes, l'appartement était à eux. Déjà elle l'entraînait vers sa chambre.

Debout au milieu de la pièce, elle ôta ses vêtements. Puis, à demi nue, elle sonda le regard de son amant et ce qu'elle y lut la poussa à toutes les audaces. Une autre agissait à sa place, une femme sans passé, sans futur, qui n'aurait vécu que le temps de dispenser un plaisir fugace. De ses doigts légers, de ses lèvres douces, elle effleurait, caressait ce corps d'homme dont elle connaissait les secrets et les faiblesses. Et lui, ébloui par tant de naturel, curieux de connaître les limites qu'elle s'était fixées, lui abandonna les initiatives jusqu'à ce qu'elle lui avouât ses aspirations les plus intimes par des mots qui, au moment même où elle les prononçait, la bouleversaient. Il la porta vers le lit et lui prouva que lui non plus ne manquait pas d'imagination. D'un baiser, d'un attouchement, il l'entraîna dans la découverte de la volupté.

Quand, apaisés, ils s'abandonnèrent à la fraîcheur des draps, Judith sentit ses yeux s'emplir de larmes. Incapable d'en comprendre l'origine, elle ne les empêcha pas de couler. A mille lieues de supposer une situation que l'obscurité lui cachait, Antoine dérivait dans un monde d'apesanteur. Par crainte de s'assoupir, il alluma la lampe de chevet. Comme Judith ne bougeait pas, il se rapprocha et, écartant de son front ses cheveux ébouriffés, lui murmura :

— La soirée n'est pas finie. J'avais projeté de t'emmener à...

L'interrompant avec brusquerie, elle répondit qu'elle n'avait pas envie de bouger.

— Le voyage t'a fatiguée ?

— Je crois.

— Tu souhaites peut-être rester seule ? proposa-t-il.

— Mais non ! Nous allons souper ensemble...

Au milieu de l'office, ils dressèrent une table d'apparat : nappe de damas, lourd chandelier Régence, vaisselle de céladon. Une bouteille de bordeaux accompagnerait les plats froids que la cuisinière, avertie de l'arrivée de Judith, avait prévus à son intention.

— Tu ne m'as encore rien dit de ton séjour, remarqua Antoine, en remplissant leurs verres.

— Il m'a permis de faire l'une des actions les plus déraisonnables de mon existence.

Le regard malicieux, elle guettait sa réaction.

— Raconte-moi...

— J'ai décidé de restaurer un moulin qui, par héritage, m'appartient.

— Avec quels moyens ?

— Avec ceux que la vente de vignes me rapportera. J'ai déjà chargé Christophe Delorme...

— Ton ancien soupirant ?

— Mon ancien soupirant, mais aussi mon notaire... Je l'ai chargé de trouver un acquéreur.

— Voilà une étrange décision pour quelqu'un qui refusait les attaches.

—- On a le droit de changer d'avis !

— Ce n'est pas moi qui, ce soir, vais te contredire.

Comme il demeurait silencieux, elle le considéra avec plus d'attention. Il semblait grave, ému.

— J'ai pris une décision qui va à l'encontre de tous mes principes, finit-il par murmurer... Celle de t'épouser.

Judith se sentit très faible. Ainsi, le malaise qu'elle éprouvait depuis son retour n'était pas, comme elle avait voulu s'en convaincre, dénué de fondement. Ce qu'elle venait d'entendre rejoignait son intuition.

— M'épouser... répéta-t-elle d'une voix blanche.

Pris par la solennité de la scène, il n'avait pas perçu sa réticence. Eclairé par les flammes des bougies, il voyait se découper sur la pénombre le visage de celle qui était devenue le centre de son existence. Amante et égérie, mais aussi compagne de toutes les aventures, elle répondait à l'idéal féminin qu'il avait longtemps cru inaccessible. En la contemplant, il pouvait être fier d'une transformation à laquelle il n'était pas étranger. La délicieuse et frondeuse jeune fille des premiers jours s'était transformée en une séductrice, sûre d'elle et de son pouvoir. Audacieuse, douce, fantasque et sensuelle, elle inspirait l'envie de l'apprivoiser, de la protéger, mais surtout celle de ne pas la décevoir...

— Tu ne m'as pas encore répondu ?

— Je ne m'attendais pas à...

— Tu croyais que je me serais contenté de t'avoir pour maîtresse ?

Prise au piège, elle se débattait avec des sentiments contradictoires dont certains ne lui faisaient pas honneur. Si elle attribuait à Antoine les qualités que l'on rêvait de découvrir chez un homme, si l'amour qu'elle lui vouait était indiscutable, une voix lui soufflait avec insistance qu'elle devait conserver sa liberté. Pour qui, pour quoi ?

Emprisonnant ses doigts, elle sentait la main de celui qui l'avait entre toutes choisie pour lui offrir son cœur et sa vie, de celui qu'elle allait repousser. Dans un kaléidoscope, leur passé refluait à sa mémoire, premiers émois, premières disputes, images tendres et brûlantes d'une relation exempte de médiocrité.

— J'ai déjà averti mes parents, déclara-t-il. Ils aimeraient te recevoir dimanche prochain.

— Ecoute, Antoine, murmura-t-elle la gorge serrée. Je ne me sens pas prête à...

— A faire leur connaissance ?

— Il ne s'agit pas que de cela..

Se jetant à l'eau, elle avoua :

— Je ne peux pas me marier.

— Tu ne peux pas... Mais pourquoi ?

— Enfin, je ne veux pas... Pas aussi vite, en tous les cas.

Il parut abasourdi et elle, la gorge serrée, se maudissait de le décevoir, de le peiner, de lui faire douter d'elle, de lui et d'une liaison qui jusqu'à présent avait bénéficié de toutes les grâces. A le découvrir si désemparé, lui qu'elle avait connu confiant en leur étoile, elle aurait aimé d'un mot, d'un geste panser sa blessure et effacer ce qu'elle avait affirmé, mais une force plus grande que sa volonté l'obligeait à assister au gâchis dont elle était l'unique responsable.

— Que crains-tu ? demandait-il impatient de connaître la vérité. Tu sais que jamais je ne contrecarrerai ta carrière ou les buts que tu t'es fixés.

— Oui, je le sais.

— Dans ce cas, pourquoi attendre davantage ! J'ai besoin de te prouver que je t'aime. Est-ce blâmable ?

Il fallait l'arrêter, sinon les sanglots qu'elle contenait à grand-peine éclateraient.

— N'insiste pas, Antoine, je t'en supplie.

— Alors... c'est non ?

— C'est non.

Déjà, il repoussait l'assiette dont il n'avait pas touché le contenu et se levait. En l'agrippant par le poignet, elle tenta de le retenir, mais il se dégagea.

— Tu m'en veux, n'est-ce pas ?

— Pour t'en vouloir, il faudrait que j'y voie plus clair, avoua-t-il.

Il s'interrompit pour peser sa décision puis ajouta :

— Dans les mois à venir, je préférerais que nous évitions de nous rencontrer. Le temps que soit digérée cette soirée.

De très loin, elle entendit claquer la porte du vestibule, puis le silence s'installa, oppressant et accusateur. Elle allait toucher le fond de la détresse, lorsque les paroles de Marc Dorfont, en revenant à sa mémoire, lui apportèrent un certain réconfort. N'avait-il pas prôné qu'il fallait parfois et de soi-même dénouer certains liens ?

24

Se lancer à corps perdu dans l'activité empêcha Judith de s'adonner aux regrets et aux remords. Il lui fallut d'abord se battre contre la malveillance de Simoneau qui avait profité de son absence pour la charger de fautes professionnelles. Du manque de rigueur dans le classement des archives au mauvais enregistrement des commandes, il avait tout mis en œuvre pour prouver son incapacité. Dès son retour à la joaillerie, elle dut se justifier. Combat difficile dans une atmosphère empoisonnée où chacun attendait la disgrâce du voisin ! Heureusement, au fil des mois, Judith avait su se créer en Marois et Nodier des alliés importants. Si le premier ne mit pas en doute les compétences de son employée, le second lui donna à point nommé le tremplin susceptible de la propulser au sommet de sa carrière. Alors qu'elle lui avait montré des croquis inspirés par le chat siamois de Louise, Nodier avait semblé plus intéressé que de coutume. « Pouvez-vous me les laisser ? » avait-il demandé.

Le surlendemain, René Valère la convoquait dans son bureau et, en présence de son dessinateur-vedette, l'informait que l'on souhaitait sa présence au studio. Judith demeura pétrifiée. Puis la joie l'envahit. Ainsi, elle allait rejoindre les créateurs et assister à la concrétisation de ses idées.

Pour son premier travail au studio, il lui fallut imaginer un pendentif avec, pour thème, le félin. Après avoir étudié les esquisses qu'elle avait confiées à Jacques Nodier, elle décida de s'en éloigner pour créer un chat plus épuré, plus stylisé, proche de celui que vénéraient sous les traits de la déesse Bastet les anciens Egyptiens. Inlassablement et jusqu'à ce qu'elle se fût approchée du volume idéal, elle fit, déchira et refit des croquis. Sa volonté de retranscrire la force, l'agilité, mais aussi le don de clairvoyance de cet animal sacré ne simplifiait pas sa tâche. Seule la certitude de parvenir à force de persévérance au but fixé l'empêchait de hurler son exaspération. Démarche d'humilité, s'il en était, que de se plier à une technique qui se laissait difficilement dompter.

Les impératifs de la fabrication ne devant pas être oubliés, on était tributaire des pierres à employer, que ce fussent celles du stock ou de la clientèle, du verdict du sertisseur et de l'acceptation du devis. Le plus beau des modèles pouvant se révéler irréalisable, il fallait se lancer dans une nouvelle direction. Ainsi, le chat subit plusieurs métamorphoses avant de trouver son aspect définitif.

Sa vie entière, Judith se souviendrait du sentiment de plénitude ressenti lorsque, après tant d'efforts et de déconvenues, elle avait tenu entre ses doigts son premier bijou.

Jacques Nodier, qui assistait à la scène, lui avait adressé un sourire d'assentiment.

« Aujourd'hui, j'en suis fière, lui avait-elle confié en reposant le pendentif sur le plateau. Mais je sais que, dans moins d'une année, je ne lui verrai que des défauts. »

A l'inverse de celle qui s'était instaurée dans les étages inférieurs, une bonne ambiance régnait au studio. Un commun désir d'agrandir le prestige de la maison soudait les dessinateurs. D'âge, de tempérament et de goût différents, ils se réunissaient avec régularité autour de René Valère pour confronter leurs idées au style imposé par des années de tradition et de succès. Avec fermeté, Jacques Nodier défendait la simplicité des formes et l'apport des pierres dures telles le lapis-lazuli, la malachite, l'onyx et le jade.

— A une époque où nos couturiers ont transformé la silhouette féminine, à une époque où la vitesse et le sport sont rois, nous devons aller vers la modernité.

La taille des pierres était remise en question. De nouvelles combinaisons en tables, baguettes, prismes ou trapèzes s'ajoutaient aux classiques tailles en rose ou en brillant. Quant au support, on ne jurait plus que par le platine qui possédait les avantages de ne pas s'oxyder et de donner lieu, par sa solidité et sa légèreté, à d'invisibles montures.

Parfois, lorsqu'ils avaient travaillé plus tard que de coutume, Judith allait prendre un verre au bar du Ritz avec Jacques Nodier. Après une journée où l'esprit et la volonté avaient durement été mis à l'épreuve, ces moments de détente étaient précieux. D'un commun accord, ils n'évoquaient pas la vie professionnelle, préférant parler des dernières manifestations auxquelles ils avaient assisté.

En ce soir de janvier, alors qu'elle buvait un cocktail, Judith écoutait les impressions de son compagnon sur *La Walkyrie* qui, pour la première fois depuis 1914, avait été offerte au public français. En prêtant attention à ses réflexions, elle songeait à Antoine. L'un et l'autre possédaient un enthousiasme, une largeur et une clarté de pensée similaires. Cela faisait quatre mois qu'elle ne l'avait vu. Juste aperçu lors d'une sortie au théâtre. Elle en avait été bouleversée et, s'il n'avait été escorté d'une jolie fille, elle se serait probablement manifestée.

— Vous voilà bien rêveuse, remarqua Jacques Nodier après avoir goûté à un breuvage rose et mousseux.

— Je songeais à l'organisation de votre existence, mentit-elle. Elle me paraît harmonieuse.

— Harmonieuse, je n'en sais rien... Agréable, sûrement. Je suis arrivé à me libérer de beaucoup de contraintes.

— Comment y êtes-vous parvenu ?

— Vivre seul m'y a aidé.

Elle allait répondre lorsque son attention fut attirée par deux hommes qui s'installaient autour d'un guéridon. A les voir ainsi, l'un à côté de l'autre, Marc Dorfont et Eric Fournier formaient un saisissant contraste. Le premier, détaché et ténébreux, le second, dynamique et nerveux. Leur seul point commun était leur pouvoir de séduction. En même temps qu'elle conversait avec Nodier, elle observa leurs attitudes. Eric parlait et Marc, son habituelle cigarette entre les doigts, donnait un avis amusé. Impossible de saisir la moindre phrase tant se révélait bruyant un groupe d'Américains dont les femmes semblaient sorties d'un magazine de mode. Grandes, sveltes, la nuque rase et le teint hâlé, elles affichaient la liberté qu'elles avaient acquise à force de persévérance. Aboli le règne des délicates fleurs de serre ! On pratiquait le sport, on conduisait sa voiture, dansait des nuits entières sur des rythmes endiablés. Si elle admirait leur combat, Judith avait choisi de conserver un style fait de réserve et de sophistication, de mystère et d'élégance. Travailler parmi les hommes et en être acceptée lui suffisaient... Elle n'avait pas envie de leur ressembler et de modifier le code d'une attraction dictée par les contraires.

Non sans dépit, elle vit Jacques Nodier régler l'addition puis se lever. Alors qu'elle l'imitait, son regard croisa celui de Marc qui, dès qu'il l'eut reconnue, vint à sa rencontre.

— Comment allez-vous, Judith ?

— Bien.

Avec un sourire qui creusa deux fossettes aux commissures de ses lèvres, elle remarqua :

— Vous voilà redevenu parisien.

— Le temps de déposer mon manuscrit chez l'éditeur.

— Et ensuite ?

— Ce sera New York.

Eric s'était à son tour approché. Judith présenta Jacques Nodier aux deux amis.

— Pourquoi ne vous joignez-vous pas à nous ? demanda Eric.

Nodier consulta sa montre et déclina l'invitation. Un concert était donné à la Madeleine. Quant à Judith, elle se retrouva assise dans un fauteuil de velours avec un nouveau gin-fizz devant elle.

En même temps que se déroulait une conversation qui portait sur la constitution du ministère Briand et l'ouverture de la conférence interalliée, elle avait conscience qu'Eric Fournier la découvrait sous un aspect nouveau. Elle n'avait pas tort ! Intrigué, il se posait des questions sur cette femme qui, malgré une apparente liberté, n'avait rien à voir avec une conquête facile. Ce mélange d'indépendance, d'éducation, cette culture qui ne se prenait pas au sérieux, cette participation à la vie active n'étaient pas courants, encore moins lorsqu'ils s'ajoutaient à la beauté. En connaisseur, il appréciait le visage fin et expressif, le regard brûlant de passion contenue et ce sourire lumineux qui, lors de leur dernière rencontre, l'avait déjà séduit. Avait-elle un amant et, le cas échéant, y tenait-elle ? N'ayant jamais essuyé de refus, il ne s'appesantit pas sur cette idée... Néanmoins, ce n'était pas sans agacement qu'il la voyait s'adresser davantage à Marc qu'à lui-même. Leur dialogue tournait autour d'un pari que celui-ci semblait avoir perdu.

— Je n'ai pas le temps d'honorer mon gage avant mon départ, déclarait-il. A ma prochaine visite nous ferons la tournée des cabarets tziganes.

Après un silence, il reprit :

— Vous serez obligée de me révéler la vérité...

— Bien sûr, lui assura Judith.

Pressé de rompre leur complicité, Eric remarqua :

— Marc, tu n'avais pas rendez-vous à huit heures et demie ?

— En effet ! répliqua son ami en se levant.

Alors que Judith s'emparait de son sac à main, Eric l'obligea à le reposer à côté d'elle.

— Etes-vous pressée, vous aussi ?

Prise de court, elle ne sut que balbutier une dénégation.

— Alors, tenez-moi compagnie.

— Mais...

— N'auriez-vous pas pitié d'un malheureux esseulé ?

La sentant perplexe, il ajouta :

— Florence m'a préféré Chamonix et le ski.

Marc les enveloppa d'un regard surpris. Des faiblesses d'Eric pour le beau sexe, il n'ignorait rien... Néanmoins il aurait cru que le mariage avait mis un frein à cette quête d'aventures aussi vite oubliées qu'engagées.

A peine eut-il tourné les talons que débuta entre Eric et Judith l'éternel jeu de cache-cache où les silences lourds de sous-entendus s'immiscent entre des phrases trop vite prononcées. De leur attirance réciproque, ils ne pouvaient douter, trahis par leurs regards. Autour d'eux, le bruit s'était accru, mais ils n'y prenaient garde. Les minutes s'écoulaient alourdies des promesses que leur soufflait leur imagination. Judith parlait peu, préférant le laisser se raconter. Muet sur sa vie familiale, il évoquait sans difficulté ses aspirations professionnelles.

— A l'inverse de Marc qui a renié le passé, je suis heureux de perpétuer l'œuvre que m'a léguée mon père, finit-il par avouer.

Judith l'observa. Aucune trace de conflit ne se lisait sur son visage aux traits fermes et réguliers. La souffrance n'y avait pas non plus laissé son empreinte. Eric était beau, triomphant, et cette évidence accélérait les battements de son cœur. Turbulences auxquelles s'ajoutait le désir d'apprivoiser ce corps dont elle voulait connaître les secrets.

— Le retour en Touraine va dans ce sens ?

— En effet.

Il réfléchit puis lui demanda :

— Croyez-vous que ce soit une erreur de chercher à recréer ce qui vous a été enlevé ?

— Un risque, plutôt.

— Celui de ne pas retrouver la grâce d'antan ?

— En quelque sorte.

S'abandonner avec autant de confiance à des confidences jusqu'alors réservées à Florence désarçonnait Eric. Des femmes, il n'attendait pas grand-chose, sinon d'agréables récréations charnelles. Avec celle-ci, l'aventure se teintait d'une connivence inopportune, situation détestable à laquelle il devait mettre un terme. Judith perçut-elle son dilemme ? En manifestant l'envie de rentrer, elle brusqua les événements. A la sentir lui échapper, il la voulut avec une telle force que tout le reste fut oublié.

— Je vous raccompagne, proposa-t-il.

Ils roulèrent avec lenteur à travers les rues détrempées de pluie. La nuit et ses promesses s'étaient refermées sur eux, effaçant interdits et scrupules. Arrivée chez elle, Judith eut une bouffée d'inquiétude. Eric prendrait-il l'initiative d'une rencontre ? Le doute fut de courte durée.

— Jeudi prochain, je vous attendrai au Meurice pour déjeuner.

25

Il y eut ce déjeuner, puis d'autres. Entre chacun, Judith était devenue une femme rêveuse. Avec la sensation de marcher sur une corde raide, elle tentait de ne pas trop vite rendre les armes. Attitude dangereuse : Eric, qu'elle avait perçu comme une nature expéditive, pourrait se lasser d'un jeu dont il ne possédait pas les cartes maîtresses. Chaque fois qu'elle le quittait, elle se demandait s'il proposerait un rendez-vous et le retour de Florence exacerba son tourment. Pour l'oublier, elle se jeta dans son travail, heures bénies où la création finissait par prendre le pas sur le reste...

Une rencontre à l'Opéra brusqua les événements. Judith y avait été emmenée par le critique Max de Loubet dont la réputation de don Juan défrayait la chronique. Ce n'était pas la première fois qu'elle sortait avec lui, mais jusqu'à présent Eric n'en avait rien su. Quel ne fut pas son agacement lorsqu'il les aperçut, à la fin du premier acte, en train de converser dans le foyer. Si Florence ne les avait à son tour reconnus, il aurait feint la distraction. Entraîné contre son gré dans un échange mondain où le critique testait ses derniers bons mots, il afficha un visage glacial. Réaction qui n'échappa pas à Judith mais qu'elle crut provoquée par son face-à-face avec l'épouse légitime. Un sourire serein sur les lèvres, elle se força à échanger amabilités et lieux communs avec celle qui aurait toujours droit de préséance. A la découvrir rayonnante, Judith songeait que sa rivale devait se sentir très aimée, voire adorée.

Au cours d'une nuit d'insomnies, elle se persuada qu'il était encore temps de se préserver contre de trop grandes souffrances. Si le risque l'avait toujours séduite, détruire n'entrait pas dans ses convictions. Dans sa solitude, c'était Antoine qu'elle appelait. Elle décida d'oublier les chimères et d'accepter sa demande en mariage.

Dès le lendemain, elle tenta de le joindre à son bureau.

— Il est absent pour la journée, lui répondit la voix impersonnelle d'une secrétaire. Souhaitez-vous lui laisser un message ?

— Merci, ce n'est pas la peine.

Elle oublia son malaise auprès d'Yves Savignac. Après lui avoir confié des pierres pour lesquelles elle devrait imaginer une monture, il sortit du coffre-fort ses dernières acquisitions : un diamant jonquille de huit carats qu'il avait acheté à Amsterdam, ainsi que deux magnifiques émeraudes venues de Colombie. Taillées à facettes, elles s'apparentaient à ce que la profession appelait « émeraude jaune ».

Sans en raffoler, Judith appréciait cette pierre de la connaissance secrète, ce symbole de l'espoir et de l'immortalité. Elle songeait au Saint-Graal supposé être taillé dans une seule émeraude, au trésor du musée de Topkapı, au collier de la Liberté offert par une comtesse polonaise à Benjamin Franklin lors de la prise de Philadelphie. « Voici treize émeraudes carrées et treize émeraudes en poire, une pour chacune des treize colonies », lui avait-elle dit... Parmi les anecdotes amusantes s'inscrivait celle du pape Alexandre III qui avait fait sertir sur sa crosse une émeraude gravée d'une Vénus callipyge afin de pouvoir, chaque fois qu'il baisait ladite crosse, presser la déesse contre ses lèvres.

Yves Savignac lui montra un magnifique lot de pierres qu'il avait arraché à ses concurrents au cours d'enchères à Lausanne.

— Monsieur Valère m'avait interdit de rentrer les mains vides, déclara-t-il.

Pour ne pas se faire souffler une clientèle fidèle mais toujours avide de comparaisons, il était vital de proposer une marchandise aussi prestigieuse que Cartier, Boucheron, Van Cleef et leurs rares homologues. Responsabilité qui incombait à la vigilance de René Valère et au flair de son acheteur. Avertis par un réseau d'informateurs disséminés dans le monde entier, ils allaient et venaient de cours princières en salles des ventes, d'officines de diamantaires en obscurs campements de négociants.

Les retours de Savignac étaient attendus des dessinateurs qui, devant de nouveaux trésors, redoublaient d'idées. Malgré sa retenue, Judith n'avait pas réussi à tromper le spécialiste. D'emblée, il avait lu dans son regard l'attraction qu'exerçaient sur elle ces gemmes qui, pour quelques initiés, représentaient lumière et perfection. Et ce visage d'enfant subjugué qu'elle avait eu lorsqu'il lui avait récité un passage de l'Apocalypse, il n'était pas près de l'oublier ! Il s'agissait de la nouvelle Jérusalem : « Ce rempart est construit en jaspe, et la ville est de l'or fin comme du verre bien pur. Les assises de son rempart sont rehaussées de pierreries de toutes sortes : la première assise est de jaspe, la deuxième de saphir, la troisième de calcédoine, la quatrième d'émeraude, la cinquième de sardoine, la sixième de cornaline, la septième de chrysolite, la huitième de béryl, la neuvième de topaze, la dixième de chrysoprase, la onzième d'hyacinthe, la douzième d'améthyste. Et les douze portes sont douze perles. »

En pénétrant sans frapper dans le bureau, Philippe Simoneau interrompit leur échange.

— Il a dû coûter une fortune, remarqua-t-il après avoir observé un saphir.

Seule la valeur marchande des choses lui importait.

— La culbute risque d'être intéressante, ajouta-t-il, ainsi que le pourcentage du vendeur. Tu as pensé à une éventuelle cliente en l'acquérant ?

— Non, répondit Savignac.

— Je pourrais en parler à madame Baschet...

Avec dégoût, Judith songeait aux commissions qu'il s'était faites sur le dos de sa maîtresse. Pas suffisamment, néanmoins, pour justifier son train de vie. Alors, d'où provenaient les fonds ? La Bourse ? Le jeu ? Tandis qu'elle observait l'oncle et le neveu, elle se demandait comment deux personnes de la même famille pouvaient être aussi différentes : le premier, travailleur, sûr, discret ; le second, enfant trop choyé d'une mère devenue veuve à vingt-trois ans, hâbleur, prétentieux et perverti par la fréquentation d'un milieu supérieur à celui qui l'avait vu naître.

— Madame Baschet est pourvue en bijoux, riposta Savignac. Nous n'avons pas cessé de travailler pour elle.

— Elle n'en aura jamais trop, affirma Philippe Simoneau sur un ton désinvolte.

Avec un étrange sourire, il précisa :

— N'oublions pas qu'ils constituent son seul patrimoine.

— Il y a tout de même des propriétés, des tableaux de maîtres !

— Qui reviendront à la mort du vieux Baschet aux enfants d'un premier mariage.

Voyant que Judith s'apprêtait à quitter la pièce, il lança à son intention :

— Notre personnification de la vertu nous quitte... Quel dommage !

Derrière le persiflage filtrait une haine sourde, tenace, dans laquelle se rejoignaient fascination et misogynie, attirance et rancœur d'avoir été démasqué puis tenu en respect. Le sachant capable des pires réflexions, elle préféra ne pas répondre.

Pressée de rejoindre la station de métro, elle ne remarqua pas qu'une automobile roulait à sa hauteur. Ce ne fut qu'en s'entendant héler par son prénom qu'elle se retourna. Eric, par la portière entrouverte, lui faisait signe de le rejoindre.

Surpris par la violence des sentiments qui les habitaient, ils restèrent de longues minutes à se dévisager, se défier, incapables de savoir s'ils s'aimaient ou se maudissaient.

— Vous m'avez infligé une nuit et une journée détestables, murmura Eric.

Ses yeux plongés dans ceux de Judith, il poursuivit :

— Ce genre de réflexion ne peut être de nature à vous déplaire, n'est-ce pas ?

De ses doigts gantés, elle effleura la joue de son compagnon. C'était le premier geste intime qu'elle se permettait, exprimant ainsi sa reddition. Envolés, l'orgueil et les faux-semblants la laissaient face à son envie de basculer dans l'irréparable. Eric avait posé ses lèvres à la naissance de son poignet et, sous cette caresse espérée depuis tant d'années, elle frissonna. Sans un mot, il mit le moteur en marche. Où l'emmenait-il, elle s'en souciait peu, s'en remettant à sa volonté. Recouvertes de neige, les vitres les isolaient du monde extérieur et cette course aveugle se parait d'étrangeté.

Ils s'arrêtèrent dans une rue proche du Trocadéro. Après s'être emparé de son bras, Eric la conduisit vers la porte cochère d'un immeuble discret. Une maison de rendez-vous ? Avec une soudaine appréhension, elle imaginait l'accueil servile, l'installation dans une chambre au luxe ouaté, l'inévitable bouteille de champagne dans le rafraîchissoir... Au détour d'un vestibule éclairé par des girandoles, il sortit de sa poche une clé, puis l'invita à pénétrer dans un appartement aux allures de garçonnière.

A mesure qu'il allumait des lampes, elle découvrait son univers clandestin, une pièce unique à laquelle des murs gris perle, un mobilier en ébène de Macassar et des sièges recouverts d'étoffes imprimées donnaient une touche de confort moderne et raffiné. Rapidement s'infiltra dérangeante, humiliante, l'idée d'être le nouveau numéro d'une collection bien fournie. Elle imagina celles qui l'avaient précédée, tentées comme elle de croire que la passion qu'elles inspiraient les tenait à l'écart d'une éventuelle intégration. En silence, elle regarda Eric évoluer, s'attachant à sa démarche, à ses gestes.

Impatient de la soumettre à ses exigences, il fut bientôt contre elle, sa bouche à la recherche de la sienne. Judith était prête à toutes les audaces pour captiver cet homme qu'une trop grande habitude de l'amour avait forcément rendu difficile. Son manteau glissa à terre et, sans pudeur, sans honte, elle s'offrit à son étreinte. Il n'y avait aucune douceur dans le comportement d'Eric, seulement l'envie de la dominer, de la réduire à sa merci. Quant à Judith, tour à tour révoltée, asservie, inspirée, elle lui accordait ce qu'il n'aurait osé espérer et ainsi le marquait au plus profond de sa chair. Il l'entraîna vers un canapé et avec presque de la colère la posséda.

Lorsqu'ils se séparèrent, Judith ne savait plus si elle devait triompher ou douter. Allongé contre elle, Eric s'était réfugié dans le mutisme. Exagérait-elle en pensant qu'il nourrissait à son égard de la rancune, voire de l'hostilité ? Avec nostalgie, elle réfléchissait à ce qu'elle avait investi d'espoir dans cette rencontre qui s'était transformée en affrontement. Signe évident d'orgueil, aucun mot n'avait été de part et d'autre prononcé. Elle les avait pourtant dans son esprit, dans son cœur, ces aveux qu'elle aurait voulu lui offrir, cette confession d'une passion contrariée !

Quitter cet endroit, fuir cet homme avant qu'il ne la déçoive devint son but. Elle allait se lever lorsque Eric entoura sa taille de son bras.

— Ne partez pas… Pas encore.

Tandis qu'elle l'interrogeait du regard, il l'obligea à se rapprocher de lui.

— Que craignez-vous ? D'être en retard ?

— Je n'ai aucun rendez-vous.

— Vous n'allez pas me faire croire que personne ne vous attend !

— C'est cependant la vérité.

— Et Max de Loubet ? insista Eric.

— Je le vois très peu.

Après un bref silence, elle ajouta sur un ton qu'elle essaya de rendre léger :

— Vous vous tromperiez en pensant qu'il est mon amant.

— Je ne pense rien, s'insurgea-t-il.

Comme il mentait mal et comme elle l'en remerciait. A le découvrir aussi soupçonneux, aussi jaloux, elle retrouva son assurance. Déjà, elle se glissait contre lui, provocante, tentatrice.

— Il n'y a eu qu'un seul homme avant vous, murmura-t-elle en le fixant. Et c'est fini.

Ces dernières paroles la surprirent. Avec Antoine, la rupture n'avait jamais été prononcée. Mais la lueur de satisfaction qu'elle surprit dans les yeux d'Eric valait tous les reniements.

— Je ne veux te partager avec personne, répéta-t-il à voix basse. Je te veux à moi… rien qu'à moi.

26

Pour se protéger des indiscrétions, Eric et Judith prirent l'habitude de se retrouver dans la garçonnière de la rue Vital. Passé le premier agacement, elle avait fini par apprécier cette retraite qui les maintenait à l'écart de leur vie officielle. Derrière les rideaux tirés, ils n'étaient plus qu'un homme et une femme sans passé ni mémoire, soucieux seulement de s'adonner au rituel de l'amour.

De ces moments dérobés, Judith sortait éblouie mais perplexe. Si l'attachement sensuel d'Eric n'était pas à mettre en doute, qu'en était-il des autres sentiments ? Sur ce sujet, il demeurait impénétrable, créant un inévitable rapport de force. N'écoutant que son instinct, elle choisit d'afficher un comportement semblable au sien. Excellente décision : piqué dans son orgueil masculin et stimulé par la difficulté, Eric accrut ses efforts de séduction.

Il lui proposa même de l'accompagner deux jours à Lyon, où il devait signer le contrat d'un chantier.

— Je ne peux pas, murmura-t-elle.

— Pourquoi ?

— Mon travail.

— Tombe malade !

— Non.

— Enfin, Judith, c'est ridicule. Manquer quarante-huit heures n'a jamais nui à personne. Cette joaillerie t'accapare trop !

Eric, jusque-là, ne s'était pas montré curieux des activités de sa maîtresse. Discrétion ou indifférence ? Elle aurait été incapable de le préciser.

— Elle m'accapare autant que t'accaparent tes affaires, s'insurgea-t-elle.

— Cela n'a rien à voir.

— Pourquoi ?

En même temps qu'elle sentait la colère l'envahir, Judith le regardait. Rien ne lui avait jamais été refusé. Hormis la parenthèse de la guerre, l'existence s'était déroulée sans heurt ni conflit. Il y avait eu la mort du père, soit, mais elle lui avait donné l'occasion de reprendre une société de travaux publics que la reconstruction d'un pays dévasté n'allait pas manquer de rendre prospère... Oui, il faisait partie de ces êtres protégés pour lesquels le pouvoir et la richesse étaient des attributs naturels. N'ayant pas eu à lutter pour les obtenir, il comprenait mal que l'on puisse leur sacrifier plaisir et agrément.

— Cela n'a rien à voir, reprit-il. Moi, j'ai la responsabilité d'une affaire et de ses employés... Alors que toi, tu occupes ton temps.

Assise contre le dosseret du lit, Judith ne songeait qu'à interrompre cette conversation qui prenait des allures de règlement de comptes... Lui insistait, la blâmant pour son égoïsme, sa rigidité.

— Si tu tenais à moi, tu chercherais à me rendre heureux !

Sans répondre à sa dernière remarque, elle se leva puis commença à ramasser ses vêtements éparpillés à travers la pièce.

Le visage fermé, il suivait ses allées et venues. Fascination, rancune, respect, vexation se mêlaient dans son esprit ébranlé par le désordre que cette femme semait sur son passage. A la voir si délicate, qui aurait imaginé pareille adversaire ? Sans être aussi jolie que certaines de ses anciennes conquêtes, elle avait un charme enveloppant que l'on ne pouvait oublier lorsqu'on l'avait subi. En esthète, il détaillait les grands yeux ardoise où se reflétait une trop vive émotion, le nez droit et fier, la bouche aux lèvres pleines, boudeuses... Vive, rétive, imprévisible, elle l'égarait dans l'apprentissage qu'il faisait d'elle, l'entraînait sur de fausses pistes, lui donnait de mauvaises clés, mais elle le délivrait de l'ennui qui avait trop souvent rythmé ses relations amoureuses.

Alors qu'elle boutonnait son chemisier de soie, il déposa les armes et la rejoignit. Collé à son dos, la bouche sur sa nuque où la peau avait un goût de sel, il essaya de détruire le travail qu'elle venait d'accomplir.

— Laisse-moi, lui dit-elle en tentant de se dégager.

Indifférent à sa supplique, il accentua son étreinte. Elle avait beau se cabrer, son souffle précipité, la veine qui battait à son cou la trahissaient. Sous ses doigts, il sentit ses seins se durcir, son ventre se tendre. Bientôt, elle capitulerait. Elle-même le savait. Toutefois, au-delà des apparences, elle était consciente d'avoir remporté la principale victoire, celle de ne pas avoir sacrifié sa liberté !

Aux fiançailles de Cécile et de Louis, Judith ne put se dérober. Sa vie durant, elle se souviendrait de l'émoi qu'elle éprouva lorsqu'elle pénétra, en compagnie d'Irène et de Geneviève, dans l'hôtel particulier que possédaient les Margerit à Versailles. Affronter Antoine au sein de sa famille n'était pas une démarche confortable.

Beaucoup de monde se pressait autour des fiancés. De loin, Judith reconnut Nicole, et à côté d'elle Vicky. Cette plongée dans un passé proche la troublait plus qu'elle ne l'aurait supposé. L'accueil de Cécile n'arrangea rien.

— Merci d'être venue, lui dit la jeune fille en l'embrassant avec chaleur.

Louis semblait en paix avec lui-même et son choix. Après avoir soupiré pour Geneviève, il venait de saluer celle-ci avec une amabilité dénuée d'équivoque. Seule comptait Cécile qu'il avait longtemps considérée comme une petite fille attachante mais fantasque... Quand et pour quelles raisons ses sentiments s'étaient-ils modifiés ?

Judith détailla les lieux où avait grandi Antoine. Entre les portraits d'ancêtres, le mobilier XVIIIe et les collections de figurines en porcelaine, filtrait l'empreinte de plusieurs générations éprises de tradition et de classicisme.

Selon leur âge, les invités s'étaient répartis dans les pièces mises à leur disposition, les plus jeunes ayant choisi la bibliothèque. Parmi ceux-ci, Judith découvrit Antoine. Réfugié près d'une fenêtre, un verre de whisky à la main, il conversait avec Pierre et Sabine. Il tourna la tête et, à son tour, l'aperçut. Sur ses traits creusés, elle pouvait lire le mal que lui avait causé leur séparation. Que n'aurait-elle donné tout à coup pour effacer cette désillusion ! Bientôt il fut là, devant elle, avec ce regard gris dans lequel elle avait tant de fois cherché son propre reflet, cette voix, qui pour lui parler savait se faire plus sourde... Des images surgirent, intactes, troublantes... Comme elle avait été naïve de penser que sa liaison avec Eric la préservait de tout regret.

— Je m'étais promis de ne pas espérer, était-il en train de lui murmurer. Pourtant, depuis le début de cette réunion, je n'ai cessé de guetter ton arrivée.

— Je suis ici pour Cécile, balbutia-t-elle.

— Sois tranquille, je n'attends pas ton retour. C'était seulement la tentation de te revoir.

Il ne prêchait pas le faux pour savoir le vrai. Judith, faisant preuve de la même sincérité, n'essaya pas de l'épargner par des paroles édulcorées.

— Je ne reviendrai pas, souffla-t-elle, mais ce n'est pas à cause de toi.

Avec brusquerie, il l'interrompit.

— Ne me donne pas tes raisons. Je ne suis pas assez fort pour les entendre.

Judith, proche des larmes, contemplait le compagnon pour lequel elle ne pouvait rien. Indifférente au ballet des maîtres d'hôtel, au bourdonnement des conversations, elle assistait à la conclusion d'un amour dont elle se jugeait indigne. Dans son esprit s'imposa ce qui aurait existé si elle avait été raisonnable. Elle se vit dans ce même cadre, à la place de Cécile, avec à ses côtés l'homme qui lui avait appris à ne pas avoir peur de ses désirs. Elle l'envia de si bien se dominer. Comment en trouvait-il la force alors qu'elle perdait pied !

— Souris-moi, lui disait-il. Ce n'est pas la peine de donner à Vicky et aux autres vautours de son espèce matière à de nouveaux commérages. Ils seraient trop contents de te prendre en flagrant délit de nostalgie.

Il saisit sur un plateau une flûte de champagne et la lui tendit puis il l'escorta en direction de leurs amis. Peu à peu, elle trouva un certain plaisir à renouer avec des gens qu'elle avait depuis des mois négligés. Même son cousin Pierre avait été relégué aux oubliettes. Il ne se gêna pas pour s'en plaindre.

— Plusieurs fois, j'ai essayé de te joindre... Afin de te donner des nouvelles d'Anna.

— Tu as fini par en avoir ! s'exclama-t-elle.

— Par mon frère. Elles ne sont guère réjouissantes.

— Par Alain ?

Connaissant les fréquentations du garçon, elle pouvait s'attendre au pire. Depuis les avances qu'il lui avait prodiguées à son arrivée à Paris, elle s'était toujours arrangée pour l'éviter... Bien lui en avait pris : Pigalle et le milieu avaient fini par l'absorber, de même que certains trafics.

— D'après lui, poursuivit Pierre, elle pose pour des photographies très spéciales.

— Il sait où elle vit ?

— Non, mais il va se renseigner.

Avec une moue sceptique, il ajouta :

— Je me demande si cela est nécessaire !

— Il faut absolument la retrouver ! renchérit Sabine qui s'était immiscée dans la conversation.

Judith ne les écoutait plus. Son attention était concentrée sur la jeune fille qui échangeait avec Antoine et Nicole des propos animés. Elle reconnut l'exilée russe qui avait chanté dans l'atelier de la rue Campagne-Première. Ses liens avec les Margerit étaient-ils devenus si étroits qu'ils justifiaient sa présence aujourd'hui ? En l'examinant, Judith la jugea ravissante. Un bandeau de tulle pailleté retenait des cheveux fauves dont la lourde frange exaltait plus qu'elle ne cachait des yeux verts. Telle qu'elle se présentait, lointaine, fragile et vêtue d'une robe de soie mordorée, elle rappelait les princesses des Mille et Une Nuits. En un éclair, Judith comprit, rien ne l'en aurait dissuadée, qu'elle avait devant elle sa remplaçante. Un jour viendrait où Antoine prendrait conscience de la grâce d'Irina, de ses qualités et, pour elle, renouerait avec des mots et des gestes oubliés. Une bouffée de jalousie envahit Judith, dégradante, mortifiante. Coupant court aux propos que tenait Sabine quant à la conduite d'Anna, elle demanda à Pierre en désignant discrètement la jeune étrangère :

— Je crois avoir déjà rencontré cette jeune fille ! C'est une relation de Cécile ?

— D'Antoine. Elle travaille avec lui, ajouta Pierre avec son habituel souci de précision.

— Je l'ignorais !

— Elle crée des objets émaillés.

Face à l'évidence qu'Antoine allait non seulement lui échapper mais trouver auprès d'une autre une entente semblable à celle qui les avait liés, Judith trouvait à son ancien amant une nouvelle séduction. Sans qu'elle en eût véritablement conscience, le manège s'organisa. Elle tourna autour de lui, déploya des trésors de charme.

Ce numéro n'échappa pas à Vicky qui glissa à Cécile :

— Judith semble avoir des velléités de retour.

— Quelle bonne nouvelle ! s'écria la jeune fille que le bonheur rendait plus romanesque que jamais.

Agacée par tant d'ingénuité, Vicky haussa les épaules. Sans apprécier Judith, elle était obligée de lui reconnaître personnalité et savoir-faire. Un sacré tempérament doublé d'un indiscutable magnétisme ! Lorsqu'elle pénétrait dans un endroit, on ne pouvait l'ignorer. Ce soir, fidèle à son style, elle arborait une simple mais irréprochable robe de velours noir qui rendait insignifiantes les autres toilettes. Dans ses cheveux coupés à la mode du moment, elle avait noué un ruban de satin. Une coiffure de petite fille sage qui la rendait plus troublante encore. Antoine se laisserait-il reprendre ? De loin, elle le voyait sourire, elle le voyait aussi la présenter à ses parents. Madame Margerit, avec son tact habituel, cacha la réticence qu'elle avait à l'encontre de celle qui avait refusé son fils. Quant à monsieur Margerit, il semblait partager sans restriction le goût d'Antoine.

De la main, Vicky fit signe à Nicole de s'approcher puis, à l'oreille, lui souffla :

— Est-ce que je rêve ou...

— A ta place, je ne ferais pas de pari sur l'avenir, répondit Nicole avec une mine amusée.

— Tu me parais bien sûre de toi.

— J'ai mes raisons.

— Allez, ne te fais pas prier, marmonna Vicky.

— Judith a quelqu'un dans sa vie. Un homme marié.

— Qui te l'a dit ?

— Simoneau... Avant-hier. Il le connaît.

— Ah oui... Qui est-ce ?

— Cet imbécile n'a pas voulu me le dire !

A mille lieues de soupçonner que son secret avait été percé, Judith s'abandonnait à l'agrément de la réunion. Il ne restait plus à cette heure tardive que les proches qui s'étaient regroupés autour d'un souper léger. Geneviève se laissait courtiser par un ami de Louis. Les hommes, depuis un certain temps, avaient réapparu dans son entourage...

timidement, fugitivement... C'était le signe que le passé, sans être renié, avait été assimilé. Dans ce décor feutré, Judith se sentait délivrée de ses soucis. Un sentiment de confiance, de sécurité l'envahissait, allant jusqu'à changer son jugement. Auprès d'Antoine, elle trouverait toujours compréhension, encouragements et réconfort. Dans un élan, elle posa sa main sur le bras de son ancien amant...

— Ecoute... Je crois que...

Surpris, il la dévisagea. Après avoir lu dans ses yeux ce qu'elle allait lui avouer, il l'empêcha d'aller plus loin.

— Ce soir, tout te paraît attrayant, facile. Mais si je te laisse te fourvoyer, demain, lorsque l'existence quotidienne aura repris ses droits, tu regretteras ce que tu m'auras promis.

27

Avec Raphaël Stern, Judith avait gardé des liens étroits. Une ou deux fois par mois, elle lui rendait visite à la bijouterie. Auprès de lui, elle renouait avec l'essentiel, accordant aux événements et aux choses leur juste valeur. Il n'avait pas fallu longtemps pour qu'on murmurât son nom au sein de la profession. Qui était, d'où venait cette dessinatrice dont certains affirmaient qu'elle serait bientôt l'égale de Jacques Nodier ? Cheminement que Raphaël suivait avec intérêt, mais sans surprise.

— En fait, je vous sers de cobaye, lui déclara Judith. Vous vérifiez si mon évolution s'accorde avec vos prévisions.

Cette réflexion qu'il aurait d'habitude relevée le laissa indifférent. Il semblait lointain, préoccupé.

— Vous allez être la première à connaître la nouvelle, finit-il par dire. J'ai vendu le magasin.

— Vendu le magasin ! s'exclama Judith. Je ne savais pas que vous vouliez vous en séparer !

— Avant même que j'y songe, j'ai eu une offre que j'aurais été fou de refuser.

Bien qu'il cherchât à le cacher, cette décision le bouleversait.

— Ma sœur est fatiguée, je suis vieux... Il est temps de dételer, affirma-t-il avec une conviction qui sonnait faux.

Pour justifier le bien-fondé de sa décision, il se relança dans l'éloge de l'affaire qu'il venait de conclure.

— Malheureusement, je n'ai pas réussi à leur vendre mon stock de pierres. Croyez-vous que mon rubis intéresserait René Valère ?

— Votre rubis ! Vous m'aviez affirmé que jamais vous ne vous en sépareriez !

— Rachel, qui en possède la moitié, préfère le réaliser.

Tout en parlant, Raphaël Stern s'était dirigé vers le coffre-fort. Il en revint muni de la fameuse pierre et la déposa devant Judith qui, une nouvelle fois, fut émerveillée par sa couleur de sang et de vie. Alors qu'elle allait assurer son vieil ami de son intervention auprès du joaillier, la certitude que ce rubis devait lui revenir la troubla. Plus qu'un désir, c'était une nécessité liée à sa destinée. A l'aide d'une pince et dans un geste où se mêlaient respect et attirance, elle le plaça dans la paume de sa main puis contempla les feux que la lumière y allumait.

— Quel est votre prix ? s'entendit-elle demander.

Il annonça une somme qu'elle était loin de posséder ! Si seulement elle n'avait pas signé trois mois plus tôt les devis des travaux concernant son moulin, la vente de ses vignes aurait en partie couvert la transaction. Dans son esprit échauffé s'élaboraient des comptes. Elle disposait de quelques économies, minimes en comparaison du plongeon qu'elle s'apprêtait à accomplir.

Après avoir discuté, elle déclara :

— Je l'achète.

— L'acheter ! Vous ? Mais de quelle façon ? s'écria Raphaël Stern, abasourdi.

— A l'aide d'un emprunt.

Contracté auprès de qui, elle n'en avait pas la moindre idée. Demander à sa mère n'était pas envisageable. Quant à Eric, elle aurait préféré mourir plutôt que de le mettre devant une telle éventualité. Il restait les bailleurs de fonds. Elle songea aux privations que lui demanderait le crédit. L'achat d'une petite automobile devrait être différé, de même que celui d'une TSF.

Ce fut Irène Chambrun qui lui obtint des facilités auprès d'un ami banquier. Après remboursement de sa traite mensuelle, elle resterait en possession de la moitié de son salaire, somme suffisante pour payer sa pension et parer aux dépenses courantes.

La journée du 23 avril 1921 débuta sous d'heureux auspices. Ce fut avec facilité que Judith exécuta un croquis pour le diadème d'une princesse roumaine et mit au point un modèle de montre-bracelet.

Alors que revenant de chez Raphaël Stern, où elle était allée régler et chercher son rubis, elle goûtait les premiers rayons d'un soleil printanier, un élan de vitalité lui fit poser un regard optimiste sur son avenir. Cette pierre deviendrait en temps opportun le fleuron de la Joaillerie Fontange. Ouvrir sa propre maison était le but qu'elle s'était à moyen terme fixé.

Avant de regagner le studio, elle s'attarda devant les vitrines de Cartier et contempla l'une de leurs dernières « pendules mystérieuses ». Véritable miracle de l'horlogerie, de l'esthétique et de l'originalité, elles fascinaient la profession et le public depuis quelques années. Sans liaison apparente avec un mouvement logé dans le socle ou dans un détail du décor, leurs aiguilles semblaient flotter dans l'espace. La perfection et la complexité de l'ensemble demandaient une demi-douzaine de spécialistes, ainsi que trois à douze mois de fabrication.

Dans l'escalier qui menait à son bureau, elle s'entendit héler par le portier.

— Mademoiselle ! Monsieur Vanpraag est arrivé. Je l'ai installé dans le salon des pierres.

— Monsieur Savignac n'est pas là ?

— Il a dû être retardé.

Saisissant l'occasion de connaître l'un des plus illustres diamantaires du moment, Judith se dirigea vers la pièce réservée aux transactions et inventaires.

A son entrée, Samuel Vanpraag se leva. Petit, mince, il paraissait de santé fragile. La neutralité de ses traits, la discrétion de sa mise, excepté le cache-nez surprenant pour la saison, l'auraient rendu insignifiant si dans son regard n'avait filtré une vivacité peu commune.

— J'ai imaginé des montures pour des pierres que vous aviez taillées, l'informa Judith. Le Blue Moon....

— Le Blue Moon... C'était un magnifique diamant !

Sur le sujet, il se montra intarissable, ainsi que sur une nouvelle taille prônée par un certain Tolkowsky. Des images s'imposèrent à Judith, toutes inspirées par ces diamants capables, si l'on en croyait la légende indienne, d'« illuminer l'espace des feux de l'arc-en-ciel ».

Suspendue à ses lèvres, elle l'écoutait conter de sa voix enrouée les affres du clivage, une délicate opération où l'on fendait le diamant comme on fend le bois, selon quatre directions déterminées. On y recourait pour obtenir d'une pierre deux ou plusieurs fragments, ou pour supprimer certaines impuretés. Responsabilité écrasante lorsqu'il était question de gemmes exceptionnelles, mais que l'on assumait depuis des générations dans la famille Vanpraag.

Etablie depuis plus d'un siècle à Amsterdam, celle-ci avait assisté à l'aventure brésilienne, à l'épopée africaine, à la naissance de Kimberley et à la formation de la De Beers. Dernier maillon de la chaîne, Samuel avait choisi vers 1900 de s'installer à Anvers, la ville natale de son épouse. Il avait eu raison ! Hormis l'épisode de la guerre où, imitant bon nombre de ses confrères, il était retourné pour quatre ans à Amsterdam, les affaires avaient été florissantes.

En les rejoignant, Yves Savignac interrompit leur tête-à-tête.

— Merci d'avoir égayé l'attente de notre ami, déclara-t-il à Judith.

Alors qu'elle allait s'éclipser, il ajouta :

— Restez avec nous.

Consciente et fière du privilège qui lui était accordé, elle prit place autour de la table ovale où Samuel Vanpraag avait déposé les fameuses « enveloppes » blanches. La cérémonie commença, baignée par la lumière du nord que dispensait une haute fenêtre aux rideaux coulissés. De tailles et de couleurs différentes, surgirent d'inestimables trésors. Eblouie par leurs feux, Judith ne s'était pas rendu compte que Samuel Vanpraag l'observait avec des yeux de somnambule.

Rêvait-il ou assistait-il à la concrétisation de ce qui avait été son vœu le plus ardent ? Face à la précision cruelle de la scène, il se sentit perdre pied. Au visage de Judith se juxtaposait celui d'une fillette qui, si elle avait vécu, lui aurait ressemblé. Ajoutant à l'illusion, il y avait le ruban de velours bleu dont la jeune femme avait orné sa chevelure... ruban similaire à celui qui retenait les boucles brunes de Jézabel. Magnifiés par la séparation, les souvenirs se bousculaient, fragments d'une époque révolue. La gorge serrée, il revoyait, étalée sur un grand bureau, sa collection de diamants de couleur. Puis, manipulée par les doigts minuscules de son enfant, la pince dont elle se servait pour soulever les joyaux. C'était leur récompense quotidienne que d'admirer ensemble ces raretés. « Un jour, je ferai le même métier que toi », lui disait-elle de sa voix flûtée. Elle aurait probablement tenu parole si une méningite ne l'avait privée de vie à l'âge de huit ans. Samuel ne pouvait sans frissonner songer à ces journées et à ces nuits où avec Esther, sa femme, ils avaient tenté de repousser l'inéluctable. De ce combat perdu d'avance, ils étaient sortis avec l'aspiration de se trouver à leur tour condamnés au néant. Au désespoir de Samuel s'ajouta l'inquiétude que lui causa l'état mental de sa femme. Prostrée dans une chambre aux volets tirés sur le monde, celle-ci poursuivait un pathétique dialogue avec la disparue. Lorsqu'il avait essayé de la ramener à la réalité, elle l'avait fixé avec tant de haine qu'il avait cru l'avoir perdue. Incapable de baisser les bras face à la nouvelle épreuve qui les frappait, il avait décidé de quitter cette maison d'Amsterdam dans laquelle s'étaient déroulés trop d'événements dramatiques pour s'établir à Anvers. Entourée de sa famille, Esther aurait plus de chances de recouvrer un semblant de paix... Sur le plan professionnel, le déménagement ne posait pas de problème, les deux villes revêtant un égal prestige. Après de méthodiques recherches, il avait acquis, proche de la Pelikaanstraat, une taillerie de modestes dimensions qu'il avait su rendre fameuse. Ce succès l'aurait laissé de marbre si Esther n'avait peu à peu abandonné les terrains mouvants de la schizophrénie. Lorsqu'il l'avait vue se préoccuper de la bonne marche de leur demeure, il avait compris que la partie était gagnée.

Quand Yves Savignac demanda à voir des diamants, Samuel Vanpraag dispensa des éclaircissements sur les trois pierres qu'ils venaient de sélectionner.

— Celui-ci, dit-il en approchant sa loupe d'un brillant d'une dizaine de carats, ne présente aucune inclusion. Il correspond au degré de pureté le plus élevé. Regardez-le... Il est intérieurement sans défaut.

Après que Savignac eut grommelé une vague appréciation, Vanpraag se tourna vers Judith.

— Qu'en pensez-vous, mademoiselle ?

— Ma sympathie va vers celui-ci, répondit-elle en se saisissant de la loupe pour étudier une pierre plus petite.

— Il a de minuscules points de couleur claire, poursuivit-elle, mais je le trouve splendide. C'est un Wesselton, n'est-ce pas ?

— On ne peut rien vous cacher, rétorqua Samuel.

Au-delà de son apparence réservée, de ses gestes mesurés, il y avait chez cette jeune recrue une ardeur qui déclencha son intérêt. Alors qu'il se préparait à quitter la pièce, il s'entendit proposer :

— Monsieur Savignac doit bientôt me rendre visite à Anvers. Pourquoi ne l'accompagneriez-vous pas ? Ma femme et moi, nous serions ravis de vous recevoir.

Anvers, ses quatre bourses au diamant, sa Pelikaanstraat jalonnée d'étals sur lesquels les négociants sélectionnaient leur marchandise ! Anvers, ses tailleries, ses maisons de commerce et son légendaire café Flora ! Depuis longtemps, Judith caressait le rêve de découvrir cette ville...

28

Mener de front métier et liaison n'était pas facile... D'autant qu'Eric n'était pas homme à faire des concessions. Exigeant, voire tyrannique, il dictait sa loi et ses horaires sans chercher à savoir si ceux-ci convenaient ou non à Judith.

— C'est ta faute, répétait-il lorsqu'elle se plaignait des courses éperdues qu'il lui infligeait pour le rejoindre rue Vital. Si tu t'installais seule dans un appartement, je pourrais passer te voir à l'improviste et nos rencontres s'en trouveraient facilitées.

L'idée de quitter Irène, Geneviève et Rosemarie – ses « dames de cœur » – lui étant insupportable, Judith utilisa le problème financier comme échappatoire.

— Avec les travaux du moulin et le remboursement du rubis, je n'ai pas les moyens de...

— Qui te parle de verser un loyer !

Ne cherchant plus à le ménager, elle lui déclara sur un ton glacial qu'elle n'était pas prête à se faire entretenir.

Lorsqu'il se rendit compte qu'il n'obtiendrait rien, il éprouva de la vexation à se sentir rejeté. Jusque-là, personne ne s'était opposé à ses désirs. Il fallait que ce fût cette femme à laquelle il était de plus en plus attaché qui ouvrît le feu !

Dans le dessein de se venger, il la laissa deux semaines sans nouvelles. Judith n'oublierait pas de sitôt ces journées et ces soirées où elle guettait le coup de téléphone, le télégramme qui ne venaient pas. Pour oublier le mal qui la rongeait, elle se réfugia dans le travail ; là, au moins, son esprit sollicité par les impératifs de la création ne la trahissait pas pour se perdre dans des supputations où se succédaient espoir et inquiétude. Parfois, elle se demandait quelle place tenait l'amour dans cette relation fondée sur des rapports de défiance, mais le souvenir d'une expression, d'un geste d'Eric, d'un rire ou d'une intonation la rassurait quant à la ferveur de ses propres sentiments.

Il choisit un lundi soir pour réitérer l'enlèvement à la sortie de la joaillerie. Le calcul fut bon. Emue de revivre leur première escapade, Judith troqua ses griefs contre le désir d'oublier dans les bras de son amant ce qui les séparait.

Au fil de leurs rendez-vous, elle prit soin de ne s'en tenir qu'au présent et d'éluder les sujets épineux. Pour se protéger du vague à l'âme, elle tourna le dos à la solitude dans laquelle elle s'était enfermée et emplit son temps libre de loisirs ou de sorties. En agissant ainsi, elle répondait au vœu de René Valère qui lui avait demandé de promouvoir l'image de la joaillerie. Pour paraître aux vernissages, générales et concerts, elle avait pris l'habitude de porter les créations de Nodier... Il était rare que ces joyaux associés à son élégance n'entraînent pas de rapides commandes.

Ce soir, elle assisterait à l'avant-dernier des quatre bals qu'offrait chaque vendredi du mois de mai la marquise de Polignac au théâtre des Champs-Elysées et arborerait la parure que le dessinateur avait conçue pour l'occasion. En accord avec le thème imposé de « l'arc-en-ciel », le joyau était composé d'une audacieuse association de pierres précieuses et de pierres dures. Enfermé dans un écrin de cuir bleu nuit, il attendait sur un guéridon qu'elle eût terminé de batailler avec ses cheveux.

— Laisse-moi t'aider, proposa Geneviève déjà prête.

— Qu'y a-t-il de si drôle ? demanda Judith en remarquant dans le miroir l'expression de son amie.

Rien ne contenait plus de gaieté que cette salle de bains qui ressemblait à un champ de bataille. Rien, non plus, n'aurait pu supplanter Rosemarie qui, assise sur un coin de baignoire, suivait leurs faits et gestes en chantonnant *Mon homme.*

Alors que Judith, satisfaite de sa coiffure, se levait de son tabouret pour échanger son peignoir contre une robe de tulle aux tons du prisme, Raymond les avertit qu'elles étaient demandées au téléphone.

Quand Geneviève revint, elle était pâle.

— C'était Anna, expliqua-t-elle d'une voix altérée. Elle n'a pas l'air bien...

— Anna ?

— Oui, elle avait une élocution bizarre et elle semblait perdue.

— Elle t'a donné son adresse ?

— 14 rue de Douai.

— Allons-y, décida Judith en s'emparant des premiers vêtements qui lui tombèrent sous la main.

Il faisait encore jour quand Geneviève gara son automobile devant l'immeuble où habitait leur amie.

— C'est au troisième, précisa-t-elle.

Un moment s'écoula avant qu'elles n'entendent s'approcher des pas incertains et traînants. Il y eut un bruit de verrou, puis l'ancienne cousette, ou plutôt son fantôme, les dévisagea avec un regard flou.

— Ah... Vous êtes venues toutes les deux, constata-t-elle d'une voix à peine audible.

Si Judith ne l'avait pas retenue, elle serait probablement tombée.

— Retournons dans ta chambre, ordonna celle-ci en la soutenant.

Du corps émacié d'Anna montait une odeur de sueur et de rance, de souffrance et de peur. Maladie de la chair, de l'âme... Judith ne savait à quoi s'en tenir, jusqu'à ce qu'elle découvre le lit et ses draps maculés de sang.

— Quand as-tu fait cela ! s'exclama Geneviève qui les avait suivies.

— Hier soir.

Où, comment, elles ne tardèrent pas à le savoir. A mesure qu'elles apprenaient la navrante vérité, elles se sentirent envahies de pitié et de tristesse. Pour s'être soumise à l'aiguille à tricoter d'une faiseuse d'anges, Anna risquait d'y laisser sa peau...

— J'ai mal, était-elle en train de gémir, les deux mains pressées sur son ventre.

Ses membres agités de tremblements, son souffle précipité et la langue qu'elle passait sur ses lèvres desséchées révélaient une forte température.

— Elle a au moins 39 °C, chuchota Judith.

Il était indispensable de juguler l'infection, mais les circonstances obligeaient à la plus grande discrétion. Pour avoir avorté, Anna risquait des poursuites... Seul un médecin compréhensif pouvait lui venir en aide.

— Louis !

— Si nous arrivons à le trouver, rétorqua Geneviève.

Ce fut Cécile qui leur répondit. Son mari faisait une visite à un patient. Dès qu'il rentrerait, elle l'enverrait rue de Douai.

Une longue attente commença, ponctuée d'allées et venues entre la chambre et le cabinet de toilette. Tenaillée par une douleur croissante, Anna criait sa détresse. A la voir si désarmée, Judith sentait son cœur se serrer. Deux ans avaient suffi pour transformer cette attachante tête de linotte en victime. A force de candeur et de mauvais choix, elle avait fini par basculer dans une médiocrité qui dépassait celle qu'elle avait cherché à fuir en venant à Paris. A mesure que les minutes s'écoulaient, Judith craignait de perdre ce combat. Le pouls d'Anna s'était accéléré et l'hémorragie persistait.

Louis, arrivé peu avant minuit, se montra pessimiste.

— Elle nécessite des soins constants... Qui peut s'occuper d'elle ?

— Personne à part nous, dit Judith. Mais comment nous absenter de notre travail ?

— Il reste l'hôpital.

Si cette décision convenait sur le plan médical, elle n'était pas satisfaisante quant à la discrétion.

— Nous allons la transporter à la maison, décida Louis. Ainsi, je pourrai la soigner... Et Cécile se chargera de la veiller.

Ces derniers mots tirèrent Anna de sa léthargie.

— Non, non, balbutia-t-elle.

— Pourquoi ? interrogea le médecin.

— Cécile... Je l'ai si mal quittée, si mal remerciée !

— Ce n'est pas le moment d'épiloguer sur le passé, lui répondit Louis.

S'adressant à Geneviève, il ajouta :

— Habillez-la plus chaudement et chaussez-la.

Judith les aida à installer Anna dans l'auto de Louis, puis remonta à l'appartement pour y mettre un semblant d'ordre et le fermer.

Les lampes du salon aux éclairages étudiés lui révélèrent un décor équivoque et tapageur de miroirs vénitiens, de coussins chamarrés et de fausses fourrures. Lieu de travail, d'amusement, on n'aurait su le dire tant y étaient mêlés l'ostentatoire et les souvenirs personnels. Elle allait s'approcher des quelques photographies disposées sur une affreuse console quand la sonnerie du téléphone la fit sursauter. Pensant qu'il s'agissait de Cécile, elle décrocha le récepteur, mais en réponse à ses « allô ! » répétés, elle n'obtint qu'un désagréable silence. Elle ne se serait pas attachée à cet épisode si le manège ne s'était répété. Sans éprouver une véritable peur, elle avait hâte de quitter cette atmosphère hostile. Dans la chambre régnait un abandon qui en disait long quant à l'état d'esprit de son amie. Sur de prétentieuses chaises de velours s'étaient amoncelés des négligés et des dessous dignes d'une pensionnaire de maison close... Triste confirmation des renseignements qu'avait fournis Alain Darmon. Judith plia les vêtements puis les rangea au milieu d'un bric-à-brac de vieilles poupées, de bas et de fioles de parfums éventés. Pour préparer la valise qu'elle porterait à son amie, il lui fallut fouiller les penderies et le chiffonnier. Elle tomba sur d'imposantes liasses de billets de banque, puis mit la main sur des photographies de Simoneau seul, de Simoneau avec Anna et, détail étrange, de Simoneau avec Anna et Sylvia Baschet. Nul besoin d'être perspicace pour comprendre, au travers de leurs expressions et de leurs poses, la nature de leur relation. Judith aurait beaucoup donné pour ne pas assister à la déchéance de celle dont elle avait guidé les premiers pas parisiens. Sans son intermédiaire, Anna n'aurait jamais rencontré son mauvais génie... et il n'existerait ni ce gâchis ni le plateau et la pipe à opium qu'elle venait de bousculer sur l'étagère la plus élevée d'une armoire à linge.

Il était deux heures du matin quand Judith songea à partir. Alors qu'elle ouvrait la porte sur l'obscurité de l'escalier, elle se sentit envahie d'une peur incontrôlable. Le cœur battant, elle appuya sur le bouton de la minuterie puis, chargée de son bagage, commença de descendre les marches. Elle aurait probablement réussi à se raisonner si au premier étage l'éclairage n'avait fait défaut. La traversée des ténèbres raviva son inquiétude, d'autant qu'elle aperçut une ombre qui se profilait sur l'un des murs du rez-de-chaussée. Elle pensa à rebrousser chemin, mais la conviction de ne pouvoir s'échapper la poussa à braver le danger. Quel ne fut son soulagement de découvrir que l'objet de sa terreur n'était qu'une échelle...

L'impression d'avoir été épiée persista après qu'elle se fut réfugiée dans l'automobile que lui avait laissée Geneviève. Par qui ? Pour quelles raisons ? Alors qu'elle roulait vers le domicile de Louis et Cécile, elle chercha à se persuader qu'elle n'avait eu aucun mal, après interception des mystérieux appels téléphoniques, à basculer dans de folles supputations.

A peine arrivée chez ses amis, elle oublia sa frayeur. L'état d'Anna ayant empiré, Louis ne misait plus que sur une transfusion.

— Jamais je ne me pardonnerai de l'avoir laissée partir, répétait Cécile.

— Contre l'emprise de Simoneau, tu ne pouvais pas lutter, rétorqua Judith.

Elle ajouta :

— Pas plus que tu ne le pourras si elle s'en sort.

Il fallut une semaine pour que cette prédiction se révélât exacte. Dès qu'Anna recouvrit un semblant de vie, elle n'eut de cesse de savoir si Philippe Simoneau avait été informé du lieu où elle résidait.

— Je ne lui ai rien dit, avoua Judith... sans préciser que le garçon avait tenté de lui soutirer des informations.

Il lui avait paru sur le qui-vive, presque alarmé. Avec de la curiosité et beaucoup de plaisir, elle avait essayé de cerner ce qu'il semblait craindre. Un scandale ? Lequel ? Certainement pas celui d'avoir un lien quelconque avec l'avortement de sa maîtresse ! Redoutait-il qu'Anna ne dévoilât des activités plus troubles ? Comme il la connaissait mal, à défaut de l'aimer ! Jamais, au grand jamais, elle ne l'aurait trahi, tout du moins si vite...

Dès que les jours d'Anna ne furent plus en danger, Judith éprouva de l'agacement pour ce qu'elle jugeait un mauvais roman-feuilleton. Restait l'avenir ! Pour que la chance tournât en la faveur de la convalescente, elle soupesa les solutions. L'éloigner de Paris étant la plus sage décision, elle songea à sa mère. Personne d'autre que Louise ne saurait prodiguer à Anna la compréhension et la tendresse qui lui avaient manqué, personne d'autre ne saurait lui réinsuffler confiance en la vie...

Elles choisirent le dernier dimanche de juin pour se rendre à Cormery où Judith séjournerait jusqu'à ce qu'Anna se fût accoutumée à son foyer d'adoption. Période houleuse : la jeune fille se montrant ombrageuse et taciturne.

« Tant qu'elle en voudra au monde entier, aucun dialogue ne s'instaurera, répétait Louise.

— Je me sens incapable de l'assister jour et nuit !

— Confie-la-moi et va te promener. »

Judith attendait cette permission pour courir à son moulin, auquel les travaux n'avaient pas ôté sa poésie. Il était resté aussi intemporel, aussi sauvage que dans son souvenir...

Grisée par l'odeur de la peinture fraîche, elle avait parcouru les pièces qui, selon des plans étudiés, modifiés puis renvoyés depuis Paris, avaient été cloisonnées. Les murs blancs, les parquets décapés, la cheminée de la bibliothèque libérée du ciment qui la bouchait répondaient à ce qu'elle attendait de cette retraite qu'elle voulait simple et intime. Bien qu'elle appréciât les créations modernes, elle privilégierait les meubles de famille que Louise avait sélectionnés à son intention, de même qu'elle emploierait pour les sièges et les rideaux des étoffes unies qui la changeraient des tons violents et chamarrés de la rue François-Ier.

A chacune de ses visites, elle apportait ses livres préférés. C'était sa seule tentative d'aménagement, avec quelques coussins qui, disposés face à la rivière, lui permettaient de rêver confortablement...

29

Judith connut un été heureux. En s'installant pour deux mois à Saint-Jean-de-Luz, Florence lui avait abandonné Eric. Délivrés de l'habitude de consulter montres et pendules, ils eurent la latitude de vivre en plus étroite communion... Ou du moins, ils le crurent puisque, rationnel, pratique, Eric ne comprenait pas toujours le langage idéaliste de sa maîtresse qui lui rendait la pareille en le jugeant intransigeant et cynique.

Tout dans son existence devait être mené, à l'image de ses affaires, tambour battant. Les atermoiements, apitoiements, égarements appartenaient aux autres. A cette fuite en avant, Judith cherchait des explications... Quatre années de guerre, la reprise après le décès de son père d'une société qu'il se devait de gérer. Dans une époque vouée à la réussite matérielle, le besoin de se démarquer vis-à-vis d'une concurrence acharnée lui parut une excuse... Opinion facilitée par le charme dont il usait, afin de l'amadouer lorsqu'il avait conscience d'avoir dépassé les bornes.

La rentrée les remit sur les rails d'une clandestinité qui leur sembla plus difficile à accepter.

Seule chez elle, Judith essayait de ne pas réfléchir à ce qui se déroulait boulevard de Courcelles. Plus que de la jalousie, elle éprouvait du désarroi face à une situation qui n'évoluerait jamais en sa faveur et envers laquelle elle se jugeait faible. Pourquoi ne tirait-elle pas un trait sur cette idylle, comme le lui soufflait sa raison quand elle voulait l'écouter ? Mais comment lutter contre la passion ?

En réponse à cette question, elle avait acheté le roman de Marc Dorfont, après en avoir lu d'élogieuses critiques dans les journaux. Personne n'avait décrit avec autant de finesse et de sensibilité le tumulte d'un cœur confronté à l'indifférence du sujet aimé, s'extasiait un journaliste de *La Liberté*.

En une nuit, elle avait dévoré l'ouvrage puis, séduite par l'esprit et le style, avait relu avec davantage d'attention l'itinéraire en dents de scie du personnage central qui, déchiré entre l'appel de l'aventure et sa tentation au renoncement, la violence de ses instincts et son code de l'honneur, parcourait un monde qu'il jugeait désespérant. Au centre de cette quête douloureuse revenait l'allégeance à la femme idéalisée, sacralisée, que l'on tentait d'oublier dans le danger, l'alcool et les étreintes sans lendemain. Pour se garder de toute influence, Judith avait cherché à oublier l'auteur, mais avait rapidement capitulé. Même si elle en savait peu sur le passé de Marc Dorfont, il était impossible de ne pas le reconnaître au détour des pages.

Les semaines suivantes, elle se surprit à espérer le revoir. Si certains disaient qu'à force de les souhaiter, on finissait par provoquer les événements, c'était peut-être vrai. Profitant d'un séjour à Paris, il lui envoya un mot à la joaillerie dans lequel il exprimait le désir d'honorer son gage et lui donnait son numéro de téléphone afin qu'ils prennent rendez-vous.

Un taxi les conduisit, derrière la place Blanche, jusqu'à une rue étroite que bordaient plusieurs cabarets russes. Ils descendirent devant l'Oiseau de Feu. Un portier aux moustaches de croquemitaine les introduisit dans un somptueux décor de bulbes enneigés. A peine eut-elle pénétré dans cette féerie que Judith oublia Paris et ses contingences. Une troïka venait de la déposer... Dès que Marc l'aurait aidée à se débarrasser de son manteau de lynx encore perlé du givre des steppes, elle croiserait Ivan Tsarévitch et Hélène la Belle, les fidèles compagnons de son enfance, ceux qui l'avaient tant de fois entraînée dans des songes chatoyants et heureux.

Un corridor aux murs tendus de velours cramoisi menait à une salle en forme d'étoile. Au centre trônait, prisonnier d'une cage baroque, un oiseau dont le plumage safran et les yeux de cristal donnaient le frisson à force d'étrangeté. Autre rappel du célèbre conte, des pommes d'or ornaient les candélabres et se répétaient à l'infini dans des miroirs biseautés. Grisés par les effluves de l'encens, du musc et des épices, ils suivirent un maître d'hôtel à l'allure de Cosaque jusqu'à une petite table proche de la scène encore déserte.

— C'est merveilleux ! furent les seuls mots qu'elle trouva pour exprimer son enthousiasme.

— Attendez d'avoir vu le spectacle, rétorqua Marc avec un sourire amusé.

Ses traits lui parurent libérés du désenchantement qu'elle y avait trop souvent décelé. Trêve passagère ou amorce d'une renaissance ? La bienveillance du regard dont il l'enveloppait la conforta dans la seconde hypothèse. L'écriture de son roman l'avait-elle allégé d'un passé qui l'oppressait ? Elle attendit qu'il eût terminé de commander leur souper et que fût arrivée la vodka pour se lancer dans la difficile démarche de confesser à un auteur, sans paraître ampoulée ou obséquieuse, le bien que l'on pense de son ouvrage. Il l'écouta avec attention et un plaisir visible, réfuta certains de ses avis, approuva les autres. A mesure qu'ils parlaient, les barrières qu'avaient élevées entre eux l'éducation, les principes et une mutuelle méfiance s'effaçaient devant la griserie d'écouter et d'être écouté.

Un violoniste vint jouer pour eux une musique déchirante qui torturait les nerfs et noyait les regards. Avec un plaisir évident, Marc observait Judith alors que le vieil homme, pour lui offrir un peu de son âme slave, avait approché de son visage la crosse de son instrument.

La salle était envahie de dîneurs, venus pour rêver et gommer leur peur viscérale du temps qui passe. Repus de bortsch, de pirojkis, de caviar et des chachliks qui leur arrivaient enflammés sur des broches, stimulés par le champagne et la vodka, ils attendaient au milieu des rires tonitruants le début des attractions.

Dans un halo de fumée, Marc aperçut un illustrateur d'éditions de luxe et sa compagne, moscovite comme lui et réputée pour ses superbes décors d'opéras. Vraisemblablement invités par le couple de Parisiens qui partageaient leur repas, ils promenaient sur l'assistance des regards absents. Quels sentiments pouvaient-ils éprouver face à cette joie factice, alors que dans leur patrie agonisante, leurs compatriotes affrontaient une famine ?

Conscient de ses devoirs vis-à-vis de son invitée, il se reprit. Cette femme était différente des autres. Non seulement il ne s'ennuyait pas en sa compagnie, mais il ne se sentait pas non plus obligé de paraître à son avantage.

— Vous ne m'avez toujours pas révélé la solution de notre pari, lui dit-il.

— Vous souvenez-vous d'être allé, il y a environ deux ans, au Dancing des Champs-Elysées ?

— A cette époque, j'avais l'habitude d'y boire un dernier verre avant de me coucher.

— Le soir où je vous y ai vu, vous étiez accompagné d'un homme d'une cinquantaine d'années, aux cheveux grisonnants et à l'allure de dandy...

— Il doit s'agir de mon ami Alexis Viguier, un collectionneur d'antiquités installé depuis quelques années en Egypte, répliqua-t-il aussitôt.

A l'affût d'indices supplémentaires, il sonda son regard.

— Vous devez me prendre pour un goujat...

L'interrompant, elle lui raconta leur étrange confrontation...

— Sans doute, avez-vous pensé que j'étais l'une des entraîneuses de l'établissement...

Envahissant la scène, musiciens et choristes interrompirent leur dialogue. Placés sur quatre rangs, ils entamèrent les grands airs du folklore russe. Au son des guitares et des balalaïkas répondaient les voix riches et modulées. La Volga et ses bateaux à aubes, les forêts de bouleaux, la fête des moissons emplissaient la salle. Sous l'emprise de cette drogue exquise, l'auditoire oubliait la chaleur qui emperlait les fronts. Plusieurs solistes se succédèrent ainsi que des danseurs, les hommes sanglés dans des tuniques de soie blanche et chaussés de bottes, les femmes coiffées de tiares incrustées de pierreries. Il y eut des bris de verre, suivis d'acclamations. Que ce fût dans les loges capitonnées de moire et de tapis caucasiens, devant le bar ou autour des guéridons, les spectateurs avaient oublié retenue et timidité pour donner libre cours à leurs instincts. L'arrivée de trois Tziganes n'arrangea rien. Qui aurait résisté à ces corps bruns et félins que révélaient plus qu'ils ne les habillaient des oripeaux multicolores ? Taille cambrée, hanches balancées, elles obéissaient avec une savante lascivité aux musiciens, marquant chaque mesure d'un tressaillement qui mettait à mal la dignité de leurs admirateurs. Elles descendirent de l'estrade puis, la jupe retroussée et pieds nus, évoluèrent entre les tables. La plus jolie des demoiselles avait donné sa préférence à Marc. Avec amusement, Judith le vit entrer dans le jeu de la séduction..

La venue de l'aube les amena dans un café que Marc semblait connaître et dans lequel les derniers noctambules mangeaient une soupe à l'oignon en discutant avec les habitués du quartier qui partaient à leur travail. Il y avait des smokings, des robes longues, des blouses, des bleus de chauffe, ainsi que les complets de rupins que privilégiaient les caïds du milieu. Tous idiomes confondus, on commentait les prochaines courses à Vincennes, le Salon de l'automobile et l'ouverture du procès Landru.

— Excusez-moi, murmura Marc à Judith avant de rejoindre un groupe qui détenait la palme de l'ébriété.

Un verre de cognac lui fut mis de force dans la main et, bon gré mal gré, il dut se plier à une discussion dont la teneur, avec le ronflement du percolateur, échappait à Judith. Malgré sa veille et l'heure avancée, il écoutait avec attention un homme plus âgé et apparemment moins éméché que ses amis.

Lorsqu'il revint vers la banquette où elle s'était installée, il lui apprit :

— On vient de me confier un nouveau reportage... En Italie ! Voilà qui ne pouvait tomber mieux pour m'empêcher de m'encroûter !

Alors qu'elle attendait des éclaircissements, il expliqua :

— J'ai sauté le pas et... déposé mes caisses de livres ainsi que mes bagages dans un appartement.

— Je croyais que...

— Moi aussi ! répliqua-t-il. Et c'est ce qui me rend inquiet. Un domicile fixe ! Quelle horreur !

— On ne vous a tout de même pas forcé !

— J'ai accepté pour rendre service à Alexis Viguier que nous évoquions tout à l'heure. Sachant qu'il allait s'attarder en Egypte, il m'a demandé d'occuper ses cinq pièces de la rue du Mont-Thabor.

— Comment vous y sentez-vous ?

— Pour le savoir, il faudrait que je déballe mes affaires...

La vocifération d'un serveur qui passait une commande de sandwiches fit sursauter Judith. Conscient soudain du rythme qu'il lui avait infligé, Marc lui caressa la joue et murmura :

— Il est temps que je vous raccompagne.

30

— J'ai cru que tu ne te réveillerais jamais ! s'exclama Geneviève quand Judith s'assit sur son lit.

Le dimanche, c'était leur récréation que de prendre ensemble et confortablement installées sous l'édredon le petit déjeuner. Elles en profitaient pour dorloter Rosemarie. Aujourd'hui, la petite fille avait préféré sa maison de poupée à leur compagnie.

— J'ai faim, gémit Judith en attirant vers elle un plateau sur lequel étaient disposés une chocolatière, des toasts et la célèbre confiture de mûres de Valentine.

Elle aimait ces pauses faites des mille riens d'une cohabitation heureuse, la tiédeur des draps, le babil de l'enfant dans la pièce voisine et la senteur des gardénias qu'Irène leur avait confiés pendant son séjour à Tolède.

— Hier est arrivée une lettre d'Anna, déclara Geneviève. Elle est sur le bureau.

— Résume-la-moi, lui dit Judith.

— Contre toute logique, elle ne semble pas pressée de revenir à Paris. Elle songerait même à travailler comme secrétaire chez ton ancien soupirant... Le notaire.

— Christophe ? Elle qui voulait tant échapper à la vie de province. Et Simoneau ? Elle en parle ?

— Absolument pas ! Elle a dû se faire une raison.

— Ma mère l'y a sans doute aidée.

— Ta mère et le fameux Christophe... Il semble chercher à la distraire.

Geneviève changea rapidement de sujet. Elle était préoccupée par la soirée qu'elle devait passer avec un Américain venu pour étudier la distribution aux Etats-Unis des parfums auxquels elle collaborait.

— Pourrais-tu garder Rosemarie ? demanda-t-elle. Je n'ai trouvé personne.

— Seulement, à partir de huit heures ! Avant je dois aller à Sainte-Clotilde.

— A Sainte-Clotilde ! Voilà un lieu qui ne ressemble guère à ceux que tu as l'habitude de fréquenter...

En riant, Judith lui ôta les illusions qu'elle aurait pu se faire quant à une réconciliation avec la religion : elle s'y rendait pour y écouter une œuvre de Mozart.

— Seule ?

— Avec Marc Dorfont.

— Tu ne le quittes pas !

Assise à côté de Marc, Judith renouait avec l'odeur d'humidité, l'éclairage chiche et la sensation de froid qu'elle avait connus dans sa paroisse de Cormery.

Autour d'eux, le public avait pris d'assaut bancs et piètements de colonnes. En tapant des pieds, en soufflant dans ses mains, chacun attendait l'entrée des musiciens.

Les chœurs s'installèrent derrière l'orchestre. Après l'apparition des solistes et du maestro, le calme s'installa... Puis le *Requiem* commença : imploration qui ne ressemblait ni à une plainte ni à de la résignation, mais dans laquelle vibraient l'espoir du pardon et la croyance en un monde dénué de tourment. Face à cette sérénité, Judith se sentit bouleversée. Comment accepter la mort quand celle-ci avait toujours été synonyme d'injustice, de déchirement. Si ce n'était pour soi-même, comment l'accepter pour les autres ? Plus que n'importe quel discours, cette musique composée par un homme qui savait sa fin proche et poignante par son inachèvement lui entrouvrait la porte d'un monde qu'elle n'avait jamais regardé en face tant il la terrorisait. Tel un apaisant message, le *Recordare* lui soufflait qu'au-delà de l'orgueil, de l'ambition et de la réussite existait la paix de l'âme. Plus belle que la plus belle des prières, cette musique l'élevait vers l'absolu. Marc partageait-il les mêmes pensées ou n'éprouvait-il qu'un bonheur de mélomane face à la parfaite exécution d'une œuvre qu'il lui avait avoué aimer plus que toute autre ? Avait-il conscience du présent qu'il lui avait offert en l'amenant jusqu'ici ? Homme énigmatique, insaisissable mais généreux, il était entré dans sa vie pendant une période de doute et de malaise qui parfois précède les grands changements. Dans un ultime appel à la miséricorde divine montaient haut vers la voûte les dernières notes du chant funèbre.

Il y eut un bref silence, le temps pour l'auditoire de redescendre sur terre, puis les applaudissements éclatèrent, enthousiastes, reconnaissants.

Judith s'aperçut qu'elle était transie. A peine plus réchauffé, Marc lui proposa d'aller prendre un grog dans un café voisin.

— C'est impossible ! J'ai promis à mon amie Geneviève de garder sa fille.

Une pluie fine tombait, persistante et triste, rendant inconfortables les conversations... Au moment où Judith songeait à prendre congé, elle comprit qu'elle ne supporterait pas un adieu hâtif et demanda à Marc de venir rue François-Ier. Quand il accepta, elle respira comme si elle avait échappé à un danger.

Judith invita Marc à pénétrer dans le salon. Pour vaincre l'appréhension du huis clos, elle alluma des lampes. Un tisonnier à la main, elle voulut ranimer le feu qui se mourait dans l'âtre.

— Laissez-moi faire, ordonna-t-il.

Encore vêtu de son pardessus de tweed, il s'accroupit devant la cheminée et ajouta du bois jusqu'à ce que crépitent les flammes.

En retrait, elle regardait son visage se découper sur ce fond mobile, séduite par les origines lointaines que lui donnaient ses épais cheveux noirs, sa peau hâlée, des pommettes accusées et un nez aquilin. Tout en lui déroutait et ajoutait à son mystère : le silence dont il entourait son passé, la solitude qu'il cultivait, son goût prononcé pour la vie et cette fêlure qu'il devait à une trop grande sensibilité ou lucidité...

— Un scout n'aurait pas mieux fait, souligna-t-il en se relevant. Et maintenant, que m'offrez-vous à boire ?

Il n'y avait pas de whisky, seulement un fond de porto et, dans un flacon, un breuvage incolore qui ressemblait à du gin.

— Je n'ai pas grand-chose, constata-t-elle.

— Ce porto sera parfait.

Sans écouter ses protestations, Marc se servit un verre. En se dirigeant vers un fauteuil, il parcourut la pièce du regard, à la recherche d'indices susceptibles de l'éclairer sur les goûts de son occupante... Tâche que compliquaient les apports de la colocataire qu'il avait croisée en arrivant ! Malgré tout, il se rendit compte que la personnalité de Judith s'imposait dans ce décor où se rejoignaient l'Orient, le baroque et le moderne. Elle seule avait pu choisir les grands panneaux de laque japonais, les toiles abstraites, les objets de bronze ou de verre dépoli, les miroirs aux lignes épurées qui l'entouraient.

Judith lui présentait des cigarettes quand le grincement d'une porte la fit se retourner.

Rosemarie, ses boucles blondes emmêlées, les yeux bouffis de sommeil, s'avançait vers eux.

— Que se passe-t-il ? s'enquit Judith en se penchant vers elle.

Au travers de la chemise de nuit de dentelle blanche filtrait une exquise odeur de savon, d'eau de Cologne et de moiteur enfantine.

— J'ai cru qu'on m'avait laissée toute seule, expliqua la petite fille.

— Ni ta maman ni moi ne ferions une chose pareille !

Judith l'avait attirée contre sa poitrine et lui murmurait à l'oreille des paroles d'apaisement.

De sa place, Marc assistait à la scène. C'était la première fois qu'il la surprenait en flagrant délit de tendresse, de vulnérabilité, et il en était ému. Après l'avoir prié de l'excuser, elle s'éclipsa afin d'accompagner sa protégée jusqu'à sa chambre.

Pour occuper son attente, il explora la bibliothèque qui contenait des romans de Proust, Colette, Morand. S'ajoutaient ceux de James et de

Lawrence, mais il y avait surtout le sien, fatigué, écorné, d'avoir été lu avec assiduité. Le découvrir glissé dans l'existence de cette femme dont il appréciait de plus en plus la compagnie lui procura un vrai plaisir. Des programmes de spectacles s'étaient mélangés aux volumes. A les passer en revue, il découvrit qu'elle avait vu à l'Opéra *Hérodiade* de Massenet, assisté aux représentations des Ballets suédois données au théâtre des Champs-Elysées. Dans un registre différent, elle avait applaudi des pièces de boulevard comme *Aimer* de Paul Géraldy, *Une faible femme* de Jacques Deval et *La Gloire* de Maurice Rostand. Avec qui s'y était-elle rendue ? Même si elle semblait libre de ses faits et gestes, il était convaincu qu'elle avait un amant. Il s'interrogeait sur celui-ci lorsqu'elle le rejoignit.

— C'était un peu long, mais je n'avais pas le cœur de la laisser s'endormir sans compagnie.

Elle ajouta :

— Enfant, j'avais comme elle peur de la nuit.

— Quelqu'un venait-il vous rassurer ?

— Ma mère... Elle ne m'a jamais fait défaut.

Comme il ne répondait rien, elle glissa :

— La vôtre, non plus, j'imagine.

— Elle est morte quand j'avais à peine trois ans. On dit qu'elle ne se serait pas habituée à la France.

Des mots retenus depuis des années surgirent :

— Chilienne, elle avait rencontré mon père au cours du classique périple européen qu'effectuaient certaines jeunes filles de son pays. Ce fut le coup de foudre ! Un véritable conte de fées... si les choses ne s'étaient rapidement gâtées ! Dès ma naissance, elle est devenue dépressive... jusqu'au moment où elle a décidé de mettre fin à ses jours. Une belle-mère a pris sa place, plus tard. Pas désagréable mais si rigide que j'ai choisi la pension plutôt que le foyer familial.

— Et votre père ?

— Il m'a toujours préféré mes demi-frères et sœurs.

Conscient de s'être livré plus qu'il ne l'aurait souhaité, il remarqua :

— Dans quel état m'a mis Mozart ! J'en suis à vous déballer ma jeunesse. De quoi faire pleurer Margot !

Sans relever ces derniers mots, Judith remarqua :

— Vous semblez pourtant avoir tiré parti de la situation. Je songe à votre indépendance.

— C'était mon obsession que de quitter une atmosphère qui me déplaisait. Mon père aurait aimé que je travaille comme ses autres fils dans son affaire de produits pharmaceutiques. Une façon, peut-être, de se donner bonne conscience. Mon refus a commencé avec des études de lettres qui prédisposaient à tout sauf au poste qu'il me destinait. Puis, il y a eu la guerre et, au retour, la rupture définitive.

— Sans regret ?

— Sans aucun regret, mais avec l'impression de prendre ma vie en main pour essayer d'en faire quelque chose qui ne devrait rien aux générations précédentes.

— Et votre famille chilienne ? Vous n'avez jamais éprouvé l'envie de lui rendre visite ?

— Non.

— La peur de renouer avec d'autres racines ?

— Sans doute.

— Comme je vous envie d'assumer avec autant de facilité la solitude !

Il y eut un silence que ni l'un ni l'autre ne cherchèrent à rompre. Cette soirée improvisée les avait libérés de leurs ultimes défenses pour les livrer à leur joie d'être ensemble.

Puis Marc se leva pour prendre congé.

— Je pars pour un mois, dit-il à Judith alors qu'elle le raccompagnait. Dès mon retour, je vous ferai signe.

31

Quand Eric apprit de Judith qu'elle avait rencontré Marc, il s'exclama, furieux :

— Il ne s'arrêtera jamais de cavaler... Et toi, bien sûr, tu as donné dans le panneau !

— Je n'ai donné dans rien du tout, répliqua-t-elle sur un ton sec.

Autant la jalousie de son amant l'avait flattée au début de leur liaison, autant elle avait maintenant du mal à la supporter. Elle en éprouvait même de l'humiliation pour lui, pour elle, pour leur relation. Comment accepter un tel manque de confiance ? Elle tenta de changer de sujet, mais Eric était tenace. Il voulait tout savoir ! Lorsque, pour avoir la paix, elle se plia à sa demande, il ne cessa d'interrompre son récit de sous-entendus et de sarcasmes. A bout de patience, elle se rebiffa :

— Si quelqu'un a des motifs de se plaindre, c'est moi. Moi qui dois récupérer les miettes...

A mesure qu'elle parlait, elle se sentait lamentable. Le classique répertoire des femmes de l'ombre ! Où en étaient-ils arrivés ! Exaspéré de la voir renverser la situation en sa faveur, Eric se défendit en lui rétorquant avec mauvaise foi qu'il ne l'avait pas forcée à devenir sa maîtresse. C'était elle qui lui compliquait l'existence.

— A partir d'aujourd'hui je ne te la compliquerai plus, promit Judith en s'emparant de son manteau, de son sac et de ses gants.

Elle avait accompli quelques pas dans le hall de l'immeuble quand Eric la rejoignit, l'obligea à lui faire face, puis l'attira avec violence contre lui.

— Ne pars pas, répétait-il la bouche dans ses cheveux. Je t'en supplie, ne pars pas.

Pour la première fois, elle le voyait capituler. Néanmoins, face à l'amour qu'elle lisait dans ses yeux, elle n'était plus que spectatrice. A qui revenait la faute s'ils s'étaient croisés ? Au temps écoulé, aux empêchements ? « On trouve toujours des vertus à ce qui vous échappe », se disait-elle, et Eric était en train de découvrir cette loi.

— Je ne peux me passer de toi, poursuivit-il en couvrant son visage de baisers. Tu me rends fou et tu en profites pour me faire souffrir.

Sourd aux protestations de Judith, il l'entraîna en lui broyant le poignet jusqu'à l'appartement. Elle eut beau utiliser les dents et les ongles, elle fut projetée sur le canapé et chaque fois qu'elle tenta de s'en relever, il la repoussa sans ménagement dans les coussins. Etouffée par la haine, elle avait conscience qu'Eric jouissait de l'image désordonnée qu'offraient sa chevelure en bataille, ses vêtements relevés par la lutte et son bas déchiré. Autrefois, elle serait entrée dans le jeu qu'il cherchait à instaurer, mais ce soir elle ressentait l'envie d'en terminer au plus vite. Avec l'impression d'assister à un spectacle tragi-comique elle le laissa la malmener, la déshabiller et enfin s'étendre sur elle. Décidée à ne pas tricher, elle ne lui dissimula pas l'indifférence dans laquelle la plongeait cette étreinte. S'en rendit-il seulement compte ?

Appels téléphoniques, fleurs et cadeaux se succédèrent à un rythme soutenu. Si cette démarche manquait d'originalité, elle amadoua Judith. Obéit-elle à un sursaut de passion ou bien essaya-t-elle de différer l'anéantissement d'un rêve ? Toujours est-il qu'elle décida d'oublier ses griefs et d'accorder à Eric une nouvelle chance. Suivirent des semaines idylliques durant lesquelles l'un et l'autre brûlèrent leurs ultimes réserves de tolérance et de patience.

De cette surprenante flambée, Judith soutirait sinon de l'apaisement du moins un équilibre qui lui permettait de se consacrer à son entourage et à son travail. Irène, Geneviève et Rosemarie bénéficièrent d'une tendresse accrue... La maison Valère, déjà satisfaite, ne trouva plus de superlatifs pour louer les créations de sa dessinatrice. Les idées germaient et donnaient naissance à des bijoux articulés, mobiles ou transformables.

« Rien n'est impossible », répétait-elle penchée sur des maquettes que l'on jugeait géniales mais utopiques.

Son pouvoir de convaincre était devenu légendaire, ainsi que son obstination.

« Une main de fer dans un gant de velours... »

L'ouverture, début novembre, d'une filiale à New York, demanda un surcroît d'efforts à Judith.

Aux bijoux d'ornement, elle eut l'idée d'ajouter une gamme étendue d'objets usuels tels des briquets, des poudriers ou des presse-papiers, tout en cherchant dans la mythologie du Nouveau Continent des motifs décoratifs propres à séduire ses habitants.

Lorsqu'elle se sentait vidée d'énergie, elle partait contempler les vitrines de Cartier. Comment égaler ce goût, cette perfection ? Fournisseur des rois et des princes, des milliardaires et des courtisanes, cet empire divisé entre trois frères dont l'aîné Louis présidait la maison mère se révélait le symbole de la haute joaillerie. Réussite qui reposait sur des années de tradition, de culture et de labeur. Plutôt que d'éprouver du découragement face à ce que d'autres auraient jugé inégalable, Judith y voyait l'exemple à suivre.

Ne laissant rien au hasard, elle poursuivait sa découverte de l'art. Les civilisations lointaines l'attiraient, notamment l'Egypte. Etait-ce un clin d'œil à une enfance bercée par les récits d'un grand-père qui avait participé à la construction du canal de Suez ? Elle s'était inspirée d'emblèmes comme les faucons, cobras et autres animaux sacrés pour orner des variantes de joyaux pharaoniques.

Si elle privilégiait la création solitaire, elle ne se serait privée pour rien au monde du studio et des liens qui l'unissaient aux autres dessinateurs. Qu'existait-il de plus tonique, de plus réconfortant, que ces individualités qui donnaient le meilleur d'elles-mêmes pour augmenter le prestige de la joaillerie à laquelle elles appartenaient ? Il y avait aussi les moments de folie douce où s'élaborait une ceinture de chasteté commandée par un sultan soupçonneux. Judith étudiait sur des documents empruntés à la bibliothèque certains détails techniques propres à cet objet barbare quand l'huissier la prévint que monsieur Margerit la demandait. Antoine ! Elle ne l'avait pas revu depuis les fiançailles de Cécile.

Dès qu'elle entra dans le salon chinois, il se leva.

— Es-tu libre pour déjeuner avec moi et visiter mes nouveaux bureaux ? lui demanda-t-il sur un ton volontairement léger.

Cinq minutes plus tard, ils poussaient la porte à tambour du Café de la Paix et s'installaient au milieu de convives bruyants.

— Arrête de me faire languir ! s'écria Judith dès que le maître d'hôtel eut noté leur commande. Raconte-moi tout !

— Je me suis associé avec Georges. Notre magasin de décoration ouvrira ses portes à la nouvelle année...

— Vous avez quitté vos employeurs ?

— Oui.

— C'est bien, murmura-t-elle. Et courageux...

— Pour la clientèle, nous n'avons pas trop de souci à nous faire. Nous avons déjà signé cinq chantiers... Dont la propriété tourangelle des Fournier.

Alors que Judith le fixait, il crut bon d'expliquer :

— Georges étant leur meilleur ami, il n'était pas difficile d'emporter l'affaire. En revanche, ils nous ont imposé des délais draconiens. Tout doit être terminé fin juin... Afin que madame Fournier passe ses vacances avec ses deux enfants.

— Deux enfants ! Elle n'en a qu'un !

— Le second est attendu pour le mois de mai.

Les tempes battantes, Judith assimilait la nouvelle et calculait. Ainsi, Florence était enceinte de trois mois, fruit de retrouvailles qu'un long séjour à Saint-Jean-de-Luz avait rendues exaltantes. Un terrible besoin de hurler sa détresse lui coupait le souffle et lui volait la joie qu'elle éprouvait à retrouver Antoine. Comme elle aurait voulu étrangler cette femme qui lui prenait tout, comme elle aurait voulu la faire disparaître de l'existence d'Eric et de la sienne !

— Qu'y a-t-il, Judith ? Tu es souffrante ?

De très loin lui parvenait la voix d'Antoine. Pour ne pas se laisser aspirer par le malaise qui la guettait, elle s'y accrocha de toutes ses forces. Des images jusqu'à présent repoussées défilaient au ralenti dans son esprit. Eric usait-il des mêmes gestes, prononçait-il les mêmes mots lorsqu'il faisait l'amour avec celle qui portait son nom ?

— Ce n'est rien, murmura-t-elle. Un simple vertige. J'ai trop travaillé ces dernières semaines.

Sous le regard d'Antoine, elle se sentit rougir.

— Je n'aurais pas été capable de te parler ainsi jusqu'à aujourd'hui, lui disait-il. Mais je serai toujours là si tu as besoin de moi... Sans outrepasser mon rôle d'ami...

— Tu es guéri, n'est-ce pas ?

— Un jour et sans raison précise je me suis éveillé avec l'impression de ne plus avoir la tête sous l'eau. Je respirais sans suffocation ni douleur... L'avenir reprenait des couleurs. Même l'idée de te rencontrer m'était devenue supportable.

— Tu as dû énormément m'en vouloir.

— C'est bizarre à dire... Mais dans la pire solitude, la pire détresse, j'arrivais à te comprendre. Etre entré très tôt, trop tôt, dans ton existence me condamnait à ce que tu me délaisses au profit de « l'inconnu ».

— Je ne cherchais pas à t'échapper ! se défendit Judith. Je t'aimais et j'étais heureuse avec toi.

— J'évoquais les tentations incontournables que le destin sait nous présenter.

Jugeant qu'ils avaient assez parlé d'un passé dont le souvenir les malmenait, il s'enquit des projets professionnels de Judith.

— Comme toi, j'aspire à voler de mes propres ailes ! Ce n'est malheureusement pas pour demain !

— Qu'en sais-tu ?

— Je ne suis pas assez connue pour imposer une marque et inspirer confiance à d'éventuels clients.

— Associe-toi.

Jusqu'à la rue Saint-Honoré où se situait le local qu'il avait loué, il l'exhorta à prendre sa liberté.

— Je devrais t'engager comme imprésario, remarqua-t-elle en riant.

— Ne le suis-je pas un peu ?

Dans un geste dénué d'équivoque, il avait passé son bras sous le sien et l'emmenait au milieu des badauds que l'approche de Noël rassemblait devant des vitrines rutilantes.

— Nous y sommes, annonça-t-il en s'arrêtant devant une porte.

Dès qu'il eut tourné le bouton de l'électricité, Judith manifesta son admiration. Pensant trouver des locaux en travaux, elle s'imprégnait de leur luxe et de leur raffinement. De vastes pièces aux murs ornés de boiseries en palissandre se succédaient, reliées par des marches et des corridors. Dans le magasin, Antoine alluma les lampadaires.

— Nous n'avons pas encore reçu tous les meubles, expliquait-il. Encore moins les modèles que nous allons éditer en série.

— Ainsi, vous vous êtes décidés !

— Avec leur rayon de décoration, les Galeries Lafayette ont donné le ton. Si nous pouvons encore compter sur quelques clients fortunés, il est nécessaire de songer à l'avenir et de convertir à nos idées ceux qui ont moins de moyens mais qui, ajoutés les uns aux autres, nous feront gagner de l'argent.

Avis que Judith partageait et qu'elle avait défendu auprès de René Valère, proposant à celui-ci d'utiliser les perles de culture et les pierres dures pour concevoir des bijoux fantaisie plus accessibles aux femmes.

Devant son insistance, il avait fini par lui démontrer qu'une telle initiative ne pourrait qu'affaiblir le prestige de la maison.

— Vous avez engagé beaucoup de collaborateurs ? demanda-t-elle à Antoine alors qu'elle passait en revue des fauteuils en ébène de Macassar, des repose-pieds en doucine, un argentier en loupe d'Amboine.

— Quatre pour l'atelier de dessin.

— Vicky travaille toujours pour toi ?

Il s'empara d'une liasse d'échantillons qui traînait sur un guéridon.

— Elle a dessiné ces tissus. Qu'en penses-tu ?

— Ils sont réussis.

Alors qu'ils se rendaient à l'étage supérieur consacré aux luminaires, fresques et tapis, une sculpture représentant un poisson attira l'attention de Judith.

— C'est l'œuvre de qui ?

— D'une jeune Russe. J'ai hésité entre la garder pour moi ou la mettre en vente. J'ai fini par me convaincre que je ne devais pas me montrer personnel. Elle a besoin de se faire connaître du public.

— Comme s'appelle-t-elle ?

— Irina Vassilevna. Mais tu la connais !

— De vue, oui.

Il y eut un silence dans lequel flottaient les regrets, les remords et, pire, l'impossibilité d'ébaucher le geste ou de prononcer la phrase susceptible de les ramener en arrière.

— Essayons de ne plus nous faire de mal, Judith... Veux-tu ? finit par murmurer Antoine.

Les larmes aux yeux, elle hocha la tête :

— Tu as raison ! Allons voir tes autres trésors !

Fascinée par les projets qu'il avait sortis de cartons à dessin, par les maquettes de ses prochaines réalisations, elle serait restée des heures en sa compagnie si un coup d'œil à sa montre ne l'avait incitée à prendre congé.

Judith tournait l'angle d'une petite rue, quand une silhouette qui sortait furtivement d'un porche attira son regard. Entre mille, elle aurait reconnu le chapeau de feutre mou et le pardessus gris anthracite de Simoneau. Celui-ci, le col relevé, s'avança vers une automobile qui venait de s'arrêter le long du trottoir. Il y eut un échange de paroles par la vitre à demi baissée, puis un papier ou une grande enveloppe changea de mains. Ce rendez-vous n'aurait pas intrigué Judith s'il n'avait été teinté de clandestinité. Que le garçon trempât dans des affaires louches, elle n'en avait jamais douté. Mais lesquelles ? Un trafic de drogue, de pierres précieuses ? Perdue dans ses supputations, elle n'avait pas eu le réflexe de se maintenir en retrait. Lorsque le véhicule se fut éloigné, Simoneau se retourna et découvrit sa présence. Une expression de contrariété marqua ses traits, mais il se reprit. Ce fut avec un parfait naturel qu'il vint à sa rencontre.

Il eut beau se montrer plus enjoué qu'à l'accoutumée, Judith ressentit dans son attitude une menace. Depuis qu'elle s'était préoccupée du sort d'Anna, elle l'avait surpris en train d'épier ses déplacements et ses coups de téléphone. Craignait-il que son ancienne maîtresse n'eût révélé certains de ses agissements ? Piquée au jeu, Judith se jura de mettre à profit la venue de son amie à Paris pour faire avouer à celle-ci ce qu'elle avait tu.

32

Etrange veillée de Noël que celle de cette année 1921. Autour d'Irène s'étaient regroupées Geneviève, Rosemarie, Judith et Louise, qui avait réussi à convaincre Anna de l'accompagner pour quelques jours à Paris.

Dans le salon que la maîtresse de maison utilisait pour les grandes occasions, Judith observa leur petit groupe. Soudées par les liens du sang ou de l'affection, elles s'efforçaient d'oublier les pères, époux ou fils absents à jamais de cette fête familiale. Judith observa sa mère qui, malgré les déchirements et les soucis quotidiens, n'avait rien perdu de son éclat. A côté d'elle, Anna buvait à petites gorgées le punch que Raymond lui avait servi. Quant à Geneviève, elle avait remplacé ses vêtements sombres par une robe chatoyante. En parfait chef d'orchestre, Irène se préoccupait du bien-être de ses protégées, distribuant petits-fours et chocolats. Envers Rosemarie, elle agissait comme une grand-mère, découvrant les gestes dont le destin l'avait privée quand il lui avait ôté tout espoir de descendance. Comblée, la fillette avait sorti de colis enrubannés une dînette en porcelaine et l'étalage de marchande des quatre-saisons espérés depuis des mois.

— Au tour des grandes personnes d'être gâtées, déclara Judith en déposant sur les genoux de Louise le cadeau qu'elle avait choisi à son intention.

Dans un froissement de papier, la cérémonie commença.

Anna ne trouva pas les mots pour remercier ses amies de la toque et du manchon qu'elles lui avaient offerts. La parole ne lui revint que dans la chambre qu'elle partageait avec Judith..

En même temps qu'elle avalait marrons glacés et pâtes de fruits, elle admit :

— Vous avez bien fait de me forcer à venir ! C'est la première fois que je passe un Noël qui ne soit pas triste.

— Il a pourtant fallu batailler pour te convaincre !

— J'avais peur...

— De revoir Simoneau ?

— D'essayer de le revoir. Depuis que je suis descendue du train, je ne songe qu'à lui.

— Comment peux-tu encore l'aimer ! s'exclama Judith.

— Il ne s'agit pas d'amour, se défendit Anna. Seulement d'un attachement physique.

— Seulement, la reprit Judith.

— Avec lui, j'ai connu ce qu'il existait de pire, l'attente, la solitude et la sensation de n'être qu'un jouet dont il usait quand bon lui semblait. Si cette situation était frustrante, humiliante, douloureuse, elle me donnait l'impression d'exister, elle me sortait de ma grisaille quotidienne. Pour le dissuader de me quitter, j'ai accompli les actes les plus méprisables. Il avait besoin d'opium ou de cocaïne, je m'arrangeais pour lui en fournir... Pour les filles, je faisais la même chose !

— Les filles ? Il les dénichait seul !

— Pas celles dont il avait besoin pour contenter la Baschet.

A la mémoire de Judith revinrent les photographies découvertes rue de Douai. Sylvia Baschet ? Que représentait-elle aux yeux d'un individu qui ne s'était jamais encombré de sentiments ? Pourquoi se pliait-il à tous ses caprices ? Certes, il y avait les commissions qu'il touchait lorsqu'il réussissait à lui faire commander des bijoux. Mais cette explication ne suffisait pas. Peut-être lui donnait-elle directement de l'argent ? Elle posa la question à Anna.

— Penses-tu ! Elle est plus avare qu'Harpagon !

— Il bénéficie de moyens qui dépassent ceux que lui rapporte son salaire !

Profitant du besoin qu'avait Anna de s'épancher, Judith ajouta :

— Crois-tu qu'il trempe dans des affaires louches ?

— Il y avait des moments où il semblait nerveux, inquiet... En général, quand nous étions avec Sylvia.

— Parce que, toi aussi ?

Résolue à ne rien cacher, Anna souffla :

— Tout a commencé par des rencontres anodines au salon de thé. J'étais morte de jalousie mais, plutôt que d'en être écartée, je préférais partager leur intimité. Au bout de quelques semaines d'apprivoisement, ils m'ont emmenée chez elle.

— Et monsieur Baschet ?

— Il passe les trois quarts de son temps sur ses chantiers à Saint-Nazaire.

Plongée dans ses souvenirs, Anna poursuivit ses confidences.

— Si l'on m'avait prédit à moi, l'oie blanche de La Ferté-Saint-Aubin, que je chercherais à entrer dans les faveurs de ma rivale... Que j'en viendrais à me prostituer, j'aurais crié au sacrilège. Tout cela m'est pourtant bel et bien arrivé.

— Qu'as-tu décidé pour l'avenir ? interrogea Judith.

— J'aimerais m'attarder chez ta mère. A condition que cette idée ne t'ennuie pas.

— M'ennuyer ! Pourquoi ? l'arrêta Judith sur un ton dénué d'arrière-pensée. Parle-moi plutôt de ton travail chez Christophe.

— Je classe des dossiers.

— Mais cette vie provinciale que tu voulais tellement quitter, elle ne te pèse pas ?

— J'y ai trouvé la sécurité qui me convient. On ne peut survivre à Paris qu'avec une force et un équilibre que je suis loin de posséder... Contrairement à toi !

Machinalement, le regard de Judith se posa sur le sac que lui avait livré l'après-midi même l'un des plus grands maroquiniers de Paris. Posé sur un guéridon, il rutilait de ses cuirs et de ses ferrures. Eric l'avait-il choisi ou avait-il envoyé sa secrétaire avec un ordre d'achat, une liasse de billets de banque et la carte de visite sur laquelle il avait griffonné des mots tendres mais banals ? Jugeant avec lucidité son amant, elle savait qu'il ne s'encombrait ni de difficultés ni d'efforts, les abandonnant à ceux ou celles qui lui étaient attachées. Pour avoir été trop souvent confrontée à cette situation, elle s'était lassée au point que non seulement elle ne souffrait plus lorsqu'il décommandait un rendez-vous, mais en éprouvait du soulagement.

Pourquoi l'amour était-il condamné à si vite disparaître ? Antoine... Eric... Deux échecs, le second plus retentissant que le premier : la complicité intellectuelle en étant exclue, il ne déboucherait pas sur une relation de confiance. Alors, sur qui, sur quoi devait-on compter puisque les hommes étaient appelés à passer, les enfants à vous quitter, expérience qu'elle avait vécue en sens inverse en se séparant de Louise... Les amis ? A condition de ne pas trop exiger d'eux ! Restait le métier.

— Ne te fie pas aux apparences, Anna, finit-elle par répondre.

— Tout de même ! Une réussite aussi rapide...

— Elle ne deviendra intéressante que si elle dure...

— Tu penses parfois au mariage ? s'enquit Anna qui, malgré ses déboires, n'avait pas perdu son sens du romanesque.

— Non.

— Les propositions ne doivent pas manquer !

— Pas autant que tu le crois, répliqua Judith. Par la vie que je mène, j'entre dans la catégorie des femmes que l'on courtise mais que l'on ne songe pas à traîner jusqu'à l'autel.

Longtemps, elles se racontèrent leurs mutuelles conquêtes, celles qui ne prêtaient pas à conséquence. Malgré son envie de renouer avec leur connivence d'autrefois, Anna s'endormit au beau milieu d'une phrase.

Incapable de l'imiter, Judith décida de terminer *Le Lys rouge* d'Anatole France. Elle s'emparait du volume posé sur sa table de chevet, quand ses doigts effleurèrent la lettre que Marc lui avait envoyée de Venise où il prolongeait son périple italien. Cette attention à laquelle elle ne s'attendait pas lui avait procuré un plaisir dont l'importance l'étonnait. Depuis leur dernière rencontre, deux mois s'étaient écoulés, durant lesquels elle avait par intermittence songé à lui. En relisant les lignes qu'elle l'imaginait avoir écrites sur le guéridon d'un café au charme suranné, elle respirait l'air glacé de la lagune. Attentive aux cris des mouettes, au tintement des cloches, elle épiait la venue des paquebots illuminés qui, au crépuscule, surgissaient du brouillard pour longer la Riva Degli Schiavoni... Ayant élu domicile près de l'Accademia, dans une pension de famille dont les fenêtres ouvraient sur une place peuplée de chats, il avait entamé son second roman, puisant dans cette ville suspendue entre ciel et eau l'énergie et la concentration auxquelles il aspirait depuis des mois. Aucune date n'indiquait son retour et, pour s'en inquiéter, Judith admit qu'il manquait à sa vie. S'attachant à leur affinité de pensées et de goûts, elle essaya de mettre sur le compte de l'amitié le sentiment qui l'habitait, mais le trouble qu'elle ressentait à évoquer sa présence mit fin au subterfuge. A cette révélation s'ajoutaient d'autres indices qui auraient dû la mettre en garde contre les élans de joie qu'elle avait connus à chacune de leurs rencontres. Devait-elle accepter ce qui ressemblait davantage à une épreuve qu'à une chance, ou était-il encore temps de tirer le rideau ? Elle tentait d'évaluer l'ampleur du ravage, quand l'ombre de Florence s'imposa. Marc tenait-il toujours à elle ?

33

Au début du mois de janvier, Judith trouva la rue de la Paix en état d'alerte. Une joaillerie venait d'être dévalisée et la police tentait d'y voir clair.

— Circulez, répétait d'un ton rogue un agent en pèlerine en repoussant des badauds qui ne voulaient pas perdre une miette d'un fait divers vécu en direct.

Judith passa son chemin. D'autres préoccupations l'empêchaient de prêter une oreille attentive à des estimations plus ou moins fantaisistes quant au montant du butin. En milieu de journée, elle prendrait en compagnie d'Yves Savignac un train pour Anvers... Voyage qu'elle avait cru ne jamais accomplir à force de le voir différer. Notamment, à cause de la tempête qui avait ravagé la Belgique en novembre dernier.

Elle vérifiait ses derniers projets avant que ceux-ci ne partent à l'atelier, quand Simoneau tourna autour d'elle avec sa mine des mauvais jours. Malgré le malaise qu'elle éprouvait à se trouver seule avec lui, elle ne bougea pas, se contentant de classer les feuillets qu'elle avait entre les mains.

— Alors, on étend ses spécialités, remarqua-t-il sur un ton lourd de sous-entendus.

Comme elle le fixait d'un air interrogateur, il précisa :

— Je veux parler des diamants et de monsieur Vanpraag... Personne ici, hormis mon oncle, n'a été invité chez lui.

— Vous n'allez tout de même pas me le reprocher !

— Non, bien sûr, dit-il en tournant entre ses doigts un coupe-papier.

Avec un sourire méprisant, il reprit :

— Je me demande ce que vous possédez pour les mettre tous dans votre poche ! Fournier, le premier !

Le nom avait claqué et Judith faillit perdre contenance. Au prix d'un grand effort, elle réussit à demander des explications.

— Croyez-vous que certaines de vos attitudes, certains de vos déplacements n'ont pas piqué ma curiosité ? Non seulement je connais les liens qui vous unissent à notre ami, mais je sais où vous le rencontrez.

— Vous êtes fou !

— Pour avoir partagé plusieurs conquêtes avec Eric, la rue Vital n'a pas de secrets pour moi...

Plus que l'inquiétude de voir sa liaison percée à jour, ce fut l'attitude suffisante de Simoneau qui poussa Judith à l'imprudence.

— A votre place, je ne mettrais pas mon nez dans les affaires des autres !

— Votre cas me passionne, ma chère !

— Certainement moins que vos commerces illicites !

Il blêmit. Profitant de la situation, elle avança son pion.

— Vos commerces et l'obsession de conserver les faveurs de madame Baschet. Mais ces deux préoccupations ne sont-elles pas indissociables ?

Pendant qu'il cherchait une parade, elle le détailla. Le visage jaune et prématurément vieilli, la moue désabusée, presque haineuse de la bouche reflétaient son mal de vivre et ses excès. Si certains êtres semblent avoir été créés pour répandre l'angoisse et le trouble, il en faisait partie. Pour la première fois, elle le sentait démuni face à ceux qui ne manqueraient pas de lui rendre ce qu'il leur avait fait subir. Anna, la plus aimante de ses maîtresses, n'avait-elle pas commencé à parler ? Avec l'instinct qui lui était coutumier, ce fut sur elle que Simoneau se rabattit.

— Vous êtes assez bête pour croire les divagations de votre petite camarade ?

— Qui vous a parlé d'Anna ?

Pris par le jeu des questions et des réponses, ils s'étaient mis l'un et l'autre à découvert. Pour Simoneau, ce choix fut fatal.

— Ce n'est pas ce que vous avez trouvé chez elle, au cours d'une nuit agitée...

Sans le laisser terminer sa phrase, elle rétorqua :

— Comment savez-vous que j'étais là-bas la nuit dont vous parlez ?

— Cela me paraît logique ! Ne vous êtes-vous pas occupée d'elle depuis son avortement ?

A mesure qu'il s'enferrait, Judith comprenait qu'il était le responsable des deux appels téléphoniques interceptés rue de Douai. Entendant une voix étrangère et connaissant la décision d'Anna d'interrompre sa grossesse, il avait préféré raccrocher. Puis il avait guetté les allées et venues autour de l'immeuble..

Que Simoneau se préparât à lui nuire, Judith n'en doutait pas. La longueur du trajet en train et la monotonie du paysage eurent raison de son inquiétude. Elle sombra dans le sommeil pour ne reprendre ses esprits qu'en gare de Bruxelles. Amusée, elle découvrit qu'Yves Savignac n'avait pas bougé depuis qu'ils s'étaient installés dans le compartiment.

Depuis qu'elle le connaissait, elle ne l'avait jamais pris en flagrant délit de fantaisie ou de relâchement. Derrière cette rigueur existait pourtant une sensibilité qui le rendait attachant. Personne mieux que lui ne savait raconter ses périples lointains chez les pêcheuses de perles, les négociants de Bombay ou les princes de l'Islam. Pendant des heures, on pouvait l'écouter relater ses visites aux mines d'or et de diamants d'Afrique du Sud ou du Brésil, ses séjours dans les palais qui dominaient la Neva, ainsi que les discussions acharnées auxquelles il s'adonnait dans des échoppes malodorantes. A ces moments-là, son visage changeait, pour devenir celui du petit garçon facétieux qu'il aurait été si une éducation rigide ne l'en avait empêché.

Une petite annonce l'avait attiré chez Valère... Après le balayage de l'atelier, il avait gravi un à un les échelons de la profession pour, trente-cinq ans plus tard, en occuper l'un des postes-clés.

Dès leur arrivée à Anvers, il se préoccupa de rassembler puis de surveiller leurs bagages jusqu'à ce que le porteur les remît au chauffeur dépêché par leur hôte.

Averti de leur présence par le claquement des portières, Samuel les attendait sur le perron de sa maison.

— Venez vous réchauffer, ordonna-t-il en les entraînant vers le salon.

Une femme se leva pour les saluer. Avec un fort accent flamand, elle leur proposa de s'asseoir près de la cheminée où brûlait un feu. Etait-ce le contraste des cheveux blancs avec un visage encore jeune, le regard flou, l'élocution malaisée, une certaine méfiance qui la rendaient surprenante ?

Judith regarda le décor qui l'entourait. De lourdes tentures de velours et des tapisseries aux tons sourds recouvraient la majeure partie des murs, conférant à la pièce un aspect cossu et confortable. Loin de provoquer l'apaisement, des objets aux formes trop travaillées attiraient l'attention : candélabres à sept branches, boîtes et gobelets en vermeil ou en argent massif, poignards damasquinés et, un peu à l'écart, une collection d'automates. Malgré la chaleur des flammes et la tisane que lui avait servie la maîtresse de maison, elle frissonna.

Dans sa chambre, Judith se dirigea vers la fenêtre, tira les rideaux et profita de l'absence de volets pour scruter la nuit. Le brouillard s'était levé et la lune éclairait la cité endormie, révélant la flèche d'une cathédrale et, plus loin, ce qui ressemblait aux arbres d'un parc.

Lorsque, vêtue de sa chemise de nuit, elle revint du cabinet de toilette, la lumière du corridor luisait sous sa porte et elle serait allée l'éteindre si elle n'avait perçu des allées et venues entre les étages. Avec une appréhension similaire à celle qu'elle éprouvait dans son enfance, elle se glissa entre les draps d'un lit bateau... La ronde des idées noires commença. Son existence lui apparut dénuée de sens. Pour qui et dans quel dessein agissait-elle ? Pour elle-même ? Pensée qu'annulait son besoin de donner et de partager. A son insu, l'image de Marc s'imposa, précise et source d'une faiblesse à laquelle elle n'était pas accoutumée. Pour posséder certaines des qualités qu'elle avait aimées chez Antoine puis chez Eric, cet homme la poussait à ne reculer devant aucune folie pour le conquérir. Ne pas connaître la date de son retour à Paris et ses sentiments à son égard lui rongeait le cœur. Devait-elle considérer cette lettre envoyée de Venise comme une attention particulière ou comme un acte de politesse accompli durant un moment de désœuvrement ?

Contre la chaleur qui lui mouillait le front, Judith aurait voulu repousser draps et couvertures, mais une terreur dont elle avait honte l'empêchait d'agir. Alors qu'elle fermait les yeux, les visages déformés de Samuel et d'Esther s'imposèrent pour se fondre en un faciès de gorgone malfaisante. Elle alluma la lampe de chevet puis, après avoir bu un verre d'eau, tenta de se calmer. Du regard, elle parcourut la pièce dont elle se sentait prisonnière. Qu'invoquerait-elle demain pour rentrer à Paris ? Le dos calé contre les oreillers, elle cherchait des échappatoires.

Ce fut avec une mine défaite, des yeux battus et un goût nauséeux dans la bouche qu'elle rejoignit ses hôtes dans la salle à manger. S'ils remarquèrent son état, ils n'en laissèrent rien paraître. A les découvrir si sereins, Judith se sentit ridicule.

— Monsieur Savignac est parti en ville, l'informa le diamantaire. Je pensais profiter de son absence pour vous montrer ma collection de « fantaisies ».

Après avoir récité les actions de grâce, il entraîna la jeune femme vers son bureau.

Pendant qu'il ouvrait son coffre-fort, Judith étudia les gravures accrochées aux murs et qui témoignaient de l'histoire du diamant : atelier d'orfèvrerie à la Renaissance, portrait de Tavernier, représentation des vingt diamants que celui-ci avait, à son retour des Indes, vendus à Louis XIV, aventuriers de Kimberley... S'ajoutaient des photographies de famille ; sur l'une d'entre elles, elle reconnut Esther avec à ses côtés une petite fille au sourire malicieux. Les Vanpraag avaient-ils des enfants ? En lui présentant un large écrin, Samuel attira son attention sur un prestigieux échantillonnage de diamants de couleur.

— Oh ! ne sut-elle que murmurer devant la diversité et le raffinement de l'ensemble.

Véritable arc-en-ciel, les pierres identiques en poids et rangées selon leurs tonalités brillaient de tous leurs feux sur le velours blanc : des jaunes, des brunes, des roses et des lilas, des bleu électrique, des rouges et des noires.

— Combien avez-vous réussi à en rassembler ?

— Deux cent soixante-dix jusqu'à ce jour.

A l'aide d'une pince en bois, Samuel préleva une gemme de couleur verte.

— Voilà un caméléon, expliqua-t-il. Par température élevée, plus de 50 °C, ce diamant devient jaune...

Des coups frappés à la porte les interrompirent. Un homme encore jeune, son chapeau vissé sur le front, pénétra d'un pas pressé dans la pièce. Après avoir salué Judith, il s'adressa à Samuel qui se leva pour prendre plusieurs enveloppes dans le coffre-fort. Le visiteur étudia rapidement leur contenu. Après un bref échange et une poignée de main, il s'en alla aussi rapidement qu'il était entré, les poches de son manteau emplies d'une petite fortune.

Connaissant les règles en vigueur dans cette capitale de la pierre taillée qu'était Anvers, Judith n'éprouva aucune surprise. Ici, on ignorait les reçus. La parole était sacrée, la confiance totale, et ceux qui par mégarde transgressaient cet ordre étaient jugés par un tribunal constitué de leurs pairs. La peine suprême pouvait être l'exclusion à vie de cet univers régi par quatre Bourses dont il fallait, pour devenir l'un des membres, avoir pendant des années donné la preuve d'une activité irréprochable. Samuel appartenait au vénérable club du Diamant. Il s'y rendait chaque jour, ainsi qu'à sa taillerie...

Comment un univers aussi légendaire occupait-il un si petit espace ? Telle était la réflexion que se faisait Judith en arpentant la Pelikaanstraat où se jouxtaient synagogue, banques, compagnies d'assurances, échoppes et étals. L'affluence était grande en cette fin de matinée : de cafés en officines, les affaires se succédaient, menées par des courtiers qui, en l'espace de quelques minutes, pouvaient acheter puis revendre avec un confortable bénéfice leurs découvertes. Vêtus pour la plupart du pardessus et du chapeau noirs, le visage mangé de barbe, ils avaient pris l'habitude de circuler deux par deux. Sécurité oblige ! A plusieurs reprises,

Samuel fut salué, arrêté. Selon les cas, la conversation se déroulait en néerlandais, flamand ou yiddish.

A peine se fut-il libéré d'un galopin à l'inépuisable bagou, qu'il expliqua à Judith :

— Ce garçon n'obéit qu'à une seule règle . acheter un diamant le matin pour le revendre dès que le jour décline… Quant à celui-là, poursuivit-il en désignant un individu à l'allure de don Juan, il s'est créé sa clientèle en s'arrangeant pour perdre aux cartes.

Ces confidences distillées sur un ton amusé plurent à Judith.

— Nous voici arrivés, l'informa Samuel, en s'effaçant devant l'entrée d'un immeuble de construction récente dont les six étages abritaient des tailleries appartenant à divers propriétaires.

Dans un vestibule éclairé par une verrière, deux vieillards levèrent la tête d'un échiquier. Plutôt que de s'attarder devant un repas, ils employaient la pause du déjeuner à d'interminables parties d'échecs. A l'arrivée de Samuel, ils se levèrent et Judith fut déconcertée par leurs silhouettes. On aurait dit deux enfants, tant ils étaient petits !

— Je voulais montrer l'atelier à mademoiselle Fontange. Vous venez avec nous, Poliakevitch ?

— Bien sûr, monsieur Vanpraag, acquiesça l'un des lutins.

Les ouvriers avaient regagné leurs places autour des tours. Judith s'approcha de celui qui déposait la pierre à façonner dans un godet empli de plomb.

— Ce diamant faisait partie du dernier lot que m'a envoyé Londres, l'informa Samuel. Je l'ai clivé la semaine dernière.

Il la renseigna sur le poids et la couleur d'origine de cette pierre qu'il avait débarrassée de ses givres.

Autour du même établi, quatre hommes ébrutaient, facettaient ou polissaient : la première opération s'effectuait sur la partie centrale d'un disque recouvert de poudre de diamant, les deux autres sur la partie extérieure.

Le bruit des meules rendant la conversation difficile, ils se réfugièrent dans le bureau de Samuel. Pendant que celui-ci contrôlait des pierres revenues de l'atelier, Judith interrogea Poliakevitch sur les plus belles gemmes rencontrées au cours de sa carrière. En février 1908, il avait assisté à Amsterdam, chez les frères Asscher, au clivage du Cullinan, le plus gros diamant jamais découvert. D'autres pierres légendaires, mais appartenant à un lointain passé, furent commentées : parmi celles-ci, le Koh-i-Nor (montagne de lumière) trouvé sur le front de Karna, le fils du dieu Soleil et que la Compagnie des Indes avait offert à la reine Victoria après s'en être emparée avec la totalité du trésor de Lahore. Son exposition au Crystal Palace avait déchaîné l'enthousiasme des foules... L'Orloff, offert à la Grande Catherine, fut mentionné, ainsi que le Régent, le Sancy et le Hope que l'on rendait responsable du malheur et de la mort de ses propriétaires successifs.

Passionné d'histoire et de peinture, Samuel se montra un guide parfait. Sous son égide, Judith se familiarisa avec la ville ; le Grote Markt et la cathédrale Notre-Dame n'eurent plus de secret pour elle, ainsi que le musée royal des Beaux-Arts où elle découvrit les œuvres de Jordaens, Rubens et Van Dyck. De son côté, Samuel avait acquis la certitude que Judith correspondait à ce qu'il avait pressenti... curieux mélange de tradition, d'audace, d'intuition et de discernement. Même Esther avait oublié sa réticence ! En entendant leur invitée évoquer ses prochaines créations, elle considérait que René Valère n'avait pas manqué de flair en s'attachant ses services... Réussirait-il à la garder ? Elle attendit qu'Yves Savignac fût monté se coucher pour poser cette question.

— Si je le quittais, ce ne serait pas pour aller chez un concurrent, lui répondit Judith. Mais pour monter ma propre maison...

Avec un sourire de dérision, elle ajouta :

— Vous voyez que lui et moi ne sommes pas près de nous séparer.

Enfoncé dans son fauteuil, Samuel semblait songeur.

— Je vous trouve bien pessimiste, finit-il par déclarer.

— Seulement réaliste, se défendit Judith.

— Nous pourrions nous associer. Vous ouvririez sous votre nom un magasin. Je vous fournirais des pierres à des conditions intéressantes.

— Je ne suis pas connue, allégua Judith. C'est un handicap.

— A vous de bâtir votre réputation !

— Et le financement ?

Une partie de la nuit ainsi que la journée du lendemain furent consacrées à l'étude du projet. Judith devrait trouver un local entre l'Opéra et la Madeleine. Samuel s'occuperait avec son avocat parisien d'établir la société.

34

Une missive attendait Judith : Eric souhaitait la rencontrer au plus vite. Cette hâte qui l'aurait autrefois comblée de bonheur la laissait indifférente, voire la contrariait.

A peine eut-elle échangé dans un bar quelques mots avec son amant qu'elle le sentit tendu, traqué.

— Que se passe-t-il ? interrogea-t-elle.

— Florence est au courant de notre liaison.

Il y eut un silence, le temps pour Judith d'assimiler l'information et ses conséquences.

— Elle t'a menacé de divorcer si tu ne me quittais pas, finit-elle par murmurer en se rendant compte qu'elle vivait l'une des scènes les plus banales de son existence.

Avec une curiosité teintée de mépris, elle observait Eric. Qu'était devenu l'homme sûr de lui qu'elle avait connu ?

— Elle ne m'a pas menacé, se défendit Eric. Mais elle est malheureuse. Dans son état... Je ne me sens pas...

— Son état ? Quel état ?

— Elle attend un enfant, avoua-t-il avec une gêne grandissante.

L'absence de souffrance permettait à Judith d'imaginer ce qu'aurait été cette rupture si elle avait aimé celui qui, au nom du devoir et de la morale, allait lui demander de s'effacer.

— Il ne s'agit pas de nous séparer, tentait-il de la convaincre. Dès que les ragots auront cessé, nous reprendrons nos habitudes.

Eric jonglait avec les sentiments comme s'il s'agissait d'affaires. En contemplant les glaçons qui fondaient dans son cocktail, Judith songeait à la soirée qui les avait réunis un an auparavant au Ritz. Quatre saisons avaient suffi pour guérir d'une passion à laquelle elle avait cru pouvoir sacrifier tout ou presque. Quatre saisons de révolte, d'espoir, de soumission, d'attente, de doute...

— Dis-moi quelque chose, répétait Eric sur un ton inquiet.

Pour l'amadouer, il s'empara de sa main.

— C'est l'affaire de quelques semaines.

— Et si, moi, je n'avais plus envie de te revoir !

En même temps qu'elle prononçait ces mots, elle sut qu'elle s'en tiendrait à cette attitude. Lui n'y crut pas une seconde.

— Tu voudras me revoir, affirmait-il.

En se remémorant la peine ressentie lorsqu'elle s'était séparée d'Antoine, Judith se rendait compte qu'auprès d'Eric elle n'avait fait que concrétiser le rêve d'une adolescente romanesque.

— A qui devons-nous d'avoir été dénoncés ? se renseigna-t-elle.

— A Vicky et Nicole, les amies de Georges. Elles n'ont rien trouvé de mieux que d'alerter la cousine de Florence.

Vicky, Nicole... Simoneau les avait choisies comme instruments de sa vengeance et il avait agi avec une déconcertante rapidité. S'il n'avait pas réussi à lui nuire autant qu'il l'aurait souhaité, il risquait de sévir dans des domaines plus importants, aussi devenait-il nécessaire de le confondre.

Au bout de deux semaines, pendant lesquelles elle fouilla régulièrement son pardessus dans le vestiaire, elle découvrit un dessin accompagné de calculs incompréhensibles. Elle le recopia sur son carnet puis le soumit à Antoine qui, déconcerté par la complexité du rébus, le montra à l'un de ses employés spécialisé dans le dessin industriel. Il s'agissait d'un arbre creux qui, sur les navires de guerre, servait à transmettre la puissance du moteur à l'hélice. Navires de guerre... Baschet était armateur. Auprès de Georges, elle poursuivit son enquête. Dans son chantier de Saint-Nazaire, le mari de Sylvia fabriquait des pièces détachées qui, grâce à un accord passé avec l'Etat, étaient acheminées vers l'arsenal de Brest. Judith s'acharna, malgré les morceaux manquants, à reconstituer l'essentiel du puzzle. Simoneau avait eu en sa possession un plan confidentiel et l'avait reproduit de sa main. Où l'avait-il trouvé, sinon chez sa maîtresse ?

— Comment aurait-il réussi à se le procurer ? s'insurgea Antoine lorsqu'elle lui confia ses suppositions. Des documents aussi secrets sont enfermés dans un coffre-fort !

— Je n'en sais rien, répliqua-t-elle, agacée.

— Surtout, sois prudente.

Judith vivait une étrange période où son avenir échappait aux certitudes. Que ferait-elle dans trois mois, six mois ? Qui partagerait sa vie ? Questions sans réponses qu'elle tentait d'oublier dans son travail. Avec honnêteté, elle créait de nouveaux modèles pour René Valère, repoussant la tentation de conserver dans son carton à dessins personnel ceux qu'elle préférait. Les seuls moments d'apaisement, elle les trouvait auprès d'Antoine qu'elle avait pris l'habitude de rencontrer au Bœuf sur le Toit.

Ils venaient de s'asseoir à une table lorsqu'elle aperçut Eric, Florence, Marc et un inconnu. Elle tenta de se concentrer sur le choix d'un cocktail, mais une question revenait sans cesse à son esprit : quand Marc était-il rentré de Venise ? Les nerfs à rude épreuve, elle observa le Tout-Paris. Ils étaient tous là ceux qui faisaient et défaisaient les modes, à la recherche du mot d'esprit qui séduirait leurs voisins. Les Sert, les Hugo, les Noailles, ainsi qu'un jeune homme à la mine renfrognée en qui elle reconnut Raymond Radiguet.

— J'aime cet endroit, lui avoua Antoine.

Au moment où il terminait sa phrase, il croisa le regard de Florence.

— Tiens, les Fournier sont là, murmura-t-il en se levant pour les saluer.

En revenant, il proposa à Judith ce qu'elle redoutait.

— Ils nous demandent de nous joindre à eux.

— Nous sommes bien ici, protesta-t-elle.

— Je ne peux pas refuser. Ce sont des clients !

Ignorant l'identité de l'amie d'Antoine, les Fournier ne s'attendaient pas à ce face-à-face. Il y eut un recul suivi d'une gêne que seule l'éducation parvint à atténuer. Judith leur serra la main puis se tourna vers Marc.

— Bonsoir, Judith, la salua celui-ci sur un ton qu'elle jugea froid.

Il ajouta :

— Permettez-moi de vous présenter mon ami Alexis Viguier. Il est arrivé d'Alexandrie la semaine dernière.

Ce fut auprès de cet étranger que Judith trouva protection. Après qu'il l'eut invitée à s'asseoir à côté de lui sur la banquette, le dialogue s'était instauré, fluide, amusant ; intermède qui ne pouvait que l'aider à reprendre son sang-froid. En face d'elle, Eric avait entouré de son bras les épaules de sa femme. Geste de prudence, d'allégeance ?

Ignorant délibérément Judith, Florence questionnait Antoine sur les derniers agencements qu'il avait imaginés pour la propriété de Cormery. En dépit de son effort pour ne rien laisser paraître, elle était bouleversée.

Il avait fallu du temps avant qu'elle comprît les sous-entendus que lui avait distillés sa cousine, un après-midi de janvier ! De la fidélité d'Eric, elle n'avait jamais douté. Puisqu'il disait l'aimer, l'aimer par-dessus tout, qu'aurait-il été chercher ailleurs ? Aujourd'hui, elle avait honte de sa prétention, de sa naïveté. Depuis que son mari lui avait avoué son aventure, elle s'était demandé s'il n'aurait pas dû mentir. Et cette grossesse qui l'empêchait de lutter à armes égales contre sa rivale, comme elle la maudissait et comme elle s'en voulait de la maudire ! Révéler à Marc, quand il était rentré d'Italie, la crise qu'elle traversait lui avait procuré un certain soulagement

Il avait essayé de la raisonner.

« Cette tentation à laquelle Eric a cédé n'enlève rien aux sentiments qu'il vous porte. »

Lorsqu'elle lui avait demandé son avis sur Judith, il avait répondu avec honnêteté :

« Elle est belle et attirante... Différente des autres. »

En même temps qu'elle se remémorait ces propos, Florence observa son ami. Silencieux, il écoutait la conversation qui se poursuivait entre Alexis et Judith. Il semblait lointain, fatigué. Etait-ce d'avoir mis le point final à son roman qui le laissait démuni ?

— Je resterai en France quatre ou cinq mois, déclarait Alexis. Le temps que l'Egypte s'adapte à son indépendance.

Il évoquait la fin du protectorat britannique et la proclamation de la royauté en la personne de Fouad Ier.

— Indépendance relative, poursuivit-il. La Grande-Bretagne gardera la haute main sur la vallée du Nil et continuera de contrôler le canal de Suez.

— Alors, que gagne l'Egypte ? questionna Judith.

— Le droit d'accréditer des représentants diplomatiques auprès des gouvernements étrangers et d'avoir sa place à la Société des Nations.

— Et le roi Fouad, qu'a-t-il fait jusqu'à présent ?

— Il a fondé l'Université égyptienne.

Eric allait à son tour interroger Alexis quand un couple s'approcha de la table afin d'échanger quelques civilités, démarche qui se répétait un peu partout dans ce club très privé où les financiers et les artistes cohabitaient avec bonheur. Dans cette période de spéculation, c'était à qui présidait à la destinée d'un talent et s'appropriait des créations appelées à atteindre des prix exorbitants. Jamais avant cette guerre qui avait aboli les barrières sociales on n'aurait pu voir se rechercher et s'apprécier femmes du monde, actrices, banquiers, intellectuels et fournisseurs. En ces années de renouveau, l'intelligence primait ; de ce mot, on se gargarisait. Marc alluma une cigarette. Il avait conscience de l'effort qu'accomplissait Florence afin de faire bonne figure. La veine qui battait à son cou la trahissait, ainsi qu'une élocution trop rapide. D'autres que lui auraient tiré parti du malaise qui l'opposait à Eric, mais cette attitude se serait révélée négative à court terme ! Qu'elle aimât encore le seul homme qu'elle eût connu n'était pas à mettre en doute. Si aujourd'hui elle se sentait bafouée, le temps viendrait à bout de ses réticences et de ses doutes. Malgré lui, il joua avec l'idée contraire. Se déclarerait-il au cas où Florence reprendrait sa liberté ? Rien n'était moins sûr ! Qu'avait-il à lui offrir, sinon son goût prononcé pour l'errance...

Alexis le sortit de sa rêverie en lui demandant pour la seconde fois :

— Es-tu libre jeudi soir ?

— Pourquoi ?

— Judith souhaiterait voir les photographies que j'ai prises à Louxor. Je l'ai invitée à dîner.

35

Avec une certaine curiosité, Judith entra dans le salon où Alexis avait réuni quelques amis. René Leymarie, un médecin à la mine joviale, lui fut présenté ainsi que Noëlle Tissot, une créature de rêve qui aurait pu poser pour Vogue ou Fémina. S'ajoutait un couple d'Américains, lui le nez et les pommettes rougis par un excès de bonne chère ou d'alcool, elle couverte de bijoux barbares.

— J'ai fait la connaissance de Brian et de Janet Baldwin à Louxor, expliqua Alexis. Ils remontaient le Nil.

Dès que Judith les interrogea sur leur croisière, ce fut un déferlement d'impressions déconcertantes et amusantes. Le scarabée que portait Janet en pendentif passa bientôt entre toutes les mains.

— Soutiré à des pilleurs de tombes, déclara son époux dans le français approximatif qu'il tenait à employer.

— Etes-vous sûr de son authenticité ? s'enquit Noëlle Tissot sur un ton où perçait l'ironie. Les copies abondent !

Accoudé à la cheminée, Alexis lui ordonna d'un battement de paupières de s'arrêter.

Etrange individu que leur hôte, se disait Judith en interceptant le manège... Son corps sec et délié révélait la pratique régulière d'un sport. Quant aux traits de son visage, ils trahissaient une énergie et un enthousiasme que le temps n'avait pas altérés. Tout chez lui échappait aux classifications hâtives. La rigueur, un certain dandysme, un humour exempt de raillerie, une violence contenue accompagnée de l'art de demeurer en retrait le rendaient peu facile à cerner, ainsi que cet accent indéfinissable et propre à ceux qui ne possédaient ni patrie ni racines.

L'arrivée d'une femme à la crinière flamboyante et au visage constellé de taches de rousseur interrompit l'examen de Judith.

— Ma sœur Amanda, la présenta Alexis à la cantonade.

— Marc n'est pas encore là ? questionna celle-ci.

— Il m'a prévenu qu'il serait retenu jusqu'à huit heures et demie par une leçon d'escrime.

Amanda s'assit dans un fauteuil recouvert de panthère.

— Un whisky ? lui proposa son frère.

— Bien sûr, répliqua-t-elle avec une gaieté forcée.

Au tintement de la sonnette, elle se figea, réaction qui n'échappa pas à Judith, elle-même sur le qui-vive. Ce ne fut pas Marc Dorfont qui entra dans la pièce, mais un jeune homme longiligne et timide, au regard de myope, aux gestes mesurés qui, elle l'apprit plus tard, travaillait comme clerc dans une étude notariale.

Une pendule venait de sonner neuf heures quand elle entendit des pas dans le vestibule. Enfin Marc les rejoignit.

Après avoir fait le tour des invités et s'être excusé pour son retard, il demeura debout derrière le siège de Noëlle Tissot. Le sport qu'il venait de pratiquer avait creusé ses traits, mais le faisait paraître plus en forme que la semaine précédente.

Janet Baldwin ne tarda pas à l'interroger sur son roman à paraître. Comprenant qu'elle ne lui soutirerait aucun renseignement, elle enchaîna sur l'œuvre de Pierre Benoit qu'elle portait aux nues et sur le film que Jacques Feyder avait tiré de *L'Atlantide.*

Avec ses murs mordorés, son mobilier venu de Chine, la salle à manger offrait une sensation de dépaysement. Mêlée à celle des épices, une exquise senteur de jasmin et de santal rappelait l'Orient cher au maître de maison.

Assise en face de lui, Amanda jouait les hôtesses. En dépit de ses efforts, il était visible que seul Marc l'intéressait.

— Vous allez à Marseille pour l'exposition coloniale et vous ne me l'apprenez que maintenant ! s'exclama-t-elle.

— Le journal m'a proposé le reportage cet après-midi, se défendit Marc en souriant.

— J'aimerais vous accompagner !

La réponse fut couverte par la voix roucoulante de Noëlle Tissot qui résumait pour Janet Baldwin la dernière collection de Coco Chanel. Quelle cohorte de femmes autour de cet homme, se disait Judith, agacée d'en faire elle-même partie, d'autant plus agacée qu'il ne lui avait pas adressé la parole de la soirée.

Son voisin de droite, le jeune clerc, ne lui accorda en revanche aucun répit. Il voulut tout savoir sur ses activités ! Mise en confiance, elle évoqua ses projets d'indépendance puis lui demanda si son étude n'avait pas un magasin à vendre près de l'Opéra.

— Laissez-moi réfléchir... Nous avons un local, boulevard des Capucines : quatre cents mètres carrés.

— C'est trop grand.

— Que souhaiteriez-vous ?

— Moins de la moitié.

— Actuellement, nous n'avons rien qui pourrait vous convenir.

Judith le priait de ne pas l'oublier au cas où une occasion se présenterait, quand le nom de Baschet prononcé par Noëlle Tissot aiguisa son attention.

— Les Baschet sur le point de divorcer ! répétait Amanda. Impossible ! Il est fou d'elle !

— Quand il a appris qu'elle entretenait depuis des mois une liaison avec un garçon plus jeune qu'elle et que celui-ci couchait dans le lit conjugal dès qu'il se trouvait à Saint-Nazaire, il a vu rouge.

— Il devrait se montrer raisonnable ! Sa femme ne l'a pas épousé par amour, répliqua Amanda.

— D'après ce que m'a confié Sylvia, il lui aurait reproché de n'avoir pas respecté leur arrangement et de l'avoir ridiculisé aux yeux de la société.

— Il a raison, s'interposa Alexis qui avait connu semblables déboires.

Moqueur, il ajouta :

— Notre Sylvia ne doit pas en mener large.

— Elle en a vu d'autres ! fit remarquer Amanda.

Malgré la prudence qui lui soufflait de ne pas approfondir une relation dont il pourrait devenir dépendant, malgré l'ombre des Fournier, Marc rejoignit Judith dans le boudoir. En compagnie de leur hôte et du docteur Leymarie, elle feuilletait l'album contenant des photographies rapportées de Louxor.

Au fil des pages, Alexis fournissait les renseignements :

— Voici le temple de Deir El-Bahari, l'œuvre de la reine Hatshepsout et de Senmout, son architecte bien-aimé. Le nom de ce sanctuaire signifie « merveille des merveilles ».

Suivirent des clichés plus personnels d'Alexis en train de converser avec une équipe d'archéologues.

— Où cela se situait-il ? se renseigna René Leymarie.

— Dans la Vallée des Rois où Carter cherche la tombe de Toutankhamon.

— A-t-il des chances de la trouver ? s'informa le médecin, sceptique.

— Oui... Theodore Davis, qui possédait avant lui la concession, a découvert une boîte en bois à l'effigie de ce pharaon et de son épouse. Quelques années plus tard, on a sorti de grosses jarres en pierre, des sceaux d'argile, toujours marqués de son nom, ainsi que des vases peints, des châles en lin et une multitude d'objets rappelant le matériel utilisé au cours des funérailles pharaoniques.

Profitant d'une éclipse d'Alexis, Judith se pencha vers Marc :

— D'où vient sa passion pour l'Egypte et l'archéologie ?

— Alexis est anglais par sa mère. Chez les Beard, on traque le trésor de génération en génération. Andrew, l'oncle d'Alexis, n'a pas failli à la tradition. Débarqué en 1879 à Alexandrie, il s'est d'abord dirigé vers les pyramides de Guizèh. Après avoir rencontré Flinders Petrie, il a fouillé avec lui le site de Tanis. Une dizaine d'années plus tard, ils sont allés à Tell al-Amarna, la capitale du pharaon hérétique Akhenaton et ils y ont découvert la fameuse correspondance d'Amarna... A côtoyer chaque été cet homme dont les récits comblaient ses rêves d'adolescent, Alexis n'a plus songé qu'à le rejoindre. Ce qu'il a fait à la fin de ses études.

— Et alors ?... murmura Judith, captivée.

— De graves problèmes de santé l'ont obligé à abandonner ses projets de fouilles. Il vit la moitié de l'année dans la maison d'Alexandrie que lui a léguée son oncle et se consacre à la protection des antiquités.

— Comment l'avez-vous connu ?

— Le plus banalement du monde. A Paris, chez des amis.

Amanda, qui observait leur aparté, s'approcha. A son attitude possessive, Judith comprit qu'elle devait partager l'intimité de Marc. Un instant, elle la compara à Florence.

Puis ce fut au tour du jeune clerc de s'immiscer dans la conversation.

— Excusez-moi de vous interrompre, dit-il à Judith. Je viens de me rappeler... Nous avons dans nos dossiers une boutique qui pourrait vous convenir... Rue Royale, précisa-t-il.

— Rue Royale... Ce serait idéal !

— Elle se compose d'un sous-sol, d'un rez-de-chaussée et d'un étage, le tout formant cent soixante mètres carrés. Je vous laisse ma carte.

— Vous cherchez à quitter René Valère ? se renseigna Marc dès que le garçon eut tourné les talons.

— C'est peut-être prématuré, mais j'ai une opportunité et...

— Et vous vous dites que si vous la refusez, vous risquez de tôt ou tard le regretter.

— C'est exactement cela !

Amanda, rappelée à l'ordre par son frère, avait rejoint l'auditoire de Brian Baldwin, lequel jouait un fox-trot au piano.

Judith hésita. Ne devrait-elle pas se mêler aux invités ? Marc ne semblait pas vouloir bouger.

— Il faut toujours aller au bout de ses rêves, affirma-t-il. Peu de gens en sont capables.

— Et vous ?

— Cela dépend...

— La peur de la déception ?

— Et celle d'être obligé d'accomplir un trop grand travail de destruction pour parvenir à mes fins.

Délibérément, elle se tourna vers un sujet moins grave et lui demanda comment s'était déroulé son séjour à Venise.

— J'ai écrit, lu, marché. Il n'y avait ni horaires ni contingences, seulement la liberté de faire ce que je voulais quand je le voulais !

— Et l'envie de ne plus partir ?

— Par intermittence ! Je savais que, tôt ou tard, j'aurais besoin de me replonger dans l'action. Je savais aussi que je ne devais pas me laisser absorber par cette ville que je commençais à trop aimer.

A mesure qu'il parlait, il revoyait les promenades autour de l'arsenal, la lagune voilée de brume et ses courses à bord de bateaux de pêche vers des îles battues par les vents. Il en revenait soûlé d'air, transi de froid, mais l'esprit prêt à défier la feuille de papier.

Curieusement, il avait songé à Judith au cours de ces journées solitaires ; elle lui était apparue au détour d'une ruelle, dans un café, au centre d'un tableau, rendez-vous fugitif qui avait laissé une sensation de manque.

Il se leva. Alors que Judith l'imitait, un bruit sourd se produisit. Le collier d'or et de corail qu'elle n'avait cessé de malmener pendant leur entretien gisait sur le tapis. En quelques enjambées, Marc s'avança pour le ramasser.

— Il n'est pas abîmé, constata-t-il après l'avoir examiné. Est-ce une de vos créations ?

— Oui, répondit-elle en tentant de le rattacher autour de son cou.

Pour le seul plaisir de contempler ses joues rosies par la nervosité, il la laissa batailler avec le fermoir. L'une des bretelles de sa robe noire avait glissé de son épaule, bousculant son habituelle image de retenue.

— Permettez-moi, murmura-t-il en se saisissant du bijou pour essayer de le fixer.

Sous les doigts qui effleuraient sa nuque, Judith frissonna. Elle savait que sa peau la trahissait, ainsi que son souffle devenu plus court... Mais elle n'en éprouvait pas de gêne. Elle alla même jusqu'à reculer d'un pas pour rechercher la chaleur de ce corps si proche et si désiré.

Marc mit plusieurs secondes à vaincre la résistance du fermoir. S'il n'avait pas relevé la tête puis croisé le regard d'Amanda qui les épiait, il n'aurait pas résisté à l'envie de poser ses lèvres au creux de ce cou.

— Rejoignons nos amis, proposa-t-il en s'écartant de Judith.

36

Le surlendemain du dîner chez Alexis, Judith visita le local de la rue Royale.

Hormis l'état des lieux qui laissait à désirer, elle n'aurait pu rêver pareil plan : un sous-sol prêt à recevoir la chambre forte et les archives, un rez-de-chaussée pour accueillir la clientèle et un étage où seraient groupés bureaux et studio de dessin. Sous les toits, quatre chambres de service pourraient devenir un atelier de fabrication. Le prix en était, malheureusement, très élevé.

— Les héritiers sont pressés de sortir de l'indivision, la rassura le clerc. Tentez une offre !

Avec quels fonds ? Vendre son moulin, elle ne pouvait s'y résoudre, pas plus que de se séparer du rubis qu'elle venait de rembourser... Seul Samuel Vanpraag était en mesure de la conseiller et de l'aider.

« Je serai au Régina mardi prochain », répondit-il au télégramme qu'elle lui avait envoyé. Il la priait de l'y rejoindre à l'heure du déjeuner.

— Rue Royale, voilà une excellente adresse, remarqua-t-il lorsqu'elle lui eut raconté sa découverte. Vous deviendriez la voisine des Fouquet, Templier et Sandoz.

— Avant de vous enthousiasmer, attendez de voir l'endroit.

Malgré des réserves sur l'importance des travaux à entreprendre, celui-ci lui convint. Les pièces étaient aérées, bien distribuées.

— Toutes les données sont réunies pour que vous plongiez, lui dit-il tandis qu'ils longeaient les grilles des Tuileries.

— Sauf la principale : l'argent ! Jamais je ne réussirai à réunir pareille somme.

— Vous devez créer une société et en être majoritaire. Les parts restantes seront distribuées entre plusieurs actionnaires, lesquels actionnaires en s'appuyant sur votre nom et vos capacités financeraient vos parts en s'achetant les leurs.

— De quelle façon ?

— En payant, par exemple, quatre actions le prix de dix et en vous en cédant six. Un droit d'entrée normal puisque le succès de l'entreprise reposera sur votre talent et votre travail.

— Jamais je n'aurais imaginé pareil montage ! s'exclama Judith avec un rire d'enfant.

— Avouez qu'il est judicieux !

— A condition de trouver des partenaires qui marcheront.

— Je leur donnerai l'exemple.

Une telle confiance perçait dans ces mots qu'elle en fut bouleversée. En passant son bras sous celui du diamantaire, elle scella leur entente. Il ne leur restait plus qu'à mettre sur pied une stratégie, ce qu'ils firent le soir même. Samuel connaissait plusieurs personnes susceptibles d'être intéressées par la proposition. De son côté, Judith pensa à Irène Chambrun et au critique Max de Loubet qui venait d'hériter d'une solide fortune. A chacun serait envoyée l'étude que Samuel allait commander à son avocat.

— Pendant ce temps, renseignez-vous sur vos droits vis-à-vis de votre actuel employeur, souligna Samuel.

— Aucun contrat de non-concurrence ne me lie à René Valère.

— Ils vont sûrement se repentir de cet oubli !

Ce fut aussi l'avis de Jacques Nodier lorsqu'elle lui dévoila son intention de partir.

— Me croyez-vous prête à voler de mes propres ailes ? lui demanda-t-elle avec une nuance d'inquiétude dans le regard.

— Avec Vanpraag, vous serez bien conseillée.

— Et vous, vous n'avez jamais été tenté de reprendre votre liberté ?

— Honnêtement non, répliqua-t-il, en essuyant ses lunettes cerclées d'écaille. J'aime mon travail, je pourrais même dire que je l'adore, mais j'aime les loisirs et le farniente...

Il réfléchit avant d'avouer :

— Gagner davantage d'argent ne m'intéresse pas. Quant aux possessions, je les laisse à ceux qui souhaitent se compliquer l'existence.

— Capitaliser n'est pas mon but principal, se défendit Judith. Ce que je veux, c'est créer ma propre marque.

— Vous allez me manquer, conclut Nodier avant de se détourner pour ménager la pudeur de chacun.

Les jours s'écoulèrent sans que Judith voie ses projets prendre forme. Après avoir entamé plusieurs démarches, Samuel Vanpraag était retourné à Anvers.

« Fiez-vous au temps », lui avait-il déclaré sur le marchepied de son train.

Combien de nuits blanches ne passa-t-elle pas à aligner des chiffres et à attendre le miracle... Elle avait chargé Christophe Delorme de mettre en vente les dernières terres qui lui restaient, ne gardant que la presqu'île sur l'Indre. Le produit de celles-ci constituerait l'apport personnel dont elle avait besoin. Pour le reste, Samuel s'était engagé à prendre vingt-cinq pour cent du capital, Irène réfléchissait et Max de Loubet, tenté par l'offre, devait l'étudier avec son conseiller. De son côté, et sans que quoi que ce soit lui eût été demandé, Louise Fontange avait décidé d'aider sa fille en prenant cinq pour cent des parts de la société.

Judith se souviendrait toujours du moment où elle négocia enfin son futur magasin – tractation difficile dont elle sortit plus épuisée que satisfaite du prix obtenu.

Le pire restait à accomplir : donner sa démission à la maison Valère. La démarche fut aussi désagréable qu'elle l'avait imaginé. Marois ne mâcha pas ses mots quant à son manque de reconnaissance envers ceux qui lui avaient donné sa chance. Il attira son attention sur les dangers qu'elle courait à se lancer après seulement deux années d'apprentissage.

— Quelles références fournirez-vous à vos clients pour leur inspirer confiance ?

Il était trop tôt pour révéler le rôle que jouerait Samuel, aussi écouta-t-elle sans broncher les mises en garde justes ou exagérées qui lui furent assenées.

— Quand avez-vous l'intention de nous quitter ? lui demanda Marois en guise de conclusion.

— Fin août, après mes vacances.

Le soir même, son cousin Pierre l'emmenait avec Geneviève au Maurice's Club.

Enchaînant shimmy, fox-trot ou boston dans les bras de cavaliers inconnus, elles n'avaient pas pris une seconde de repos. A minuit, dans un roulement de tambour, deux huissiers déroulèrent un tapis noir sur la piste de danse. Arrivèrent Maurice, un danseur belge, et sa partenaire Leonora Hughes, tous deux adorés des noctambules. Quand ils eurent terminé leur numéro, l'ovation éclata.

Emportée par son enthousiasme, Judith ne prêta pas attention à l'homme qui s'était faufilé auprès d'elle.

— Ils se sont surpassés, lui cria-t-il en applaudissant le couple avec chaleur.

— Alexis ! Que faites-vous ici ? s'exclama-t-elle en le reconnaissant.

— J'occupe mes insomnies.

— Vous êtes seul ?

— J'étais avec Noëlle, mais elle a rencontré des amis et...

Il regarda autour de lui.

— Je crois l'avoir perdue.

Judith brûlait d'envie de lui demander des nouvelles de Marc, mais en attaquant un two-step l'orchestre rendit impossible la conversation.

— J'ai soif, cria-t-elle. Pas vous ?

Sans attendre sa réponse, elle l'entraîna jusqu'au bar où Pierre et Geneviève s'étaient réfugiés.

Au moment où Alexis s'inclina devant son amie, Judith eut la prescience que débutait entre eux deux une relation dont ils étaient loin d'imaginer les conséquences. Avec un certain amusement, elle les regarda tandis qu'ils se lançaient dans une scottish espagnole...

Un garçon très jeune, dont le visage de Tartare était éclairé par des yeux gris acier, mit fin à son observation en l'invitant sur la piste. Comme il était facile de s'abandonner dans les bras d'un homme dont elle ne connaissait rien et ne voulait rien connaître. Loin de sa pensée, ceux qu'elle avait aimés, aimait encore et qui, par leur faute ou sa propre faute, lui en avaient préféré d'autres ! Elle n'appartenait à personne, sinon à la nuit...

A l'aube, elle n'accompagna pas Alexis et Geneviève dans une brasserie de Montparnasse, mais suivit celui qui lui offrait l'aventure facile dont elle avait besoin.

37

Pour de multiples raisons dont Marc n'était pas absent, Judith voulait écarter Eric de son existence.

— Tu t'es trouvé un nouvel amant, demanda-t-il alors qu'elle le repoussait.

— Mais non...

— Et Margerit, avec qui tu étais au Bœuf sur le Toit... Qu'est-il pour toi ?

Antoine travaillant pour Eric, elle décida de ne laisser planer aucun soupçon.

— Il n'y a pas d'homme dans ma vie, je te le répète.

— Alors... Je ne comprends pas...

— Tu ne me comprends pas parce que tu ne veux pas admettre que je ne t'aime plus et que nous n'avons rien à partager.

— C'est ton maudit orgueil qui te pousse à parler ainsi, maugréa-t-il. En fait, tu n'as jamais supporté de t'effacer pendant un temps...

— Pendant un temps ! l'interrompit-elle.

Alors qu'elle détestait les scènes, elle se surprit à énoncer les griefs accumulés au cours de leur liaison, les retards, absences, rendez-vous décommandés à la dernière minute et surtout l'égoïsme dont il ne s'était jamais départi.

— Prendre et ne rien donner, voici une devise qui te conviendrait à la perfection, lui assena-t-elle en guise de conclusion.

— Oh, tu es bien placée pour donner des leçons de générosité ! rétorqua-t-il. Alors que tu n'as jamais songé qu'à ta petite personne et à ta réalisation professionnelle. Ta réalisation professionnelle ! répéta-t-il. Permets-moi d'en rire !

Quand, après des adieux glacés, elle revint à son bureau, elle éprouva un malaise qui l'obligea à s'asseoir auprès d'une fenêtre ouverte sur la rue de la Paix.

Elle n'aurait sans doute pas remarqué une voiture bleue garée à une vingtaine de mètres si de celle-ci n'avait surgi un individu qu'elle avait vu la semaine précédente dans les salons réservés à la clientèle. Avec presque de la brutalité, il intercepta Simoneau qui revenait de déjeuner. Malgré la rapidité de la scène, Judith nota un mouvement de frayeur chez son ennemi…

Depuis qu'elle s'était décidée à quitter René Valère, elle n'épiait plus Simoneau que la rupture avec Sylvia Baschet avait anéanti. Prétention et agressivité avaient cédé la place à une peur qui suintait par tous les pores de sa peau. Ce qui se déroulait ramena Judith à ses anciens soupçons. Devait-elle informer les autorités ? Le manque de preuves l'en empêchait, tout comme le désir de ne pas se trouver mêlée à des événements susceptibles d'attirer l'attention sur sa vie privée au moment où elle devait l'entourer de discrétion.

— Je n'ai pas l'esprit délateur, dit-elle à Antoine après lui avoir raconté ce qu'elle avait vu.

Ils s'étaient donné rendez-vous dans les bureaux du jeune homme afin que celui-ci montrât à sa « cliente » le décor qu'il avait imaginé pour sa joaillerie.

— Une façade de marbre noir, expliqua-t-il en sortant d'un carton plusieurs dessins... qui va porter ombrage à celle que Fouquet vient de commander à Ernest Bertrand. Quant au rideau de fermeture, il pourrait être en laque vert jade.

Suivirent les agencements intérieurs :

— Il faut que ce soit sobre mais luxueux : des boiseries claires, un mobilier dans un matériau rare...

— Et les devis ?

— Je vais les demander.

Pris par le sujet, ils avaient oublié le temps Antoine sursauta quand on sonna à la porte.

— Ce doit être Irina. J'ai promis de l'accompagner à un vernissage.

Pendant qu'il accueillait la visiteuse, Judith se pencha sur des projets d'appartements, de restaurants. Elle s'attarda sur d'amusantes propositions pour un bal avec trompe-l'œil, animaux fantastiques et fontaines des Mille et Une Nuits.

— Cette commande nous amuse beaucoup, indiqua Antoine.

S'effaçant devant Irina, il enchaîna :

— Vous vous connaissez...

Irina acquiesça. Ce face-à-face avec la femme dont Antoine lui avait peu parlé et à laquelle elle le savait lié par des sentiments profonds la désarçonnait. Combien de fois n'avait-elle pas senti son amant lui échapper, victime de souvenirs... Judith avait été sa grande passion. Irina se remémorait la mise en garde de Georges quand celui-ci s'était rendu compte du trop vif intérêt qu'elle portait à son ami. « Tu perds ton temps, Margerit est déjà pris et bien pris ! » Ces paroles n'avaient pas entamé son espoir d'être un jour appréciée de celui qui s'était préoccupé de son sort lorsqu'elle avait atterri chez les artistes de Montparnasse. Sa sollicitude l'avait aidée à vaincre l'épreuve de l'exil et à renouer avec la sculpture. A Antoine, elle devait son entrée chez Bourdelle et des rencontres avec des directeurs de galerie. Depuis peu, ils travaillaient ensemble.

Après avoir étudié les croquis qu'Antoine lui présentait pour les vitrines de son magasin, Judith se tourna vers Irina :

— Je les préférerais plus étroites. Qu'en pensez-vous ?

La Russe s'approcha, étudia les surfaces et les volumes indiqués sur le papier, puis se rangea à l'avis de Judith.

— Quand ouvrirez-vous votre joaillerie ? s'informa-t-elle.

— En octobre prochain.

— Et vous avez déjà créé des modèles ? poursuivit Irina.

— J'attends de connaître les pierres que l'on doit m'envoyer d'Anvers. En revanche, j'ai défini le thème de ma première collection.

De retour chez elle, Judith ne trouva pas la compagnie habituelle. Irène était partie dans sa maison de Barbizon. Quant à Geneviève, elle ne rentra qu'à une heure du matin.

— Tu n'es pas couchée ! s'étonna-t-elle en découvrant Judith assise à son bureau.

— Je n'ai pas sommeil. C'était une bonne soirée ?

— Excellente.

— Tu étais avec Alexis ?

— Alexis, sa sœur et Marc.

— Il est rentré de l'exposition coloniale ?

— Oui.

— Qu'en a-t-il dit ?

— Amanda m'a semblé plus enthousiaste que lui. Le Palais de l'Indochine est, selon ses dires, la reproduction réduite du temple d'Angkor Vat.

— Comment la trouves-tu, cette Amanda ?

— Jolie et superficielle.

— Marc en est épris ?

— Sois tranquille... Il s'en fiche comme d'une guigne.

— Geneviève ! s'insurgea Judith.

— Il faudrait être aveugle pour ne pas voir qu'il t'a tourné la tête.

— Comme Alexis a tourné la tienne..

— C'est vrai...

Après un silence, Geneviève ajouta .

— Pourtant, tout nous sépare : il a quarante-huit ans, j'en ai vingt-cinq. Il vit à Alexandrie et moi à Paris. Beaucoup de femmes ont occupé sa vie. Son deuxième divorce vient tout juste d'être prononcé. Sa culture est impressionnante, son expérience aussi... Alors comment expliquer que nous ayons autant de plaisir à être ensemble ?

38

Le 15 mai 1922, la société Judith Fontange vit officiellement le jour, avec pour actionnaires Louise Fontange, Samuel Vanpraag, Irène Chambrun, Max de Loubet, Raoul Bousquet, courtier en pierres de couleur, et le banquier René Moustiers, ces deux derniers ayant été amenés par le diamantaire.

La formalité accomplie, Judith entreprit d'engager du personnel pour la rentrée. Samuel lui fut d'un grand secours en lui recommandant un directeur administratif sur lequel elle pourrait se reposer.

— Gilbert Mansaud dirige depuis douze ans une orfèvrerie dont les propriétaires souhaitent se séparer. Il serait judicieux que vous le rencontriez.

Le premier entretien laissa Judith sceptique quant à une éventuelle entente. L'homme lui avait paru froid, guindé, peu sympathique.

— Ne vous fiez pas aux apparences, la rassura Samuel. Il était intimidé.

— Intimidé !

— Il n'a pas l'habitude de traiter avec des femmes.

Deux nouvelles rencontres furent nécessaires pour que Judith surmonte ses réticences et accepte de voir les qualités de sérieux, de rigueur et d'honnêteté de celui à qui elle allait confier la bonne marche de son magasin.

Par l'intermédiaire d'Antoine, elle trouva un comptable et une secrétaire. Il restait le problème des vendeurs. Elle s'apprêtait à engager une nouvelle recrue quand un événement surprit tout le monde chez René Valère.

Philippe Simoneau fut découvert assassiné à l'aube du 10 juin dans une ruelle de Montmartre.

En apprenant la nouvelle de la bouche d'Yves Savignac, Judith se sentit parcourue d'un long frisson.

— Je ne comprends pas, répétait l'oncle de la victime. Je ne comprends vraiment pas.

— On a sans doute voulu lui voler son portefeuille et il s'est débattu, avança le vieux Tabourdin.

Une enquête fut ouverte auprès de ceux qui avaient de près ou de loin approché le garçon.

Comme ses collaborateurs, Judith fut appelée à comparaître devant un inspecteur qui, sur un ton las, lui posa les habituelles questions.

— Avez-vous connu Philippe Simoneau sur votre lieu de travail ?

— Avant.

L'inspecteur la regarda avec un regain d'intérêt.

— Je l'ai connu chez des amis.

Où, quand, quels étaient les noms de ces amis ? A mesure que se resserrait l'interrogatoire, Judith éprouvait la pénible sensation d'être considérée comme suspecte.

— Avait-il une maîtresse ?

Anna ? Comment la tenir à l'écart ? D'autres allaient sûrement parler.

— Philippe Simoneau ne me faisait pas ses confidences, biaisa-t-elle.

— Vous a-t-il paru traqué, ces derniers temps ?

— Traqué ? Non.

— Certains de vos collègues m'ont affirmé l'avoir trouvé anxieux et fatigué.

— Cela n'a pas éveillé mon attention.

— Vous n'avez rien de particulier à nous signaler, rien qui vous reviendrait à la mémoire ?

— Non... Vraiment rien, affirma Judith, la bouche sèche.

— Tu as bien fait, la rassura Antoine. Si tu révélais certaines de tes suppositions, on te reprocherait ton silence et tu pourrais être accusée de complicité.

— Et Anna, je dois la prévenir ?

— Conseille-lui, au cas où ils remonteraient jusqu'à elle, de suivre ton exemple.

Le meurtre de Simoneau occupa les conversations pendant le dîner qui avait réuni la bande habituelle place du Tertre.

— Depuis qu'ils ont perquisitionné son appartement, les interrogatoires se sont multipliés et durcis, affirma Vicky.

— Ils ont longtemps gardé Sylvia Baschet et son mari, enchaîna Georges.

— Elle ne doit pas en mener large, remarqua Nicole.

Assise entre Antoine et Cécile, Judith ne perdait pas un mot de la discussion. Avait-on trouvé chez Simoneau des indices susceptibles de conduire à la vérité ? Personne ne le savait. Plusieurs hypothèses furent soulevées. Trafic de pierres précieuses ? Son métier le lui aurait permis. De drogue ? Le penchant qu'il avait eu pour l'opium était connu de tous. Non sans étonnement, elle se rendait compte que l'évocation de ce triste fait divers s'était peu à peu transformée en un piquant jeu de société qui allait jusqu'à déclencher les plaisanteries les plus douteuses.

Désireuse de ne pas gâcher la douceur de cette première soirée d'été, Judith s'attarda sur le décor qui l'entourait et la transportait au cœur d'une opérette, tant la vie semblait s'y écouler sereinement. Des enfants avaient, avec ballons et cordes à sauter, investi le territoire resté libre de tables et de bancs. Ils étaient pris en chasse par les chanteurs populaires, qui, la guitare en bandoulière, donnaient la sérénade aux élégantes venues sur la butte pour suivre la mode du moment. Attirées par le spectacle, des ménagères s'étaient accoudées à leurs balcons.

— On se croirait au théâtre, murmura Irina.

En entendant ces paroles qui reflétaient sa pensée, Judith tressaillit. De l'autre côté de la table, la Russe lui souriait, consciente de la connivence qui s'instaurait entre elles.

— Si nous allions terminer cette soirée chez moi ? lui proposa spontanément Judith.

— Que devient Geneviève ? s'informa Antoine en pénétrant dans le petit salon de la rue François-Ier. Nous ne l'avons pas vue depuis une éternité !

— Elle passe des vacances au Lavandou.

— Elle a toujours crié à qui voulait l'entendre qu'elle détestait le Midi et la chaleur.

— Femme varie, répliqua Judith sur un ton rieur.

— Est-ce indiscret de te demander avec qui elle est partie ?

— Elle n'en fait aucun secret... Avec le monsieur qui accompagnait les Fournier quand nous les avons rencontrés au Bœuf sur le Toit.

— Le plus âgé... Puisque j'ai croisé l'autre avant-hier soir en sortant de chez eux. Il venait de rendre visite à l'accouchée.

— La naissance a eu lieu ?

— Il y a quatre jours.

— Un garçon ou une fille ?

— Une fille dont Georges doit être le parrain.

Indifférente aux propos échangés, Irina s'était approchée de la table à dessin sur laquelle était punaisé le projet d'un ornement de corsage en lapis, corail, onyx et diamants.

— C'est beau ! murmura-t-elle.

— Vous trouvez ? dit Judith qui l'avait rejointe. Il m'a donné tellement de mal que j'ai failli l'abandonner.

— L'accord des tons ?

— Celui des volumes. Je voulais qu'en restant légères ses masses soient visibles de loin.

Judith s'empara du carton contenant ses dernières études à la gouache et les soumit au jugement de son invitée.

Sous le regard exercé d'Irina se succédèrent des pendentifs composés de disques de jade, de boules de corail, de cascades de diamants, tous terminés par des glands de soie ou de passementerie, des broches à usages multiples, des épingles de chapeau ou de jabot, des bracelets souples ou rigides, certains étroits comme des rubans, d'autres semblables à des manchettes, des colliers formés de cabochons de pierres précieuses ou de rectangles de nacre à motifs floraux. En utilisant topazes, améthystes, aigues-marines ou péridots, en opposant des pierres transparentes et mates telles que l'émeraude et la turquoise ou le rubis et le lapis, Judith n'avait rien oublié de l'enseignement de Nodier... La couleur triomphait !

— Voici des pendants d'oreilles, dit-elle en tendant un calque à Irina. Ils sont pesants... Mais si je diminue leur volume, les diamants placés au centre prendront trop d'importance.

Un crayon à la main, Irina chercha une forme plus aérienne pour les fameux pendants d'oreilles. Insatisfaite des premiers résultats, elle recommença jusqu'au moment où Judith l'arrêta.

— Nous y sommes...

— Il manque juste un détail.

Le rien qui rendait le bijou parfait ! Celui auquel Judith n'aurait pas songé.

D'autres modifications s'ensuivirent, notamment dans le domaine de la « fantaisie ». Minaudières, poudriers, briquets furent étudiés et certains de leurs décors ramenés à plus de stylisation.

Depuis longtemps, Judith caressait l'idée de confier des réalisations à des artistes n'appartenant pas à la corporation des joailliers. Aussi proposa-t-elle à Irina de créer des modèles exclusifs autour des pierres qu'elle avait reçues de Samuel ou que lui avait confiées Raoul Bousquet, son actionnaire courtier.

— En dehors des impératifs dictés par la fabrication, vous auriez carte blanche.

— Combien voudriez-vous de projets ?

— Trois ou quatre… Il me les faudrait rapidement. N'ayant pas encore monté mon atelier, je travaille avec l'extérieur.

— J'ai envie d'accepter, répondit Irina.

Quelques jours plus tard, Judith avait entre les mains trois études de broches à motifs géométriques colorés. Alors qu'allait se terminer le mois de juin, elle pouvait se féliciter du travail accompli : la société était constituée, les devis du magasin signés, les travaux commencés, les dessins et les pierres envoyés à la fabrication… Il lui restait à se préoccuper du lancement qu'elle souhaitait élégant et sobre… Et à définir son poinçon personnel.

Se souvenant du premier bijou qu'elle avait conçu chez René Valère, le pendentif à motif de chat qui lui avait demandé tant d'efforts, elle décida de glisser entre ses initiales la tête de cet animal que l'Egypte ancienne jugeait bienfaiteur et protecteur..

39

Anna fut appelée à comparaître devant la police. « Je prends le premier train pour Paris demain. Peux-tu m'héberger ? » demanda-t-elle à Judith dans le télégramme qu'elle lui envoya de Cormery. La recevoir constituait un danger pour quelqu'un qui avait déclaré ne jamais avoir connu les maîtresses de Simoneau. Malgré le risque, Judith accepta.

Depuis que les journaux avaient divulgué certaines informations, l'affaire avait pris une autre dimension que celle d'un fait divers. Avoir trouvé chez la victime un passeport vierge portant un autre nom que le sien, des liasses de monnaie étrangère et, caché à l'intérieur du bouchon d'une eau de Cologne, la combinaison d'un coffre-fort avait lancé l'enquête sur des pistes autrement plus intéressantes que celle d'un crime crapuleux.

— Depuis que j'ai appris sa mort, je ne dors plus, avoua Anna à son arrivée rue François-Ier. Quand je pense que tout commençait à aller mieux pour moi !

A la grande surprise de Judith, le décès de Simoneau ne semblait guère attrister son ancienne proie.

— Oui, tout allait mieux, répétait Anna. Christophe venait de me demander en mariage... Mais.. s'il apprend certaines choses sur mon passé...

— Pourquoi voudrais-tu qu'il les apprenne ?

— Je ne sais pas... La presse !

— Elle a plus intéressant à se mettre sous la dent !

Judith lui tendit la dernière édition de *Paris-Soir* où s'étalait en gros titre : « Va-t-on voir clair dans l'affaire Simoneau après la cinquième audition du couple Baschet ? » L'article qui suivait précisait que les recherches effectuées autour de la combinaison cachée chez Simoneau avaient conduit au coffre-fort que possédaient à leur domicile les Baschet. Sylvia jurait ne pas l'avoir divulguée à son amant. En revanche, elle avouait lui avoir montré, sur sa demande, les bijoux qu'elle y enfermait. En aurait-il profité pour repérer les chiffres ? Dans quel but ? Celui de dérober des pierres ou les plans que le mari avait coutume d'y déposer ?

— Tout s'explique, murmura Anna. J'ai peur...

— Si tu te tais, tu n'as pas à avoir peur.

— Et les détails qu'ils vont me demander !

— Tu dois t'en tenir au fait que tu étais amoureuse de Simoneau, que tu couchais avec lui et que tu as parfois rencontré Sylvia.

Alors qu'en compagnie de Georges, Judith allait assister au *Martyre de saint Sébastien* à l'Opéra, elle découvrit les Baschet au premier rang d'une loge : elle hautaine et souriante, lui soucieux de sauver les apparences.

— Où en est-on ? demanda-t-elle à son voisin en désignant le couple.

— Une fois devenu l'amant de Sylvia, Simoneau aurait été enrôlé par une puissance étrangère qui souhaitait s'approprier les découvertes de l'armateur. Son goût de l'argent et du luxe rendait facile son approche. Selon ce que Sylvia a raconté à la police, il aurait enregistré la combinaison du coffre puis imprimé dans de la cire l'empreinte de la clé qu'elle avait l'habitude de ranger dans son secrétaire. Comme il passait de plus en plus souvent la nuit chez elle, visiter le coffre pendant qu'elle dormait devint une formalité. Jusqu'au jour où Sylvia, menacée d'un divorce, s'est vue dans l'obligation de rompre. Simoneau ayant promis des renseignements qu'il était incapable de fournir, puisque l'hôtel particulier des Baschet lui était interdit, devenait inintéressant pour ses employeurs...

— Inintéressant et dangereux, enchaîna Judith. La peur pouvant le pousser à les dénoncer, ils ont évité ce risque en le supprimant.

— Tu aurais fait un parfait détective...

Après deux interrogatoires, Anna ne fut plus inquiétée.

— J'ai suivi tes conseils, dit-elle à Judith en bouclant ses valises.

Rassurée sur le sort de son amie, Judith éprouva le besoin de rendre visite à Raphaël Stern. En sa compagnie, elle avait l'impression de « penser juste ».

Alors qu'il se levait pour s'emparer d'une cafetière posée sur la cuisinière, Judith fut frappée par sa maigreur et sa difficulté à se mouvoir. Etaient-ce les séquelles de la pneumonie contractée au début du printemps ?

— Pourquoi ne quitteriez-vous pas Paris quelques semaines et ne vous installeriez-vous pas chez moi à Cormery ? suggéra-t-elle. Les travaux d'aménagement du moulin sont terminés. Vous y seriez bien.

— Merci pour votre gentille invitation, mais je suis un homme d'habitudes. Aussi agréablement traité que je le serais chez vous, il me manquerait ce fatras.

Du menton, il désigna ses objets et ses livres.

— J'ai un travail à terminer sur la symbolique des pierres précieuses.

— Vous le reprendrez en septembre !

— Non.

— Peut-être ne pourrai-je pas revenir avant de partir pour la Touraine, annonça Judith en se préparant à prendre congé.

— Nous n'avons pas besoin de nous voir pour demeurer proches l'un de l'autre. Ne vous ai-je pas souvent répété qu'entre deux êtres qui s'aiment l'espace et le temps n'existent pas ? Pour cette raison, les séparations doivent être acceptées sans douleur... ainsi que la mort des êtres chers.

Comme si rien de grave n'avait été prononcé, le vieil homme se dirigea vers une bibliothèque puis en revint avec deux volumes.

— Je les avais mis de côté à votre intention.

Le premier portait sur l'orfèvrerie du vêtement. Judith eut tour à tour sous les yeux des illustrations représentant une princesse chinoise ensevelie dans sa robe de jade, la reine d'Ur coiffée d'une somptueuse parure de tête, le ruissellement des bijoux cousus sur les habits des femmes cloîtrées de l'Islam et le chapeau constellé de diamants de Potemkine.

Quant au second ouvrage, il était composé de documents concernant les joyaux qu'avaient portés les animaux.

— En Perse antique, les harnais des chevaux étaient décorés de turquoises, talisman qui protégeait le cavalier contre les chutes, lui expliqua Raphaël en tournant les pages. Regardez ce léopard avec son collier de rubis.

— Quelle source d'idées ! remarqua-t-elle en songeant aux sacs et pochettes rebrodés qu'elle se préparait à faire fabriquer.

— Ne perdez jamais votre enthousiasme et votre créativité. Ils sont vos biens les plus précieux.

40

En août, Judith franchit à titre « d'occupante » le seuil de son moulin. Sans se lasser elle arpenta le salon aux sièges recouverts de percale fleurie, la salle à manger dont la table d'acajou accueillerait les amis chers, la bibliothèque qui contenait des livres auxquels elle devait ses voyages intérieurs... Des quatre chambres du second étage, elle s'attribua celle d'où l'on voyait la rivière s'étirer entre les aulnes. Le mobilier en était réduit, mais raffiné : lit à la polonaise, commode en bois peint du XVIIIe, coiffeuse de la même époque sur laquelle étaient disposés flacons de cristal et brosses en écaille.

Malgré la décision qu'elle avait prise de se reposer, Judith profita de son séjour en Touraine pour organiser l'ouverture de son magasin. Elle dressa des listes de personnalités connues pour leur goût des joyaux ou la somptuosité de leurs dépenses, ébaucha la rédaction de son premier catalogue et réfléchit à l'image cohérente qu'elle donnerait de sa maison.

Antoine, venu inspecter les finitions de la propriété des Fournier, se présenta à l'improviste.

— Quelle bonne surprise ! s'écria-t-elle en le découvrant devant sa porte.

Pressée d'avoir son avis, elle l'entraîna à travers son refuge.

— Je n'aurais pas mieux réussi, la rassura-t-il.

— J'ai hâte de découvrir ce que vous avez accompli chez les Fournier.

— Tu devras patienter jusqu'à l'inauguration !

— L'inauguration ?

— Florence doit offrir une garden-party qui va durer deux jours.

— Je n'y serai pas invitée, objecta Judith.

Accompagnée d'Antoine, elle sortait de chez le tapissier quand elle se heurta à madame Fournier Après des salutations sans chaleur, Florence demanda à son décorateur des précisions quant à la livraison de tapis tissés à son intention.

— Vous les recevrez juste avant votre réception.

— A ce propos, j'ai réservé des chambres dans plusieurs hôtels des environs. Souhaitez-vous que j'en mette une à votre disposition ?

— Ce ne sera pas nécessaire. Judith m'a proposé de m'héberger.

— Dans ce cas, murmura Florence.

Prise au dépourvu, elle ne put qu'ajouter en adressant un regard à celle qu'elle haïssait moins depuis que son mari l'avait remplacée par une jeune comédienne :

— Bien entendu, nous comptons sur votre présence...

A Paris, Judith trouva un bristol accompagné du programme des festivités.

— J'ai déjà commandé ma robe de bal, lui apprit Geneviève.

— Tu es invitée, toi aussi ?

— J'accompagne Alexis.

— Vous habiterez à la maison ! proposa Judith. Antoine, Irina et Georges sont déjà prévus.

— Je te signale que Marc Dorfont cherche à se loger, susurra Geneviève avec des yeux pleins de malice.

— Marc ? Il a certainement sa chambre chez les Fournier.

— Faux ! Leur famille les a envahis !

— Alors... tu crois que... Tu crois vraiment que je peux l'inviter ?

— Tu lui rendrais service.

— Je compte sur toi pour transmettre mon offre.

Marc donna sa réponse le lendemain par téléphone. Elle était positive.

— Verriez-vous un inconvénient à ce que nous arrivions, Alexis et moi, le vendredi soir vers neuf heures ? Le chauffeur des Fournier viendra nous chercher en gare de Tours et nous conduira chez vous.

Ne plus travailler pour René Valère permit à Judith de se rendre à Cormery quelques jours avant la venue de ses hôtes. Avec l'aide de Louise et de Jeanne, la fidèle servante, le moulin sentit bon l'encaustique. Des bougies ornèrent les candélabres, des nappes brodées et des draps empesés furent sortis des hauts placards de la lingerie. La glacière s'emplit de bouteilles de vouvray et de montlouis.

Antoine et Georges précédèrent les autres invités de quarante-huit heures, mais Judith les vit à peine.

Installer un décor pour recevoir trois cents personnes absorba leur temps.

Geneviève et Irina firent leur apparition le lendemain. Dans leurs imposantes malles étaient rangés les costumes et peignoirs de bain, jupes et chaussures de tennis, robes champêtres, de cocktail ou de bal dont elles auraient besoin.

Il était neuf heures et demie, le vendredi, lorsque Marc et Alexis descendirent de la voiture dépêchée par les Fournier puis empruntèrent le pont qui reliait la rive au moulin.

— Quel lieu ! s'extasia Alexis lorsque Judith et Geneviève vinrent à leur rencontre.

En retrait, Marc accueillait des sensations. Telle qu'il la découvrait, cette maison ressemblait à celle dont il avait rêvé depuis son enfance, une maison heureuse, apaisante, dans laquelle on pouvait vivre en harmonie avec la nature.

Ils furent entraînés dans la salle à manger où les attendaient les spécialités de la région : rillons et rillettes, écrevisses et pâté de brochet.

Hormis Irina, Marc connaissait tous les convives : Antoine et Georges pour les avoir vus à plusieurs reprises chez Florence, Geneviève depuis qu'elle partageait l'existence d'Alexis.

Arrosé de vin blanc pétillant, le repas fut joyeux. On pria pour que le soleil continuât à briller... Alors que Judith se rendait à la cuisine afin d'en rapporter du pain, Marc la regardait évoluer et pour la première fois ne cherchait pas à lutter contre l'attirance qu'elle lui inspirait.

— Je vous ai installé dans la bibliothèque, lui déclara-t-elle. Le canapé est confortable et j'ai pensé que ce choix vous éviterait de partager la chambre de Georges qui ronfle.

— Vous ne pouviez me faire plus plaisir, lui avoua Marc lorsqu'il découvrit la fameuse bibliothèque.

Pour la circonstance, le sofa s'était habillé de draps ajourés. Deux fauteuils de cuir et une mappemonde complétaient le mobilier.

— J'aime m'endormir en écoutant le bruit de l'eau, ajouta-t-il en s'approchant de la fenêtre qui surplombait les écluses.

41

Judith se dirigeait vers la terrasse qui occupait la pointe de son îlot lorsqu'elle découvrit Marc installé sur une chaise longue.

— Avez-vous bien dormi ? s'informa-t-elle.

— Seulement après avoir fureté dans votre vie privée.

— Dans ma vie privée ?

— En feuilletant vos albums de photographies, je vous ai découverte bébé... la tête souvent coiffée de bonnets extravagants...

— Ma mère affectionnait les ruchés et les dentelles.

Avant de trouver le sommeil, il l'avait suivie dans les différentes étapes de son enfance quand, petite écolière sanglée dans un sarreau sombre ou première communiante aux paupières sagement baissées, elle posait au milieu de ses camarades. Puis il était arrivé à des clichés plus nostalgiques, la représentant auprès du père trop tôt disparu ou en train de pousser à l'hôpital de Tours des blessés dans leurs chaises roulantes.

— Ainsi, vous savez tout de moi, remarqua-t-elle.

— Disons seulement que j'en sais un peu plus. Cela vous contrarie-t-il ?

— Non... Je crois même que cela me plaît.

Il fallut se préparer pour le déjeuner sur l'herbe qui allait ouvrir la fête.

Les femmes se glissèrent dans des robes de voile ou de mousseline, entourèrent leurs poignets de multiples bracelets et abritèrent leur teint clair sous de gracieuses capelines.

Les hommes arborèrent des costumes en lin aux tons clairs et le fameux canotier qu'avait immortalisé un chanteur de variétés, Maurice Chevalier.

— Nous serons les plus beaux et les plus élégants, affirma Alexis après avoir examiné ses amis.

— Tu as oublié l'essentiel, rétorqua Geneviève en s'approchant de son amant pour fixer un œillet à sa boutonnière.

Georges et Antoine garèrent leurs automobiles dans le champ qui jouxtait le parc des Fournier. Accompagnés de leurs passagers, ils remontèrent à pied l'allée bordée de tilleuls qui menait à la propriété.

— Nous voici à l'heure de vérité, déclara Georges sans cacher sa nervosité à voir son ouvrage livré au jugement de tous.

Judith regardait les pelouses qui descendaient vers l'Indre et qu'un paysagiste averti avait plantées d'arbres aux essences rares.

Au détour d'un cèdre, la maison lui apparut, surprenante à première vue par sa masse et la rigueur de ses formes, mais si l'on s'attardait sur les savants décrochés du toit et les larges baies vitrées on lui trouvait une certaine beauté.

Dans la cour, de nombreux invités se pressaient, attendant de pouvoir saluer Eric et Florence qui affichaient des visages épanouis.

— Le soleil ne nous a pas trahis ! s'exclama celle-ci à l'intention de Georges et d'Antoine.

Il fallut jouer des coudes pour traverser le vestibule et gagner le salon où, sous un lustre de René Lalique, les invités échangeaient leurs impressions.

— Moi qui ai toujours admiré Florence pour son goût, se lamentait une grosse dame, je ne la comprends plus... Cette lampe est une horreur ! Quant à cette table, on devrait enfermer des oiseaux dans son socle tant il ressemble à une cage.

Sans être influencée par l'affection qu'elle éprouvait pour Antoine et son associé, Judith était enthousiasmée par le boudoir au charme orientalisant, le bureau dont le mobilier avait été tendu de galuchat et la chambre de Florence. Face à une cheminée de stuc bleu lavande, un lit, une commode et une coiffeuse en ébène de Macassar incrustée de nacre et de lapis-lazuli, des fauteuils recouverts de cuir de Russie et des tapis à motifs géométriques ne pouvaient qu'emporter l'adhésion. De même que la plupart des détails conçus pour chacune des autres pièces, que ce soit les appliques composées d'une multitude de tubes en verre de couleur, la paire d'armoires sur lesquelles avait été reproduite la carte géographique des environs, les tabourets d'inspiration africaine ou encore les dessertes aux miroirs biseautés. Le choix des tableaux obéissait au désir que cette maison fût le reflet de son époque. Il y avait des dessins au crayon et à la plume d'André Masson, des aquarelles de Max Jacob, de magnifiques gouaches de Modigliani.

— Qu'en penses-tu ? lui demanda Antoine.
— Vous vous êtes surpassés !
— Depuis que nous sommes arrivés, nous avons eu trois « touches ».
— Bientôt vous devrez refuser des chantiers !
— En attendant que tes prévisions se réalisent, allons déjeuner

Des tables avaient été dressées à l'ombre des saules. Judith parcourut du regard les convives, puis se dirigea vers la bande que formaient Georges Irina, Vicky, ainsi que les dinandiers, verriers, céramistes ou graveurs auxquels la maison devait ses meubles et ses objets. Max de Loubet l'arrêta dans sa marche.

— Si vous ne vous asseyez pas à côté de moi, je serai le plus malheureux des hommes !

Une procession de maîtres d'hôtel apportait des rafraîchissoirs contenant des bouteilles de vin blanc.

— Que devenez-vous ? l'interrogea le critique.
— Je m'apprête à vous rendre plus riche que vous ne l'êtes, lui répondit-elle en riant.

En s'arrêtant à leur table, Florence interrompit leur dialogue. Judith, qui n'avait pas eu le loisir de l'observer, s'étonna de la trouver plus banale. Son visage avait perdu de l'éclat et dans ses yeux sourdait une nuance d'anxiété. Que manquait-il à son bonheur ?

Question que Florence s'était posée ces derniers mois et dont elle n'ignorait plus la réponse. Sa vie n'était qu'un leurre et il n'existait pas de solution sinon celle de tout casser. Comment profiter de ce qui aurait dû sceller sa relation avec Eric, l'être qu'elle avait cru admirer et chérir jusqu'à la fin de ses jours et qui, par ses faiblesses et ses mensonges, lui était devenu quasi indifférent ? Sa liaison avec une comédienne connue pour collectionner les hommes fortunés lui avait ôté tout espoir de bonheur conjugal. En conversant avec ses invités, elle contemplait la maison qu'ils avaient désirée et qui ressemblait à une prison dorée. Après avoir accompli le tour des tables, elle s'installa à celle qu'elle devait présider. Aux éminents ecclésiastiques, académiciens ou banquiers auxquels elle devait accorder son attention, elle aurait préféré des amis plus intimes tel Marc. Assis à quelques mètres, il formait avec ses anciens compagnons d'escadrille l'un des groupes les plus animés.

Il n'avait pas fallu longtemps pour que se renouent les liens entre ces hommes qui, quatre années durant, avaient affronté le danger et la mort. Pour avoir, aux commandes de son avion, sauvé quelques-uns d'entre eux, Marc faisait figure de héros... On voulait tout savoir de ses aventures passées et futures.

— J'embarque dans deux semaines pour l'Egypte, annonça-t-il à son ancien mécanicien. J'y resterai jusqu'à la fin de l'année.

— Et ensuite ?

— Je suivrai la Croisière noire.

Les yeux du garçon brillèrent d'intérêt. Que n'aurait-il donné pour participer à ce raid en autochenille qu'André Citroën avait résolu de lancer à travers l'Afrique !

Après une partie de croquet, Judith décida de se baigner.

Vêtue d'un costume de bain bleu marine, les cheveux protégés par un bonnet en caoutchouc, elle sauta dans la rivière et, en brasse coulée, gagna la rive opposée.

— Les voilà retombés en enfance, constata Irina qui, assise dans une barque, assistait à un étonnant spectacle.

Sous la houlette de Georges, c'était à qui accomplirait le plus parfait ou le plus burlesque des plongeons. Sauts de l'ange, planés, galipettes en avant ou en arrière se succédaient à un rythme serré, accompagnés d'acclamations enthousiastes. Puis la compétition dégénéra : quelques jeunes femmes, dont Vicky, furent poursuivies pour être jetées à l'eau.

— Arrêtez, suppliait celle-ci, entre deux éclats de rire.

Eric prit Judith au dépourvu lorsqu'il l'attira contre lui. Elle ne l'avait vu ni plonger ni venir à sa rencontre. Alors qu'elle tentait de lui échapper, il s'acharna à la retenir, heureux de donner un tour équivoque à ce qui n'aurait pu être qu'un jeu.

— Lâche-moi, lui répétait-elle alors qu'il lui serrait la taille.

Ce fut Alexis qui, en lui tendant une rame de son canoë, vola à son secours. Epuisée, elle se laissa tomber dans l'embarcation sous peine de la faire chavirer.

Loin du tournoi nautique, Florence prenait quelques instants de repos en compagnie de Marc.

— Comment se déroule votre séjour chez Judith Fontange ? lui demanda-t-elle sur un ton qu'elle essaya de rendre neutre.

— Je sais que ma décision d'habiter chez elle vous a heurtée, mais je n'ai aucune raison de tourner le dos à cette femme.

— Même si elle m'a causé du tort ?

— Même si elle vous a causé du tort.

A mesure qu'il parlait, Florence se sentait envahie par une jalousie qui n'était pas dictée par l'amitié, mais par un sentiment si violent qu'il mettait le feu à ses joues. Comment n'avait-elle pas compris plus tôt qu'elle aimait cet homme ? Etait-il normal qu'elle eût de moins en moins bien supporté ses absences et compté les jours la séparant de ses retours ? Et ces souvenirs communs qui prenaient le pas sur ses préoccupations quotidiennes, que devait-elle en penser ? Aucune vague de bonheur n'accompagna cette découverte. Comment oublier qu'elle n'était pas libre, comment oublier la qualité des rapports entre Eric et Marc ? Comment oublier que leur ami redoutait les attachements ? Des passades, c'était tout ce qui l'intéressait. Judith, telle qu'elle l'imaginait, s'apparentait à ce programme.

— Sa maison est-elle jolie ? reprit-elle avec une curiosité malsaine.

— Jolie et chaleureuse, répondit Marc.

Geneviève et Irina étaient prêtes lorsque Judith les rejoignit dans la lingerie du moulin où une jeune cameriste donnait un dernier coup de fer aux plis rebelles. Geneviève portait une robe de mousseline vert d'eau, taillée dans le biais et rebrodée d'arabesques d'argent de chez Madeleine Vionnet. Quant à Irina, elle s'était confectionné une tunique d'inspiration byzantine dont le tissu mordoré mettait en valeur les reflets acajou de sa chevelure.

— Vous allez faire des ravages ! s'exclama Judith.

Avec tendresse et amusement, elle contemplait le changement qu'avait produit la venue d'Alexis dans la vie de Geneviève. « Rien de tel qu'un amour partagé pour retrouver son adolescence », se disait-elle face au comportement joyeux auquel son amie ne l'avait jusqu'à présent pas habituée. Elle en arrivait parfois à l'envier lorsqu'elle l'entendait vocaliser, rire de tout et de rien, évoquer pendant des heures ce qu'aimait ou aimerait son amant.

42

Il faisait nuit lorsqu'ils arrivèrent en haut du coteau, mais de nombreuses torchères illuminaient allées et pelouses. Disséminées dans le parc, des surprises attendaient les invités. Sous un kiosque de verdure, un orchestre jouait des valses légères. Plus loin, des buvettes aux thèmes différents offraient le dépaysement. Mais le clou était bel et bien les terrasses qu'Antoine et Georges avaient transformées en palais de cristal, grâce à des jeux de miroirs, des perles translucides, des fontaines irisées et de lourds candélabres.

Un couple ayant accaparé Marc, Judith se dirigea vers le buffet et non sans déplaisir sentit que son passage déclenchait curiosité et intérêt. Participer à de nombreuses mondanités avait rendu son visage familier. On commençait même à murmurer son nom dans les salons les plus courus. « Vous en êtes aux balbutiements de la notoriété, lui répétait Max de Loubet. Dans la profession que vous avez choisi d'exercer, vous ne devez rien négliger qui puisse vous rendre célèbre. Votre talent comptera, bien sûr, mais l'image que vous donnerez de vous-même aura son importance. Regardez Coco Chanel ! »

Les terrasses furent bientôt délaissées au profit de la serre. Au milieu de palmiers, bambous, ravenalas et autres étrangetés, on allait servir un souper composé de mets exotiques. Là encore, époque et lieu n'existaient que par les toilettes des femmes, ces robes aux décolletés vertigineux que soulignait l'inévitable sautoir. Indigo, mandarine, soleil, pistache, la couleur triomphait, exaltée par les voiles, les ottomans, les taffetas ou les soieries. Sylvia Baschet, qui accomplissait sa première grande sortie depuis le scandale Simoneau, avait soigné sa mise. Sur un ensemble d'organza, elle avait fixé une fleur en diamants dont la tige, rendue mobile par un savant mécanisme, épousait ses mouvements. L'épreuve que la belle madame Baschet avait subie semblait ne l'avoir guère assagie. S'efforçait-elle d'oublier une aventure qui avait failli lui coûter son mariage et le peu qui lui restait de réputation, ou bien l'avait-elle réellement oubliée après l'avoir reléguée dans le tiroir des incidents fâcheux ?

— A quoi pensiez-vous, Judith ? interrogea Alexis qui l'observait.

— A la relativité des choses.

— Voilà un sujet bien sérieux pour un jour de fête !

— C'est dans ce genre de circonstances que l'on comprend que rien n'a de véritable importance.

— Pas même les sentiments ?

— Ce serait peut-être eux les plus fluctuants. Qui ne piétine ce qu'il a adoré ? Ne m'avez-vous pas avoué ne plus supporter vos anciennes femmes ?

— Elles ont tout fait pour cela !

— Peu importe ! Le résultat est là !

— En rencontrant Geneviève, j'ai gagné au change.

Sur un ton voilé, il ajouta :

— A cinquante ans, je vais pour la première fois me sentir malheureux de quitter quelqu'un.

— Quand partez-vous ?

— Dans une quinzaine de jours... Pour au moins six mois. Elle m'a promis de me rejoindre aux alentours de Noël. Pourquoi ne l'accompagneriez-vous pas au Caire ?

— Vous n'y pensez pas ! J'aurai à peine ouvert mon magasin.

— Vous avez un directeur !

— Bien sûr... Mais...

— Je n'accepterai aucune de vos excuses. Pour créer, il est nécessaire de s'ouvrir à d'autres univers, d'autres civilisations. J'arriverai à vous décider, même si je dois appeler Marc à la rescousse.

— Marc ? Pourquoi ?

— Il va lui aussi s'installer en Egypte pour la saison.

En assimilant la nouvelle, Judith imaginait à quoi ressemblerait un séjour dans un pays qu'elle rêvait de connaître depuis son enfance. Projetée dans les ruelles du vieux Caire, elle écouterait Marc lui raconter les légendes de cette terre où n'existait pas de frontière entre les dieux et les hommes, la vie et la mort... Sauraient-ils, éloignés de toute interférence ou contingence, se rapprocher, se comprendre et s'aimer ?

Les plus jeunes invités avaient pris d'assaut la piste, et les regarder évoluer sur des damiers transparents, voir leurs silhouettes se répéter à l'infini dans les miroirs provoquait le vertige. Sensation qui s'accentuait lorsqu'on était à son tour pris dans le tourbillon. Pour être passée de bras en bras, Judith avait perdu contact avec la réalité ; obéissant aux ordres de ses cavaliers, elle se laissait envahir par cette musique qui lui donnait des ailes et exécutait des figures de plus en plus compliquées. En l'entraînant dans un shimmy endiablé, Georges réussit à lui faire perdre le souffle. Hors d'haleine, elle essaya de trouver une chaise, mais elles étaient déjà toutes occupées par des mères qui suivaient des yeux les premiers pas dans le monde de leur progéniture et comptaient les beaux partis. Parmi celles-ci, Judith reconnut quelques châtelaines des environs, la marquise de Laubardière, connue pour posséder l'une des plus belles chasses à courre de la forêt de Loches, la comtesse de Castillou qui, depuis le décès de son époux, dirigeait avec une poigne de fer la papeterie familiale. Emperlées et vêtues des atours qu'elles avaient sortis de la naphtaline, elles se consolaient de ne plus danser en grignotant des petits-fours et en dénigrant une époque dont le romantisme avait disparu. Il n'y avait qu'à voir le comportement de toutes « ces malheureuses » qui venaient de la capitale, leur liberté de langage et de mœurs, pour comprendre qu'il n'était plus nécessaire de les courtiser puisque c'étaient elles qui faisaient les avances. Aguicheuses, flirteuses, allumeuses, elles n'avaient aucun scrupule à afficher leurs préférences. Les plus virulentes étaient les créatures qui avaient participé à la décoration de la maison, et parmi celles-ci une blonde habillée de pantalons bouffants et armée d'un fume-cigarette long comme un périscope dont l'attitude envers Eric Fournier était proprement scandaleuse. Il s'agissait de Vicky, qui depuis des mois s'était juré d'obtenir l'attention de cet homme, distant mais si séduisant.

Que Judith eût été sa maîtresse rendait plus précieuse sa capture. Grâce à de nombreux cocktails, elle aurait sans doute dépassé les bornes de la plus élémentaire éducation si Antoine ne l'avait poussée vers le vestiaire pour qu'elle y retrouvât, à l'aide de compresses glacées, un soupçon d'entendement.

Afin de ménager la forme de chacun, le jazz-band avait entamé des airs plus lents, plus langoureux. A la trompette répondait la voix rauque et empreinte de nostalgie d'un Noir dont la silhouette gracile rappelait celle d'un adolescent.

Judith allait accepter l'invitation d'un juriste qui ne l'avait pas quittée depuis qu'Alexis le lui avait présenté, quand Marc s'interposa.

— Excusez-moi, déclara-t-il à l'importun. Cette danse m'a été promise.

En l'attirant contre lui, il murmura :

— Vous me faites faire là ce que je n'ai pas pratiqué depuis des années.

Judith tenta de maîtriser son émoi. Sans doute perçut-il son effort pour cacher son tremblement. Dans un geste d'apaisement il ramena, serrée dans la sienne, sa main vers son épaule.

— Ne craignez rien, lui souffla-t-il à l'oreille. J'ai beau ne pas m'être exercé ces derniers temps, je ne vous couvrirai pas de ridicule.

Emportée par le plaisir d'être guidée, elle finit par oublier sa timidité. C'était si simple de ne plus penser qu'à eux deux. Lorsque la chanson fut finie, il ne lui rendit pas tout de suite sa liberté. Rêva-t-elle, ou déposa-t-il sur sa tempe un baiser ?

En conversant avec Max de Loubet, Florence avait aperçu le geste de tendresse que Marc avait eu pour Judith. Bouleversée par cette découverte, elle eut du mal à se concentrer sur son rôle d'hôtesse. L'idée qu'il ignorât les sentiments qu'elle lui vouait lui devenant insupportable, il s'avérait urgent qu'elle les lui révélât. Quand ? Comment ? A la première occasion qui se présenterait...

Marc mit un moment à la rejoindre.

— M'accorderez-vous ce tango, Florence ?

— Je préférerais faire quelques pas dans le jardin.

A en juger par les chuchotements et les rires étouffés qui provenaient des buissons, certains invités n'étaient pas en peine d'occupations. Plus Florence avançait dans les allées, plus elle perdait de son assurance. Sous leurs pas, le gravier crissait... Puis elle n'entendit plus rien que les battements désordonnés de son cœur et une voix, la sienne, qui disait :

— Vous allez bientôt repartir, Marc... et...

S'enhardissant, elle ajouta :

— Vos absences me sont de plus en plus difficiles à supporter.

— Regardez ! s'exclama-t-il en désignant du doigt le ponton éclairé. Ils sont en train de prendre un bain de minuit.

— Que voulez-vous que cela me fasse ! Je vous parle de choses importantes et vous me répondez par des futilités.

— Je n'ai pas envie d'entendre des mots que vous regretterez tôt ou tard...

— Je ne les regretterai pas ! Sauf si vous me jurez que je vous suis indifférente.

Il y eut un silence avant qu'il ne répliquât sur un ton volontairement neutre :

— Vous ne m'êtes pas indifférente... Vous êtes ma meilleure amie.

— Cela ne me suffit plus !

Pourquoi ces mots qu'il avait longtemps rêvé d'entendre lui provoquaient-ils un tel malaise ? Comme le Soleil et la Lune, l'océan et la terre, ils étaient destinés à s'attirer, se croiser ou se rencontrer, mais pas à s'unir... sous peine de se détruire. Il tenta de le lui expliquer, mais repliée sur ce qu'elle croyait être de l'amour, elle ne voulut rien entendre. Alors, il devint cassant.

— Que cherchez-vous ? Une aventure qui vous sorte de la crise que traverse votre mariage ?

— Si ce n'était que cela, je choisirais une conquête plus facile.

Que répondre qui ne la blessât ou n'altérât leur relation ? Lui-même était malmené dans ses sentiments. Malgré la persuasion qu'il mettait à la convaincre et à se convaincre de ne pas tomber dans un piège, il subissait la présence de celle qu'il aurait peut-être eu la faiblesse d'épouser s'il avait été plus jeune et si elle avait été libre d'attachement.

— C'est vous que j'aime, était-elle en train de murmurer en encerclant son cou de ses bras. Je m'en veux de ne pas l'avoir su plus tôt.

— Cela n'aurait rien changé.

— Je ne serais pas devenue la femme d'Eric.

— A l'époque vous ne juriez que par lui, déclara-t-il sur un ton de reproche qu'il regretta aussitôt.

— C'est vrai, mais je ne connaissais rien de la vie et encore moins de moi-même. Maintenant... je sais.

Haussée sur la pointe des pieds, elle tenta de l'embrasser. Comment trouva-t-il la force de la repousser ?

— Pourquoi refusez-vous de moi ce que vous acceptez des autres ? Ne suis-je pas à votre goût ?

— Cette discussion n'a que trop duré... Je vous supplie pour tout ce que nous avons connu et partagé ensemble d'en rester là.

— Seulement si vous me jurez que je n'aurai jamais rien à attendre de vous.

— Je vous le jure.

— C'est parce que je suis mariée à votre meilleur ami ?

— Entre autres.

— Et si je me rendais libre ?

Un groupe de jeunes garçons et filles, tenant à la main des flambeaux, s'avança dans l'allée. Ils étaient les premiers de la longue file d'invités qui se dirigeait vers un rond-point afin d'assister au feu d'artifice.

— On doit vous chercher, rappela Marc en reculant de quelques pas.

— Vous avez raison...

Il demeura un long moment seul. Florence tout à coup disponible, aimante... Le poison circulait dans ses veines. Pourquoi rejeter ce que cette femme qu'il avait adorée lui offrait ? La crainte de la décevoir ? Celle de détruire une relation qui avait reposé sur l'impossibilité et le respect ?

Des gerbes multicolores éclatèrent au-dessus de sa tête, accompagnées de vivats. L'abus d'alcool avait obligé certains convives à s'étendre sur le gazon. Au milieu des voix empâtées, Marc reconnut celle du moniteur qui lui avait appris à piloter, mais il préféra poursuivre son chemin. Sans renier les souvenirs, il ne tentait pas de les cultiver.

Les avoir écrits l'avait aidé à les exorciser. Autour de lui, on s'extasiait sur les feux de Bengale allumés le long de la rivière. Il passa sans la voir devant Judith qui contemplait le F qu'avaient tracé les serpenteaux dans le ciel. Fier, insolent, il zébrait la nuit de rouge et de vert !

43

Le salon était désert lorsque Judith y entra, chargée du bouquet de dahlias qu'elle venait de cueillir dans le jardin. Après l'agitation de la nuit, elle appréciait sa solitude. L'ouverture de la porte-fenêtre la fit se retourner. Marc, les cheveux en bataille et le smoking défraîchi, rentrait.

— Accordez-moi dix minutes et je vous donnerai mon avis sur les débits d'alcool de Cormery.

Rasé, peigné et vêtu d'un costume de toile écrue, il revint s'asseoir devant le café que Judith avait entre-temps préparé.

— Je n'arrive pas à croire que vous n'ayez pris aucun repos, remarqua-t-elle en le dévisageant. Vous semblez à peine fatigué !

— C'est pourtant la vérité. Avec un ami que je n'avais pas revu depuis Shanghai, nous avons quitté les Fournier aux alentours de cinq heures… Et nous avons marché..

— Marché !

— Mais oui.

Il aima le rire avec lequel elle accueillit cette nouvelle.

— Nous avons longé la rivière, traversé un bois pour arriver au village à l'heure de la messe basse... et de l'ouverture du bar-tabac.

— Entre les deux, vous avez peu hésité !

— Vos flèches ne me touchent pas, répliqua-t-il amusé.

La sentant attentive, il évoqua son compagnon de promenade.

— C'est curieux. Son passé et le mien se ressemblent. Comme moi, il a été élevé loin de sa famille et comme moi, il a coupé avec ses racines.

A mesure que se livrait Marc, Judith n'éprouvait aucune difficulté à l'imaginer quand, pensionnaire solitaire et révolté, il luttait pour se faire une place au milieu de ceux qui ne voulaient pas admettre sa personnalité. Ecrivait-il déjà pour oublier les dimanches privés de toute visite et les rixes dans la cour de récréation où il était trop souvent obligé de se défendre contre les sarcasmes que lui attiraient ses succès scolaires ?

— L'envie d'apprendre nous a lui et moi sauvés de la sensation d'être des laissés-pour-compte...

Il s'interrompit, pour reprendre :

— Mes plus beaux souvenirs sont liés à ces nuits durant lesquelles je lisais les volumes que me procurait un voisin de dortoir dont le père était libraire.

— Vous songiez déjà à écrire ?

— Non. C'est seulement après avoir rencontré d'autres personnes, côtoyé d'autres milieux, que j'ai commencé à vouloir témoigner de mon époque.

— Votre premier roman est pourtant très intimiste...

— Il l'était, en effet, mais les histoires que l'on raconte, même si elles vous touchent de près, souvent vous dépassent.

L'arrivée d'Alexis l'empêcha de se dévoiler davantage.

— Je pensais m'en tirer à meilleur compte, se plaignit celui-ci. J'ai une migraine de tous les diables.

— Sans vouloir vous affoler, nous devrions être déjà chez les Fournier, le rappela à l'ordre Judith.

— Ces gens veulent notre mort. Moi qui aurais tant voulu somnoler sur une chaise longue...

— C'est peine perdue, l'interrompit Marc. Au fait, j'allais oublier de t'en parler... Nous avons la possibilité de rentrer ce soir à Paris dans l'automobile d'un ami. Cette proposition t'intéresse-t-elle ?

— Dans mon état, je préférerais prendre un train demain matin.

Au milieu de l'après-midi fut annoncé le jeu de piste qui se disputerait par couples. Le départ fut donné de la plus haute des terrasses où, sous un dais de toile blanche, était abrité le buffet. Dans un rafraîchissoir de cristal trônait, à demi recouvert de glace pilée, le nabuchodonosor de champagne qui serait débouché lorsqu'on aurait découvert le trésor : une broche pour la gagnante et un étui à cigarettes pour son partenaire, les deux cadeaux offerts par une joaillerie qui cherchait à se faire de la réclame.

Les équipes se formèrent et Judith fut frappée du sérieux avec lequel on écouta les renseignements prodigués par les maîtres de maison. Elle ne savait avec qui s'associer lorsque Marc lui proposa sa compagnie.

Munis de feuilles de papier et de crayons, les participants se dispersèrent à travers le parc. Les fausses pistes ne rendaient pas le périple facile et le terrain accidenté, non plus. A un carrefour, Judith et Marc hésitèrent. Devaient-ils poursuivre leur chemin jusqu'au potager ou bifurquer vers le sous-bois ? Elle opta pour la première solution et, contournant des buissons, enjambant des ruisseaux, ils descendirent le coteau. Des concurrents, qui les avaient précédés dans leur quête, revenaient sur leurs pas.

— C'est plein de ronces, se plaignit une jeune femme.

— Voulez-vous continuer ? demanda Marc à Judith.

D'un hochement de tête, elle acquiesça. Que n'aurait-elle pas affronté pour prolonger leur tête-à-tête ?

— Allons jusqu'à la cave Salmon, déclara-t-elle. Nous y découvrirons peut-être un message.

Marc passa le premier afin de débroussailler la piste. Au fur et à mesure qu'ils progressaient dans le bois, les appels et les exclamations de surprise ou de déception de leurs concurrents s'effaçaient pour céder la place au murmure de la brise dans les feuillages.

— C'est par là, indiqua Judith alors qu'ils passaient devant une chapelle désaffectée.

— Vous semblez bien connaître l'endroit !

— J'y ai souvent joué lorsque j'étais plus jeune.

La cave Salmon apparut enfin, à demi masquée par les fougères. A première vue, c'était une grotte semblable à celles qui s'échelonnaient le long de la colline.

— Sa source est tarie, remarqua Judith.

Elle s'approcha et trouva une flèche tracée sur la roche.

— Telle qu'elle se présente, elle nous dit de continuer notre chemin.

— On dirait un départ de souterrain ! s'exclama Marc en découvrant le boyau qui s'enfonçait dans le roc.

— C'est un souterrain ! La légende raconte qu'il rejoignait un dédale de passages situés sous la ville de Montbazon. Il a été muré pendant la Révolution.

— Vous l'avez déjà emprunté ?

— Non.

— Alors, c'est le moment !

— Nous n'avons pas de torche !

— Mon briquet fera l'affaire.

Comment avouer sa claustrophobie, alors qu'il l'entraînait dans ce goulet dont elle redoutait l'obscurité et les éventuels occupants ? Avec n'importe quelle autre personne, elle aurait opposé un refus. Il n'y eut bientôt plus pour lumière que la flamme du briquet. Judith calculait la longueur du parcours à effectuer quand le passage se resserra. Alors qu'elle se courbait pour avancer, une douleur traversa son pied et lui arracha un petit cri.

— Que se passe-t-il ? s'inquiéta Marc.

— C'est mon pied... Il a dû heurter quelque chose... Un caillou.

Il se penchait et, à la lueur de la flamme, découvrit qu'un filet de sang s'écoulait de la blessure.

— Sortons de là.

Ils faisaient demi-tour, quand du verre crissa sous leurs pas.

— Un tesson de bouteille...

Cette découverte rassura Judith qui avait craint la morsure d'une vipère.

A l'air libre, Marc l'obligea à s'asseoir dans l'herbe puis, prenant son pied entre ses mains, il ôta la chaussure.

— Enlevez ce bas, ordonna-t-il sur un ton sans réplique.

Elle obéit en essayant de cacher sa gêne.

— Je vous fais mal ? demanda-t-il pendant qu'il examinait la plaie.

Douleur ou plaisir, elle ne savait plus ce qu'elle éprouvait. A même sa peau, elle sentait les doigts de Marc. Cet effleurement mêlé à la situation dans laquelle ils se trouvaient, lui penché sur sa jambe nue, elle abandonnée, exacerbait son imagination.

— Le sang s'est arrêté de couler... Vous pouvez vous lever.

A peine eut-elle posé son pied par terre qu'un vertige la fit vaciller.

— Ce n'est rien...

— C'est vrai ? insista-t-il en la retenant contre lui.

Troublée, elle ne répondit pas. Ses lèvres contre sa tempe, il murmura :

— Ne pensez pas que je vous fuis. J'ai seulement besoin de temps. Vous êtes entrée si rapidement dans mon existence...

Ce fut avec un vrai sourire qu'elle l'exhorta à poursuivre leurs investigations.

— Il n'en est pas question, répliqua-t-il en la voyant boiter.

Sans écouter sa réponse, il passa son bras autour de sa taille et en la soutenant lui fit rebrousser chemin.

Sous la roseraie, ils rejoignirent des concurrents, dont Irina et Antoine.

— Je ne comprends rien, s'étonnait celui-ci. Tous les messages nous renvoient à notre point de départ.

— N'essayons pas de comprendre et suivons les directives, rétorqua sa coéquipière qui ne songeait qu'à se désaltérer avec un jus de fruits.

D'autres semblaient désorientés par la lecture du feuillet que leur avait tendu un organisateur et dans lequel il était question d'abondance et de cristaux de glace... Cristaux de glace ! Une idée traversa l'esprit de Judith. Avec rapidité, elle se dirigea vers le buffet et le rafraîchissoir où son œil exercé décela, disposée sur les glaçons qui masquaient le nabuchodonosor de champagne, la fameuse broche. Son regard erra sur la nappe. Entre les plateaux, l'étui à cigarettes était présent. Irina, qui buvait, n'avait rien remarqué. Judith s'approcha d'elle, et avec discrétion, lui donna les renseignements.

— Je ne peux ni ne veux porter les bijoux de la concurrence, expliqua-t-elle pour répondre à la mine étonnée de son amie. Alors, prends-les...

Quelques instants plus tard, Irina brandissait ses trophées. Le champagne fut débouché et, souriants, Eric et Florence burent à sa victoire.

44

Judith avait écrit plusieurs lettres à Raphaël pendant l'été. Chacune avait obtenu en réponse une brève missive. Il était occupé par la rédaction de son texte sur la symbolique des pierres précieuses.

Le soir de son retour à Paris, Rachel lui téléphona pour lui annoncer que son frère se trouvait depuis la veille dans un état désespéré.

— Où est-il ? demanda Judith, la gorge serrée.

— Chez lui... Il n'a pas voulu qu'on le transporte à l'hôpital.

— J'arrive !

Une vieille dame, qu'elle reconnut comme la cousine des Stern, lui ouvrit la porte.

— Que s'est-il passé ? murmura Judith en la suivant dans le bureau.

— Il n'avait pas recouvré ses forces depuis sa pneumonie.

— Je trouvais même qu'il avait de la difficulté à se déplacer, se souvint Judith.

— C'est de cette difficulté que le mal est venu ! En perdant l'équilibre, il a heurté l'angle d'un meuble et s'est blessé à la cuisse. Au début, il a pensé que ce n'était pas grave… Lorsque la plaie a pris un vilain aspect, il en a parlé à Rachel. Elle lui a proposé de la suivre chez moi à Saint-Cloud où elle avait projeté de passer le mois d'août, mais il a refusé.

— Enfin, je ne comprends pas… Une égratignure à la jambe n'a jamais…

— Il avait une mauvaise circulation et des caillots ont peu à peu gagné les poumons. Il ne peut plus respirer, précisa-t-elle les larmes aux yeux.

Combien de minutes s'écoulèrent-elles avant que Rachel sortît de la chambre du malade ? Attendre dans ce cadre où s'étaient déroulés tant de précieux échanges bouleversait Judith.

— Il vous a réclamée, murmura la sœur de Raphaël en l'embrassant.

— Sait-il que je suis là ?

— Depuis ce matin, il n'a plus sa conscience.

— Plus sa conscience !

— C'est mieux ainsi… Il souffrait trop.

Rachel ajouta :

— Souhaitez-vous le voir ?

— Oui… Oui… bien sûr.

Judith fut frappée par la fraîcheur qui régnait dans la pièce.

— Lors de son dernier sursaut de lucidité, il nous a fait promettre de ne pas fermer la fenêtre, expliqua Rachel. L'air, c'était son idée fixe !

Judith s'approcha du lit où Raphaël, soutenu par de gros oreillers, ses draps rejetés sur le côté, tentait de respirer. Son visage était pâle, couvert de sueur. A l'homme qu'elle avait connu, aimé, s'était substitué un être ravagé par la souffrance et cette mort qui se faisait cruellement attendre. Avec respect et douceur, elle s'empara de sa main et la garda entre les siennes. Etait-il capable de percevoir sa présence et cette énergie qu'elle tentait de lui communiquer ? De toutes ses forces, elle voulait s'en convaincre. En le voyant se débattre contre l'étau qui enserrait sa poitrine, elle se demandait ce qu'il avait à expier pour connaître une telle agonie. Payait-il d'avoir voulu pénétrer la Connaissance ? Et que restait-il d'autre à souhaiter sinon l'arrêt de cette torture et de ces halètements qui lui déchiraient le cœur ?

Toute la nuit, elle demeura assise à son chevet. Si, au cours de la première heure, elle eut à lutter contre l'effroi provoqué par la mort, le souvenir du *Requiem* de Mozart parvint à lui faire oublier les notions de ténèbres et de châtiment dans lesquelles l'avait enfermée le catéchisme de son enfance. Indifférente aux entrées et sorties, prières ou chuchotements de la famille venue assister le mourant, elle dialoguait en silence avec celui qui, le premier, lui avait enseigné réflexion, patience, humilité et foi dans la mission qu'elle avait choisi d'accomplir. A mesure que la nuit avançait, l'engourdissement la gagnait ; elle dut même s'endormir... Quelqu'un lui tapota l'épaule et lui offrit de prendre du repos dans le salon. Se redressant, elle refusa la proposition et, les yeux fixés sur la fenêtre, contempla le ciel qui se teintait de rose. Une journée de fin d'été commençait, semblable à beaucoup d'autres, cependant celle-ci resterait à jamais inscrite dans sa mémoire. A plusieurs reprises, Raphaël s'agita, cherchant à repousser des draps dont on l'avait débarrassé. Debout près de lui, Rachel essuyait la transpiration qui coulait le long de ses tempes.

— C'est fini, dit-elle lorsque son frère s'arrêta de respirer.

Une lampe fut allumée près du visage du défunt et en hébreu on récita la profession de foi en l'unité de Dieu. En retrait, Judith tentait d'assimiler la situation. Raphaël n'était plus... Le corps qu'elle avait devant les yeux avait perdu sa signification et pourtant aucun changement n'était perceptible ; on aurait même pu croire qu'il dormait.

Chez elle, la peine la submergea. Elle pleurait l'homme et son incomparable qualité, elle pleurait le passé, elle pleurait la solitude qu'allait connaître Rachel. Même si elle se garda de l'exprimer pendant la cérémonie qui accompagna la mise en terre de Raphaël, le chagrin persista, violent. En parler avec un proche l'aurait aidée à le surmonter, mais chacun avait ses soucis. Marc aurait peut-être su la comprendre, malheureusement il était parti... Elle venait de l'apprendre par Geneviève.

Après quelques semaines arriva, en édition originale, un exemplaire de son dernier roman. Sans l'ouvrir, elle le tint entre ses mains, prolongeant le plaisir de la découverte et de la communion qui allait s'établir entre ce qu'il avait voulu exorciser et ce qu'elle tâcherait de comprendre, malgré les artifices derrière lesquels il s'était caché. Elle aurait imaginé de multiples histoires, sauf celle qu'il avait choisi de relater et dans laquelle se déroulait la relation qu'il n'avait pu vivre avec sa mère. Grâce à cet acte d'amour, cette femme avait enfin quitté l'ombre pour continuer la vie qu'elle aurait connue si ses propres démons ne l'avaient anéantie. Dans la description, Marc n'avait laissé filtrer ni regrets ni reproches. Désir de corriger un rendez-vous manqué, besoin d'immortaliser celle qu'il avait à peine connue et dont il portait les gènes, Marc s'était davantage investi dans ce roman que dans le précédent. En dépit de son désarroi, Judith comprit qu'elle devait suivre cet exemple. Rien ne l'empêcherait de trouver un éditeur pour publier le traité que Raphaël avait tenu à terminer et que, sur les directives de son frère, Rachel lui avait confié. La trace de sa pensée, de son travail lui éviterait de connaître l'oubli dans lequel finissaient par glisser les disparus.

Grâce à son sens des réalités et à sa pondération, son directeur Gilbert Mansaud apporta à Judith un solide appui professionnel. Dégagée des soucis administratifs, elle put se consacrer à l'élaboration de joyaux. Au fur et à mesure qu'approchait le 12 octobre, date retenue pour l'inauguration, elle voyait son appréhension se transformer en énergie. Avoir engagé un personnel de haute qualité dont le chef d'atelier s'avérait le fleuron, découvrir montées et serties les pierres confiées à son cousin Darmon la rassurait sur ses chances d'être considérée comme une professionnelle. Dès qu'elle prit possession de ses locaux, elle éprouva de la joie. « C'est un lieu où l'on a envie de s'attarder », se disait-elle alors qu'elle préparait ses vitrines. Au rubis acheté à Raphaël et qu'elle s'était promis de ne jamais vendre, elle accorda la place d'honneur. Motif central d'un collier en nacre, il incarnait, par son rouge profond et velouté, la vie..

Le jour attendu et redouté arriva... Avant la venue de ses invités, Judith parcourut une dernière fois les salons. Il était nécessaire que celui ou celle qui franchirait sa porte ne se sentît pas jaugée et que peu à peu sa réserve s'envolât. Après avoir vérifié l'ordonnance des corbeilles de fleurs blanches dont s'étaient parés les lieux, elle rejoignit sa mère qui dans un bureau conversait avec Irène Chambrun. Elle allait s'asseoir auprès de celles-ci, lorsque la secrétaire lui annonça l'arrivée de Rachel Stern.

— Rachel ! Comme je vous remercie d'être venue, murmura Judith en embrassant la vieille demoiselle.

— Malgré mon deuil, je ne pouvais vous faire faux bond...

Quand elle découvrit, placé au centre des créations de Judith, le rubis dont pendant des années s'était enorgueillie la famille Stern, les larmes lui montèrent aux yeux. A sa mémoire affluaient les images d'un passé dont elle était maintenant l'unique gardienne. La pensée que par cette pierre Raphaël accompagnerait Judith dans sa trajectoire la rasséréna. Ce fut avec un vrai sourire qu'elle lui déclara :

— N'ayez crainte... Tout ira bien.

Paroles qui furent reprises par des proches à mesure que se déroulait la soirée. Il fallait avouer qu'avoir une aussi brillante assemblée tenait du prodige. Max de Loubet, Samuel Vanpraag ou Irène Chambrun, chacun s'était arrangé pour amener ses relations les plus influentes. Se mêlaient, accompagnés de leurs galants du moment, des comédiennes chevronnées, des nouveaux visages du cinématographe ainsi que des courtisanes et des femmes du monde. Par affinités, des groupes s'étaient formés et Judith se rendait compte que les discussions ne tournaient pas autour des mondanités passées et à venir mais sur son travail. La mine sérieuse, Samuel Vanpraag prodiguait à un Américain des explications quant à un bracelet.

— Occupez-vous de ce monsieur, dit-il en aparté à Judith. Il possède une importante joaillerie à New York. Si vous parveniez à l'intéresser, il pourrait vous représenter là-bas...

Jacques Nodier s'approcha de l'étranger pour le saluer.

— Quelle surprise, Bruce ! Je ne savais pas que vous étiez à Paris !...

— Mon vieil ami Vanpraag, sur lequel je suis tombé dans le hall du Régina, m'a convaincu que je ne pouvais retourner aux Etats-Unis sans avoir vu les créations de mademoiselle Fontange.

— Avis que je partage !

Nodier évoqua les années de collaboration qui l'avaient lié à Judith.

— Elle allie intuition et culture, audace et goût. Le travail ne lui fait pas peur... et elle a de la patience.

— Quel avocat ! s'exclama son interlocuteur.

Paroles qu'il répéta à leur hôtesse quand, après avoir regardé des colliers et des pendentifs où, sans fausse note, voisinaient les plus périlleuses combinaisons de pierres et de couleurs, il se dirigea vers la sortie. Prenant sa carte de visite, il la tendit à Judith en annonçant : « Je vous enverrai bientôt un courrier. »

Aux alentours de onze heures, Judith eut enfin le droit de s'asseoir.

— C'est gagné, assura Samuel avant de s'éclipser.

— Grâce à vous !

— Mais non, voyons... Je n'ai été que l'instrument de...

— Partez vite avant de me dire des énormités pour lesquelles je pourrais vous étrangler, l'interrompit-elle avec un rire léger. Et n'oubliez pas d'embrasser Esther de ma part.

Lorsqu'elle se trouva seule avec Geneviève et Anna, Judith ôta ses chaussures puis demanda à un maître d'hôtel de leur ouvrir une bouteille de champagne.

— A nous trois ! déclara-t-elle avant de vider d'un trait sa flûte. Et à nos débuts. Vous vous souvenez de...

Comme par magie, les épisodes de leur vie commune revinrent. Elles étaient redevenues trois petites provinciales qui attendaient tout de la capitale. Pour deux d'entre elles, le résultat s'avérait plus que satisfaisant. Quant à Anna, si elle avait réintégré le monde dont elle avait tenté de s'échapper, elle n'en semblait pas malheureuse. Son prochain mariage avec Christophe Delorme avait réussi à balayer ses désillusions et elle ne songeait plus qu'aux préparatifs. Sans écouter leur fatigue, elles devisèrent une bonne partie de la nuit, renouant avec les fous rires et cette complicité qui ne disparaîtrait pas. Judith se jugeait privilégiée de connaître de telles amitiés. Découverte qu'elle avoua quand elles passèrent en revue les noms apposés sur le livre d'or.

— Ils sont tous venus, observa Geneviève : Cécile, Louis, la famille Darmon et Sabine...

« Non, pas tous », songeait Judith en constatant l'absence des Fournier. De Florence, c'était naturel ; mais d'Eric, cela passait pour un désaveu et s'apparentait au dédain qu'il avait toujours montré envers la profession qu'elle exerçait. Elle n'en éprouvait ni déception ni chagrin, mais le soulagement qui accompagnait les affaires classées.

— Tu as oublié d'ouvrir les télégrammes de félicitations, remarqua Anna en s'emparant du plateau d'argent sur lequel était déposé un volumineux courrier.

— Je les lirai après une bonne nuit de sommeil, répondit Judith en étouffant un bâillement.

— Mais non ! Faisons-le tout de suite... C'est amusant !

Anna commença de dépouiller les missives.

— Celle-ci vient de loin... d'Egypte... Et elle est...

— Montre ! cria Judith en lui arrachant le papier des mains.

Ce qu'elle n'avait osé espérer s'étalait sous ses yeux. Quelques lignes signées de Marc. « *Du pays de la sérénité et de l'immortalité, je vous envoie mes fidèles pensées afin qu'elles vous accompagnent dans la voie que vous avez choisie et que j'admire.* »

— Comment a-t-il su la date ? balbutia-t-elle.

— Il me l'avait demandée avant de partir, révéla Geneviève.

— Et tu ne m'en as rien dit !

— Je ne voulais pas que tu sois malheureuse au cas où il l'aurait oubliée.

— Il ne l'a pas oubliée, répétait Judith avec un rire joyeux.

En regardant ses deux amies d'un air absent, elle ajouta :

— Vous ne pouvez pas comprendre...

45

Plié au fond de son sac à main, le télégramme de Marc accompagnait Judith partout où elle allait. Parfois, pour s'assurer qu'elle n'avait pas rêvé, elle le touchait du bout des doigts. Où était-il, que faisait-il, avec qui passait-il le temps qu'il ne pouvait lui consacrer ? Alors que le brouillard envahissait Paris, elle l'imaginait, brûlé par le soleil africain. Il portait des costumes de toile écrue pendant qu'elle s'enveloppait de lainages et quand elle allumait un feu dans la cheminée, il goûtait au plaisir de nager dans la Méditerranée. Ne rien connaître de ses déplacements et de ses projets laissait le champ libre aux supputations. Séjournait-il à Alexandrie, avait-il fait une escapade au Caire ou sur la mer Rouge ?

Le roman de Marc récoltant les louanges de la critique, les pages littéraires des journaux étaient devenues pour elle une lecture recherchée et appréciée. Souvent l'on regrettait que l'auteur fût absent de Paris.

— Il a raison de se protéger, déclara Irène Chambrun après avoir montré à Judith un article le concernant. Les mondanités sont destinées à ceux qui, moins doués que lui, ont besoin de se créer une image pour masquer leurs lacunes.

Jugement sévère mais que Judith n'était pas loin de partager... Même si elle était devenue, avec une étonnante rapidité, l'un des engouements du Tout-Paris.

Bourgeoises, actrices ou cocottes, elles venaient pour donner à transformer des bijoux dont elles s'étaient lassées ou pour choisir leur prochain cadeau de Noël. Satisfaire leurs exigences relevait du tour de force, mais Judith regorgeait d'idées.

Ayant résolu de faire des perles l'une de ses spécialités, elle consacrait beaucoup de temps à leur recherche et assemblage. Ces filles de la mer, ces gouttes de rosée, s'apparentaient par leur douceur et leur luminescence, à l'image qu'elle avait de la Femme. Paris étant l'un des principaux centres de leur commerce, elle n'aurait eu que l'embarras du choix pour s'approvisionner si le prix des perles fines n'avait été aussi élevé. Soucieuse de s'adapter à son temps, elle décida de ne les utiliser que pour les joyaux exceptionnels et de se tourner, quand il s'agissait d'un usage plus courant, vers les perles de culture qui commençaient d'entrer dans les mœurs. Pour Sylvia Baschet, elle en couvrit turbans, manchettes et ceintures, ainsi que les interminables fume-cigarette dont celle-ci ne se séparait jamais. Un nouvel amant de cœur avait succédé à Simoneau. Si son attachement se mesurait aux sommes qu'elle dépensait pour lui offrir montres et boutons de manchette, elle devait en être très éprise.

Loin de la perturber ou de la consumer, les sentiments que Judith éprouvait pour Marc stimulaient son énergie. Précipitant les événements, une nouvelle joua en sa faveur. Le 5 novembre 1922, Howard Carter s'était vu récompenser de sa persévérance et de son travail en découvrant dans la Vallée des Rois, qu'il fouillait depuis des années, un escalier menant à une tombe. Le 26 novembre, en présence de lord Carnarvon, commanditaire de la mission, il se trouvait, après ouverture de l'hypogée, face au trésor du roi Toutankhamon qui avait régné sur Thèbes de 1358 à 1350 avant J.-C. Que ce fût dans *L'Illustration*, *Le Figaro*, ou tout autre quotidien, il n'y eut plus de place que pour cette épopée qui reléguait dans l'ombre dommages de guerre, inflation galopante et soucis journaliers.

Plus que quiconque, Geneviève et Judith se sentaient concernées. Sachant qu'Alexis entretenait depuis longtemps des liens d'amitié avec l'archéologue, elles supposaient qu'il avait dû se rendre à Louxor. Une lettre confirma cette hypothèse.

— Il est là-bas avec Marc qui doit couvrir l'événement pour *Le Temps* et une revue américaine, expliquait au fur et à mesure qu'elle prenait connaissance du texte Geneviève à son amie. « *Nous avons en compagnie de quelques officiels pénétré dans la tombe*, poursuivit-elle à haute voix... *et ainsi foulé un sol sur lequel ne s'était aventuré aucun être humain depuis près de trois mille ans. Puis, nous sommes tombés sur une profusion de merveilles : trois lits funéraires brillant de tout leur or, des statues grandeur nature du pharaon, des coffres peints, des vases d'albâtre et des chars démontés. Les mots ne sont pas assez forts pour décrire notre exaltation.* »

Venaient des détails sur leur installation au Winter Palace.

— « *Marc ne suivra pas comme il l'avait prévu la Croisière noire mais restera ici pendant la saison afin de remplir ses obligations journalistiques. Pour ma part, je retournerai la semaine prochaine à Alexandrie et y attendrai ton arrivée. Nous passerons les fêtes de fin d'année au Caire, puis je t'emmènerai jusqu'ici. Dans de telles circonstances, Judith serait impardonnable de ne pas t'accompagner. C'est mon avis... ainsi que celui de notre ami.* »

— Tu es certaine qu'il a écrit cette phrase ? insista Judith.

Marc n'ayant pas pour habitude de s'adonner à des politesses excessives, cette proposition pouvait ressembler à un premier pas auquel elle ne songeait plus qu'à répondre.

— Quand pars-tu ? demanda-t-elle à Geneviève.

— Le 19 décembre. Je reviendrai fin janvier.

S'il était inenvisageable pour Judith de quitter son magasin aux abords de Noël, le début de l'année était propice aux déplacements.

— Vous pouvez compter sur moi, promit Gilbert Mansaud quand elle lui fit part de son projet.

Sans attendre, elle retint une cabine à bord d'un paquebot reliant Marseille à Alexandrie.

Pour la première fois, Judith allait fouler un autre continent que le sien. Entre les cheminées des navires ancrés dans la rade se détachait Alexandrie, ses minarets et ses immeubles à toits plats. Vision qui s'accompagnait du grouillement de vétustes embarcations dans lesquelles étaient entassés humains et denrées en tout genre. Si elle n'avait été repérée par le drogman chargé de la conduire jusqu'à la gare, elle aurait éprouvé une sensation de panique face à la nuée de chauffeurs, portefaix ou marchands ambulants qui l'assaillirent.

Dans une langue aux sons étranges entrecoupée de mots français, on lui proposait oranges, dattes ou pastèques. Voulait-elle se promener le long de la corniche, découvrir la ville et son musée gréco-romain ? L'horaire de son train lui interdisait toute velléité de promenade...

Jusqu'à son arrivée au Caire, elle se laissa absorber par le paysage qui, à travers la vitre du compartiment, défilait sous ses yeux et la plongeait au cœur d'un passé dont les contes et légendes avaient fait la narration. Villages de torchis, haleurs sur les canaux, ânons chargés de récoltes ou de ballots, enfants courant en essaims le long des chemins de pierre, rien n'avait changé depuis l'Antiquité.

— J'avais perdu la notion du temps, avoua-t-elle à Alexis et Geneviève, alors qu'ils se dirigeaient en automobile vers le Mena House.

— J'espère que la fatigue du voyage ne vous empêchera pas de nous accompagner ce soir chez l'un de mes amis, lui dit Alexis. Ses réceptions comptent parmi les plus animées et les plus raffinées de la ville. Même Marc a décidé de rentrer plus tôt de Jérusalem afin d'y participer.

— Marc... Je croyais qu'il devait rester à Louxor pour la saison, s'étonna Judith.

— L'actualité l'a obligé à changer ses plans. Il retournera en Haute-Egypte en même temps que nous...

Judith appuya sa tête contre le dossier de la banquette et ferma les yeux. Face à l'imminence de la rencontre, elle ne savait plus si elle éprouvait de l'appréhension ou un sentiment de délivrance. Etat dont rien ne vint à bout, ni la découverte d'un hôtel à l'inégalable charme ni sa confrontation avec les pyramides de Guizèh sur lesquelles ouvrait la fenêtre de sa chambre.

En assistant de son balcon au coucher du soleil, elle commença à se libérer de la tension accumulée ces derniers mois. Sentir sa peau frissonner sous l'air devenu frais, entendre le chant des oiseaux qui, pour accueillir le crépuscule, s'étaient regroupés par centaines dans les sycomores, percevoir le désert et à l'opposé la ville ranimait son énergie.

46

Il fallait traverser les vieux quartiers du Caire pour se rendre chez Geoffrey Wilton. Tandis que l'automobile se frayait un passage dans des ruelles semblables à des boyaux, Judith découvrit le quotidien d'une population qui vivait portes ouvertes. Ce labyrinthe était parfois entrecoupé de places, autour desquelles s'alignaient des cafés violemment éclairés. Indifférents au braillement des phonographes, aux cris des porteurs d'eau et aux animaux qui rôdaient, des hommes jouaient aux cartes. Assises à même la chaussée dans un enchevêtrement de cabas et de voiles, leurs femmes se reposaient de leurs tâches ménagères en conversant.

— Il n'est pas nécessaire de longtemps parcourir certains endroits pour les aimer, reconnut Geneviève qui appréciait ces scènes colorées.

— Dans un genre différent, ce que vous allez toutes les deux découvrir ne devrait pas vous déplaire, annonça Alexis.

Dès qu'ils eurent pénétré chez leur hôte, Judith donna raison à son ami. Qu'existait-il de plus surprenant que cet ancien harem accoté à une mosquée ?

— J'espère que cette première soirée en Egypte tiendra ses promesses, lui déclara en l'accueillant Geoffrey Wilton.

Avec ses cheveux savamment ébouriffés, ses mains chargées de bagues et ses gestes gracieux, il rejoignait Byron, Brummell et Disraeli au panthéon du dandysme.

— D'ici, les femmes pouvaient assister aux spectacles sans être vues, expliqua Alexis à ses compagnes alors qu'à travers un moucharabieh ils dominaient le patio où s'étaient regroupés des invités.

Un verre de vin à la main, Judith écoutait ces propos quand la voix de Marc la fit tressaillir.

— Bonsoir ! la salua-t-il sur un ton joyeux.

Sans lui laisser le temps de réagir, il l'entraîna vers un boudoir désert où ils s'assirent sur une banquette.

— Jamais personne ne m'a fait courir pareil marathon ! Louxor, Jérusalem, Le Caire, en sept jours. Avec la lenteur des trains, c'est un bel exploit, ne trouvez-vous pas ?

Il ajouta :

— Vous ne pensiez pas que j'allais vous laisser parcourir cette ville sans vous escorter !

Ces mots avaient été proférés avec tant de détermination qu'ils éclatèrent de rire.

— A présent, racontez-moi comment se sont passés vos quatre derniers mois, lui dit-il.

Alors qu'elle lui dévoilait les aventures heureuses ou bouleversantes qu'elle avait vécues loin de lui, Judith se demandait si elle n'allait pas s'éveiller avec dans la bouche le goût amer des rêves interrompus. Mais non ! Marc était là, attentif à ses paroles !

Quand ils retournèrent vers le patio, ils constatèrent que l'on avait sorti les narguilés. Au son d'une musique languissante, les esprits et les corps se relâchaient.

De ses périples aux Indes et en Extrême-Orient, Geoffrey Wilton avait rapporté armes blanches, céladons et jades. Il possédait de ravissants tableaux orientalistes qui, mêlés à des papyrus, ornaient les murs de petites pièces dans lesquelles s'étaient réfugiés des invités qui souhaitaient s'adonner avec une relative discrétion à l'opium et à la poudre blanche. Le sexe n'était pas oublié : grâce à ses alcôves, l'ancien harem offrait des retraites idéales pour vivre les tentations du moment. Il en filtrait des chuchotements, des soupirs et des rires qui, ajoutés à la chaleur et aux effluves des parfums, chargeaient l'atmosphère d'une sensualité à laquelle il était difficile de rester insensible. Pour Judith, sentir Marc à ses côtés rendait la situation encore plus ambiguë. La crainte de trahir son trouble l'empêcha de soutenir son regard lorsqu'il évoqua les trésors de l'Ancien Empire qu'il souhaitait lui faire découvrir au musée des Antiquités.

— J'ai deux reportages à boucler avant la fin de la semaine, mais je vais m'organiser pour ne travailler que le matin... Le reste de mes journées sera pour vous, promit-il.

Avoir à maintes reprises songé à Judith depuis qu'il l'avait quittée, l'avait renseigné sur la place qu'elle occupait dans son existence. Sans prêter attention aux renseignements que fournissait Alexis, qui les avait rejoints, sur la personnalité complexe de Geoffrey Wilton, il observait celle que le destin avait placée sur son chemin. Saurait-elle lui prouver que sans se détruire, s'anéantir, deux êtres, deux solitudes, pouvaient mutuellement s'entraîner vers une plus large conscience d'eux-mêmes et des autres ? Telle qu'il la voyait les traits marqués par l'émotion et la fatigue, il la jugeait belle et avait envie de le lui dire... tout comme il avait envie de la serrer contre lui et de connaître le goût de sa peau ainsi que... Pour lutter contre des images trop précises, il se pencha au-dessus d'un balcon et suivit des yeux une danseuse qui évoluait en ondulant du ventre et des hanches au milieu d'hommes et de femmes dont certains tentaient, avec brutalité, de l'asseoir sur leurs genoux. Tel un serpent, elle leur échappait pour poursuivre plus loin ses circonvolutions et narguer de ses yeux sombres ces étrangers qui avaient perdu de leur superbe. Lorsqu'il se retourna, Judith avait disparu. Il la retrouva dans un petit salon où elle découvrait les délices du café turc.

Elle allait tendre sa tasse à Alexis qui se vantait de savoir lire l'avenir dans le breuvage quand, voyant s'approcher Marc, elle se ravisa et déclara à la cantonade :

— Rien de mauvais ne pouvant m'arriver dans ce pays, je préfère laisser la place aux surprises.

Marc parlait avec un homme chargé d'appareils photographiques lorsqu'elle pénétra dans le vestibule du Shepheard's où il lui avait donné rendez-vous pour déjeuner.

— Avez-vous autant faim que moi ? s'informa-t-il dès qu'ils furent seuls.

A la demande de Judith, il décida de leur menu, puis il l'interrogea sur le déroulement de sa matinée.

— Je n'aime pas me précipiter au-devant des pays et encore moins de celui-ci. J'ai envie de me laisser prendre par son rythme, sa langueur. Quand je me suis éveillée, je suis restée dans mon lit à respirer l'odeur des plantes et des fleurs que l'on venait d'arroser et qui, par la fenêtre ouverte, emplissait ma chambre. J'étais bien, tout simplement bien... Comme en ce moment !

Le dos appuyé contre le dossier de sa chaise, elle poursuivit en soutenant son regard :

— Nous sommes ici, vous et moi, éloignés de nos racines, de nos préoccupations, dans un lieu auquel rien ne nous rattache hormis les instants privilégiés que nous sommes en train de partager. Le vin me permet d'oublier ma timidité. Les plats que vous avez choisis sont exquis...

Au musée, ils parcoururent les salles consacrées aux IIIe, IVe, V^e^ et VIe dynasties. Face à la sérénité émanant de statues qui avaient traversé des millénaires, Judith se sentait bouleversée. Pharaons, scribes ou anonymes, tous évoquaient le respect de cette existence qui leur avait été donnée et la conscience du rôle important que jouait l'humain dans un monde créé par une puissance divine qui pouvait devenir simple si on savait le comprendre. L'une d'entre elles, représentant un homme jeune et d'une grande beauté, les yeux levés vers la lumière dont il était issu et vers laquelle il retournerait, retint son attention.

— Il y a tant d'espoir et de certitude sur ce visage, murmura-t-elle.

— Il est animé de la croyance que si l'on pratique l'harmonie sur terre, on peut affronter sans crainte le tribunal de l'au-delà et devenir soi-même un Osiris, le dieu mort et ressuscité.

Tandis que Marc évoquait certaines analogies entre l'ancienne religion égyptienne et le christianisme, ils se dirigèrent vers des vitrines.

— La notion de grâce et d'esthétique n'existait pas dans l'art égyptien, la renseigna-t-il. Les artisans et non les artistes, je tiens à cette différenciation, n'œuvraient pas pour leur propre satisfaction mais pour être utiles. Ils travaillaient avec leur esprit et leurs mains, reproduisant ce que les dieux avaient créé. Seul comptait le réel. Regardez ces représentations de la famille, poursuivit-il en désignant un groupe de parents et d'enfants. Ne reflètent-elles pas l'idée d'une inaltérable union ? Et ces couples où la femme semble par son attitude être l'égale de l'homme, n'illustrent-ils pas ce qui devrait bientôt exister chez nous ?

Malgré la chaleur, ils décidèrent de flâner autour de la mosquée al-Azhar. Bousculés par des charrettes regorgeant de grenades, melons ou concombres, interpellés par des enfants déguenillés et morveux, ils s'enfoncèrent dans un dédale de venelles malpropres où s'étaient ouvertes des échoppes qui proposaient parfums, cuirs, babouches et harnachements de chameaux. En enjambant des rigoles d'eau croupissante, ils gagnèrent le bazar des orfèvres.

Marc emmena Judith vers des ateliers dans lesquels, penchés sur leur ouvrage, des hommes composaient avec virtuosité médaillons, pendentifs, croissants de lune, écrins de Coran ou colliers et bracelets inspirés de motifs pharaoniques. S'ils mettaient un point d'honneur à reproduire les joyaux du passé, Judith ne cherchait qu'à innover. Epuré, stylisé, le thème d'un pectoral devenait par le jeu de sa pensée celui d'un sac du soir, tout comme un scarabée pouvait fermer une ceinture.

Avec la tombée de la nuit, on avait allumé les lanternes. Stimulés par cet éclairage théâtral, devins et bonimenteurs arpentaient la chaussée sans se préoccuper du dérangement qu'ils causaient aux vieillards qui, installés sur leurs tapis de prière, attendaient l'appel du muezzin. Au grand ravissement de touristes égarés, on déchargeait de charrettes bancales, de landaus effondrés tissus, toile cirée, balais ou ustensiles de cuisine. Des femmes vêtues de noir soupesaient la marchandise, tandis que leurs rejetons se battaient dans la poussière.

Ils débouchaient sur une place où Marc pensait trouver un taxi, quand un jeune garçon estropié s'empara de la main de Judith et l'attira vers une masure, dans laquelle un homme au torse de lutteur finissait de tatouer l'œil magique sur l'épaule d'un client. La voyant suivre avec intérêt le ballet des aiguilles sur l'épiderme du patient, un petit guide lui proposa de subir la même opération. Judith s'approcha de Marc et murmura :

— Pourriez-vous lui expliquer que je voudrais, là...

Elle montra la saignée de son poignet :

— La tête de la déesse Bastet. N'oubliez pas de lui recommander qu'elle doit être toute petite...

Elle précisa :

— C'est le poinçon de mes bijoux.

Assise sur une chaise bancale, elle tendit son bras à l'inconnu qui allait y porter sa marque indélébile, acte dans lequel entrait une telle intimité que Marc en éprouva de la jalousie. Cherchait-elle à s'identifier, s'assimiler à ses créations ou, au contraire, en décidant d'en porter à son tour le sceau, s'immunisait-clle contre le pouvoir dévorant que celles-ci risquaient d'avoir un jour ou l'autre sur sa vie ? Sous les premières piqûres, les traits de Judith se crispèrent. A la voir enfin vulnérable, il ressentit un si violent désir de la posséder que s'il ne s'était retenu il l'aurait arrachée à celui qu'il considérait comme un rival. Quand au bout de minutes qui lui semblèrent des heures, elle se leva puis prit dans son sac son porte-monnaie, il ne bougea pas mais attendit qu'elle revînt vers lui. Alors, il l'entraîna vers le taxi le plus proche.

— Au Shepheard's, lança-t-il au chauffeur.

Il y eut une course dans la nuit durant laquelle aucun mot ne fut échangé, puis la traversée du vestibule de l'hôtel, un escalier suivi d'un interminable couloir et enfin, une chambre éclairée par la lueur d'un réverbère.

Plaquée contre la porte qui les isolait d'un monde dont ils ne voulaient plus rien savoir, Judith sentit s'approcher du sien le visage de Marc.

— Judith, murmura-t-il.

Elle entoura son cou de ses bras et, se faisant plus lourde contre lui, avoua :

— Je vous veux, Marc. Je vous veux depuis si longtemps...

Qu'aurait-elle encore balbutié s'il ne s'était emparé de sa bouche avec une violence qui lui ôta toute pensée cohérente. Rien d'autre n'existait que cette langue qui la fouillait, la chaleur dans son ventre et ces mains qui, en prenant leur temps, apprivoisaient son corps.

— Laisse-moi te respirer, lui disait-il en commençant de déboutonner sa robe.

Provocante, soumise, elle lui obéit, appréciant l'habileté avec laquelle il savait se jouer des tissus. Lorsqu'il écarta les derniers remparts de dentelle qui voilaient ses seins, elle perdit la tête et alla au-devant de son amant.

Troublé, Marc la contemplait, alors qu'entièrement nue elle s'offrait à son regard. Combien en avait-il fallu de pensionnaires de maisons closes, de filles de bar, de bourgeoises en mal d'aventure, combien en avait-il fallu de femmes de tous âges et de toutes origines pour parvenir à cet instant présent où n'existait plus, derrière l'excitation de conquérir, le mépris qu'il avait trop souvent ressenti pour ses propres faiblesses. Ebloui, il découvrait la peau fine et si pâle, la fossette qui creusait l'épaule, le grain de beauté sur la gorge et ce ventre où, dans un geste de possession et d'allégeance, il avait envie de poser la tête. La soulevant dans ses bras, il l'emporta vers le lit.

Lorsqu'ils reposèrent l'un près de l'autre, Marc s'étonna d'éprouver une telle paix. Ainsi, on pouvait ne pas avoir envie de fuir celle avec qui l'on venait de faire l'amour. Avec douceur, il repoussa des tempes de sa maîtresse les mèches de cheveux qui s'y étaient collées, puis il l'attira contre lui. A sa respiration plus lente, il comprit qu'elle s'était endormie et jusqu'à ce qu'elle sortît de sa torpeur, il ne bougea pas, attentif à la chaleur de son corps, à son odeur de jasmin et à ces mille riens qui déjà la lui rendaient précieuse.

— Nous avons manqué à tous nos devoirs, remarqua-t-il lorsqu'elle s'étira. Mon égyptologue doit me considérer comme un goujat... Quant à Alexis, il serait urgent de le prévenir que vous ne le rejoindrez pas... Je n'ai pas l'intention de vous laisser partir.

Avec un rire qu'elle aima, il ajouta :

— Comment pourriez-vous vous montrer avec ces cheveux défaits, cette bouche gonflée par les baisers que vous m'avez donnés...

— Que *je* vous ai donnés ? l'interrompit-elle, narquoise.

— Comment pourriez-vous vous montrer sans avouer ce que nous venons de vivre, reprit-il, imperturbable. Croyez-moi, vous n'êtes pas présentable.

— Que me proposez-vous ? demanda-t-elle, en se blottissant contre lui.

— De rester avec moi toute la nuit. Qu'attendez-vous pour me répondre oui ? Que je vous supplie ? murmura-t-il en posant pour la première fois ses lèvres sur le petit tatouage.

47

Judith et Marc partagèrent cinq jours et cinq nuits au Caire avant de prendre le train pour la Haute-Egypte.

— Les dieux veillent sur nous, aimait-il à répéter en soulignant la clarté du ciel, la température clémente et une foule de détails qui nimbaient de grâce des instants d'autant plus précieux qu'ils les savaient comptés.

D'un commun accord, ils avaient décidé de se passer de drogman afin de parcourir en toute tranquillité les artères d'une ville dont Marc connaissait les secrets.

Timidement, il avait commencé de lui offrir quelques présents. Verroteries, albâtres ou soieries, son choix se révélait toujours judicieux.

— Les bijoux me restent interdits, se lamentait-il. Que pourrais-je trouver qui soutienne une comparaison avec ceux que vous avez créés ?

Il vint à bout de cette frustration en trouvant, mêlé à un bric-à-brac de peignes et de flacons de patchouli, un superbe bracelet nubien. Profitant de l'intérêt que portait Judith au travail d'un émailleur, il l'acheta puis le glissa dans sa poche. Rien ne pressait..

Entre leurs escapades, Marc travaillait et Judith poursuivait en compagnie de Geneviève et d'Alexis sa découverte de l'Orient.

Avec son amie, elle s'était rendue aux bains publics. Dans une salle en rotonde, pavée de mosaïques aux tons adoucis par le temps, elle avait abandonné ses vêtements. Le corps ceint d'une serviette, elle s'était engagée dans une allée où la chaleur la fit vite transpirer, chaleur qui alla croissant jusqu'à la salle des ablutions où un jet d'eau brûlante dégageait une forte vapeur.

— Couchons-nous ici, proposa Geneviève en désignant deux draps dépliés à même une banquette de marbre.

Etourdie par les effluves des brûle-parfums, Judith posa sa tête sur un coussin puis s'abandonna à une douce torpeur. Lorsqu'une masseuse la pétrit, la frotta, l'étrilla puis l'aspergea de savon odorant, elle sentit s'évanouir la fatigue des derniers mois. Autour d'elle, des femmes, le ventre et les seins alourdis par les maternités, subissaient le même sort. Dans un brouillard de vapeur, elle les voyait humecter leurs cheveux d'essences capiteuses puis passer au henné leurs ongles de mains et de pieds.

— Je me sens si légère que je pourrais m'envoler, avoua-t-elle à Geneviève quand elles se rendirent dans le jardin du café Groppi afin d'y boire un moka. Depuis que je séjourne dans ce pays, j'ai l'impression de vivre une longue récréation.

— Moi aussi, répliqua Geneviève. Pour cette raison, j'appréhende mon retour à Paris. S'il n'y avait pas Rosemarie et l'existence équilibrée que je dois lui assurer, j'aurais abandonné la France.

En empilant des morceaux de sucre, elle avoua .

— Alexis m'a demandé de l'épouser.

— Et alors, on dirait que le monde s'écroule ! Tu n'en es pas heureuse ?

— Si, bien sûr... Mais c'est une décision difficile.

— Pourquoi ?

— Je ne sais pas si la petite acceptera cette idée.

— C'est à toi de te montrer déterminée.

Comme Geneviève ne répondait rien, Judith insista :

— Parlons plutôt de toi, as-tu vraiment envie de vivre avec lui ?

— Oui, je le pense.

— Alors, il n'y a pas lieu de t'inquiéter. Tout se fera naturellement.

Alors que leur train approchait de Louxor, Marc constata que Judith prêtait peu d'attention à ses propos.

— Vous ne m'écoutez pas.

— C'est vrai, admit-elle en souriant.

— A quoi pensiez-vous ?

— Pour rien au monde je ne vous le dirai. Vous en tireriez un trop grand avantage.

Elle ne pouvait lui avouer le plaisir qu'elle avait à le voir respirer, bouger, déambuler. Jamais elle n'avait rencontré un homme qui sache avec autant de séduction accomplir des faits et gestes aussi banals que de repousser une mèche de cheveux, fumer une cigarette ou relacer une chaussure.

Leur entrée en gare l'empêcha d'insister. Avec Alexis, Marc surveilla l'acheminement jusqu'aux véhicules de leurs malles et du matériel de fouilles que leur avait commandé un ami archéologue.

— Le Winter Palace, annonça Alexis, en désignant à ses compagnes de voyage l'hôtel à demi masqué par des palmiers et des tamaris.

La véritable surprise attendait Judith dans sa chambre. Le Nil à ses pieds... Et, se fondant dans le crépuscule, la chaîne libyenne.

— C'est là-bas que se trouvent les vallées des Rois et des Reines, lui apprit Marc quand il vint la chercher pour une promenade.

Après avoir longé la berge, ils parvinrent à un ponton qu'un rideau d'ajoncs isolait des regards. Captivés par la poésie du fleuve, ils contemplaient un bateau illuminé, lorsque Marc s'abandonna aux confidences :

— Je n'aurais pas pensé qu'il était possible de partager autant !

Puis il précisa :

— C'est la première fois que je prononce de tels mots...

Bouleversée par l'effort qu'il accomplissait pour combattre des années de solitude et de pudeur, elle l'écoutait murmurer.

— Je vous aime, Judith. Je vous aime avec mon âme, mon sang. Moi que les sentiments effrayaient, j'éprouve de la joie à me sentir vulnérable. Je voudrais tant vous insuffler ce que je porte en moi de confiance et d'espoir...

— Vous êtes un homme irrésistible, susurra-t-elle.

— Irrésistible ?

— Ne comptez pas sur moi pour vous donner des détails qui mettraient en péril votre modestie.

Durant la nuit, ils découvrirent ce que signifiait deviner, devancer, prendre, posséder, recevoir encore et encore... Exorcisant le passé et défiant l'avenir, ils s'abandonnaient à leur intuition et leur instinct. Pour Marc, Judith voulait être toutes les femmes qu'il avait connues ; pour elle, il voulait être celui qui demeurerait inscrit dans sa chair. Mêlant leurs souffles, ils allaient au-devant l'un de l'autre. Alors qu'elle gémissait sous les caresses, il apprenait ce qu'était faire l'amour avec amour... Incapables de trouver le sommeil, ils prolongèrent jusqu'à l'aube le plaisir de l'intimité partagée. Appuyés contre les oreillers, ils se racontèrent, entrecoupant de propos amusants et de rires des confidences qui parfois mettaient à mal leur sensibilité.

— Je ne veux rien vous cacher de mes doutes, de mes faiblesses, de mes contradictions et de mes erreurs...

— Tel que vous êtes, je vous aime, l'interrompit-elle.

Se libérant d'un flot qu'elle n'était plus capable de contenir, elle poursuivit :

— Depuis des mois, je vous porte dans chacune de mes pensées, chacun de mes actes. Je n'ai pas l'expérience de la vie, Marc, en tout cas pas la vôtre...

— Vous avez l'intelligence de votre propre vie. C'est cela qui compte...

Au milieu de la matinée, Judith monta à bord du bateau qui reliait les rives du fleuve. La capeline menacée par le vent, le visage chauffé par les rayons d'un soleil qu'elle n'essayait plus d'éviter, elle s'approchait de « Thèbes aux cent portes ».

Anes et carrioles attendaient sur la berge le bon vouloir des passagers mais, averti de la visite d'Alexis et de ses compagnons, Howard Carter avait dépêché automobile et chauffeur.

Après avoir longé des champs d'orge et de canne à sucre, traversé de paisibles villages où, dans un nuage de poussière, les enfants coururent derrière leur véhicule, croisé des troupeaux de buffles et de chèvres, ils empruntèrent le défilé qui, au travers d'un paysage hostile et minéral, menait à la retraite qu'avaient élue les pharaons.

Il ne fut pas compliqué pour Judith de localiser l'entrée du tombeau. Une foule de curieux s'y pressait. Photographes brandissant leurs appareils, journalistes armés de calepins, douairières suffoquant sous des ombrelles, ils étaient tous là, au coude-à-coude, à guetter les allées et venues de Carter et de son équipe.

— Cela fait plus d'une heure qu'ils n'ont rien sorti, gémissait une Américaine en ouvrant un thermos.

A peine Alexis eut-il décliné son identité que les gardes s'effacèrent...

— Il y en a qui ont de la chance, entendit Judith alors qu'elle commençait de descendre les marches conduisant à l'hypogée.

Par un étroit couloir, ils accédèrent à une pièce au seuil de laquelle les accueillit un homme brun, de taille moyenne et le visage orné d'une petite moustache.

— Entrez, leur dit-il après avoir échangé une brève accolade avec Alexis.

Ils se connaissaient depuis l'adolescence et c'était à ces liens privilégiés qu'était due cette visite.

— Si nous accédions à toutes les demandes, se plaignait l'archéologue, nous passerions notre temps en mondanités... Le travail n'avancerait pas.

Judith se familiarisa avec ce que l'on nommait l'antichambre, pièce exiguë aux murs recouverts de plâtre et encombrée d'un bric-à-brac qui constituait un mobilier funéraire royal dans sa presque intégralité.

— Les objets que vous voyez là n'ont pas encore été touchés, tout du moins par Carter, lui expliquait Marc. Pour tenter d'en deviner l'usage, il compte sur les indices que pourraient fournir leurs emplacements. Hélas, certains ont été bousculés par les pilleurs qui ont autrefois tenté de s'emparer du trésor... Regardez ces paniers ouverts, ces vases vidés de leurs huiles précieuses...

A côté il y avait une chaise au dossier ajouré et orné du génie de l'éternité, un trône enluminé des évocations de Toutankhamon et de son épouse, des chars démontés et des trompettes. Encadrant une porte scellée, deux grandes statues en bois verni noir représentaient le roi.

— Nous avons installé notre laboratoire dans la tombe voisine de Séthi II, leur apprit Carter. Y transporter les objets est un véritable cauchemar. Ils sont parfois si liés que pour dégager celui que nous voulons, il nous faut construire des réseaux d'échafaudages. Ensuite, nous prenons des notes, des photographies... Il nous est arrivé avec Harry Burton de prendre cinquante clichés du même vase afin d'en fixer l'époque.

A l'adresse de Judith et Geneviève, il ajouta :

— La majorité des gens croient que le fouilleur se dore au soleil en attendant que ses ouvriers lui apportent des trouvailles. Ils seraient déçus s'ils assistaient au travail de fourmi que nous accomplissons quotidiennement.

— Seules les intéressent la magie de la découverte et la magnificence du trésor, remarqua Alan Gardiner.

Avec les dessinateurs Hall et Hauser, le directeur des fouilles Lucas et le chimiste Mace, il faisait partie de l'équipe qui dirigée par Carter viendrait à bout des énigmes que ne manquerait pas de leur poser ce pharaon dont on savait qu'il avait quitté la capitale hérétique d'Amarna pour s'installer à Thèbes et y réinstaurer le culte du roi Amon.

— Vous, fit observer Judith en s'adressant à Carter, vous avez dû connaître le plus beau jour de votre vie quand vous avez eu la certitude que cette tombe n'avait pas été pillée.

— Je n'oublierai jamais, répliqua l'archéologue.

Ne se lassant pas d'un récit qu'il avait maintes fois conté, il commença :

— Dans la nuit du 26 novembre, nous avions déblayé le couloir par lequel vous êtes entrés, mais rien ne nous avait indiqué l'existence d'une chambre funéraire. Toute la matinée, le travail de déblayage s'est poursuivi. Au milieu de l'après-midi, nous avons découvert une porte marquée des sceaux de Toutankhamon. J'ai pratiqué une petite ouverture dans le coin inférieur gauche et introduit une tige de fer qui ne rencontra que le vide. Pour m'assurer qu'il n'y avait pas d'émanations dangereuses, j'ai placé une bougie devant l'ouverture, élargi le trou et regardé. D'abord, je n'ai rien vu. L'air chaud qui s'échappait de la chambre faisait vaciller la flamme de la bougie... A mesure que mes yeux se sont habitués à l'obscurité, j'ai distingué un scintillement d'or... Quand lord Carnarvon, notre commanditaire, m'a demandé :

« Vous voyez quelque chose ? », je n'ai su que répondre : « Oui, des merveilles ! »

Ensuite, il revécut son entrée dans l'antichambre.

— J'éprouvais un sentiment de respect, presque de gêne. Tandis que je prenais conscience de ce bol à demi plein de mortier, de l'empreinte de doigts sur une surface peinte ou de la guirlande d'adieu gisant sur le sol, j'avais l'impression que ces détails dataient de la veille.

Intarissable, Carter continua de donner des renseignements sur son intimité avec un jeune homme qui n'avait régné que six années et dont il espérait trouver le sarcophage derrière la porte scellée qu'il leur montra...

Lorsqu'ils revinrent au Winter Palace, le concierge tendit à Marc son courrier.

— Ces lettres sont arrivées pendant que vous étiez au Caire. Je suis navré que mon remplaçant ne vous les ait pas données.

— Ce n'est pas grave, le rassura Marc en passant en revue les enveloppes.

La plupart étaient ornées d'une écriture ronde et féminine que Judith reconnut, pour l'avoir observée sur des cartons d'invitation, comme celle de Florence Fournier. Une vague de désarroi la submergea, amenant à sa mémoire des regards échangés, des conversations interceptées... Marc et Florence ! Comment avait-elle eu la naïveté d'oublier leur relation ?

— Qu'y a-t-il, Judith... Vous êtes pâle ! La fatigue ?

— En effet ! J'ai besoin de me reposer.

— Pour être franc, moi aussi. Retrouvons-nous pour le dîner...

Seule, elle réfléchit. Que faisait-il en ce moment, sinon lire qu'on l'aimait et attendait son retour ?

Quand il frappa à sa porte, elle chercha dans ses yeux le reflet de l'autre, mais n'y décela qu'une lueur de tendresse à son égard.

— Vous sentez-vous mieux ?

— Oui, merci...

Pourquoi charger de nuages un ciel qui ne demandait qu'à rester limpide ? Les jours suivants, elle s'en tint à cette attitude, repoussant, dès que celles-ci envahissaient son esprit, des bouffées d'incertitude et de jalousie indignes de leur relation. Posséder Marc, elle ne le voulait pas, de même qu'elle ne voulait pas qu'il la possédât...

— Depuis que je suis en Egypte, vous n'avez pas écrit... Est-ce moi qui vous dissipe ? remarqua-t-elle.

— Certainement ! Et je ne m'en plains pas ! J'aime cette pause où seuls comptent la vie et notre dialogue.

Un après-midi alors qu'elle était allée le chercher dans sa chambre afin de se rendre à Karnak, elle le trouva, les cheveux humides du bain qu'il venait de prendre, la cigarette à la bouche, assis à son bureau en train de noircir une feuille de papier.

— Je reviendrai tout à l'heure, s'excusa-t-elle.

— Vous pouvez rester. Je n'en ai pas pour longtemps.

N'ayant jamais supporté la moindre présence pendant qu'il rédigeait un roman ou un récit, il fut lui-même surpris de sa réponse. Tout comme il le fut par le besoin qu'il eut de lui lire les quelques lignes qu'il venait de tracer...

Ils parcoururent le temple de Karnak, symbole parfait de la perpétuelle évolution, hymne intemporel où dieux et hommes réunis avaient gagné la victoire sur l'oubli. Après avoir erré dans un dédale de pylônes, d'obélisques dressés, brisés, couchés, traversé un entrelacs de pierres angulaires que n'adoucissait aucune végétation, ils parvinrent à la salle hypostyle. Telles des légions, d'immenses colonnes s'élevaient, privées de toit, jusqu'au ciel qui glissait vers les teintes lilas et bleutées du crépuscule. Ce n'était pas la première fois qu'ils venaient écouter le grand silence, mais cette promenade était empreinte de la nostalgie propre aux ultimes rendez-vous. Judith prendrait le lendemain le chemin du retour. En revenant sur leurs pas, Marc annonça :

— Je ne rentrerai pas en France à la fin de la saison.

Comme elle ne posait pas de questions, il ajouta :

— J'ai pris la décision d'aller au Chili pour y rencontrer ma famille maternelle. C'est une démarche que je n'avais pas voulu accomplir jusqu'à présent... Par peur d'affronter le passé de ma mère. Maintenant je me sens capable de la comprendre et de l'aimer pour ce qu'elle était. C'est le dernier maillon d'une quête qui n'a que trop duré.

S'il semblait se parler à lui-même, elle savait qu'il n'en était rien et que, par cette confession, il la mêlait à ce qu'il possédait de plus précieux : son enfance et ses rêves amputés, sa trop longue solitude et l'espérance qu'il avait d'en oublier le goût.

Ils longèrent la rive du Nil où, autour des feux de camp, pêcheurs et guides fumaient un dernier narguilé.

— Après ce voyage, je me sentirai capable de construire ma vie.

48

« Construire ma vie », mots que Judith se répéta lorsqu'elle eut regagné Paris... Mue par une énergie plus canalisée, elle mena de front créativité et développement de son affaire. L'Egypte lui avait inspiré des diadèmes en fleurs de lotus, des bracelets en tourmaline et turquoise que ses clientes ne tardèrent pas à s'arracher. Quant à la gamme fantaisie, elle l'élargit jusqu'à fournir à un couturier dont on commençait à murmurer le nom pendentifs, gants et sacs qui, en épousant le thème des collections saisonnières, s'adaptaient à la mode du moment. Ses plus grands efforts lui furent demandés par le projet qu'elle conçut puis soumit au jury qui, sous la présidence de Georges Fouquet, devait sélectionner des joailliers que leur originalité et leur modernisme rendaient dignes de figurer à l'Exposition universelle de 1925.

Antoine, qui se présentait dans la classe « mobilier », l'avait exhortée à suivre son exemple.

— L'expérience mérite d'être tentée.

— Tu as raison. Dès demain, je vais me renseigner sur les modalités d'inscription.

Elle passa des nuits à dessiner, reprendre, déchirer, élaborer colliers en ambre et diamants, broches à motifs géométriques, bagues où prédominaient les cabochons, épingles à chapeau ou boucles de souliers. Ouvrage de fourmi qui l'aurait anéantie sans l'émulation et le réconfort qu'elle trouvait auprès d'Irina et de Georges, lancés eux aussi dans la compétition.

— Cette manifestation va bouleverser le goût du public, aimait à répéter Vicky quand elle les rejoignait à la Rotonde, où ils avaient l'habitude de se rencontrer le dimanche après-midi. Dès sa fermeture, nous aurons des carnets remplis de commandes.

— Avant de songer au futur, tu ferais bien de rattraper le retard que tu as accumulé ces dernières semaines, la coupa Antoine. J'attends tes tissus pour l'ambassade de Norvège.

— Tu vas les avoir, ne t'inquiète pas. Mais ma vie est en train de changer et...

— Ta vie est une chose, Vicky, ton travail en est une autre. Je te l'ai déjà dit !

— Oui, oui, bien sûr !

Elle s'interrompit, tapota son fume-cigarette contre un cendrier puis déclara avec un petit sourire satisfait :

— Savez-vous que les Fournier ont décidé de divorcer ?

— Tu plaisantes ! s'exclama Georges.

— Pas le moins du monde.

— En es-tu la cause ?

— N'exagérons rien !

— Ta liaison avec Eric n'est un secret pour personne.

Georges ajouta sans cacher son étonnement :

— Je ne comprends pas pourquoi Florence ne m'a rien dit lors de notre dernière entrevue. Je suis pourtant son meilleur ami.

— Il y a d'autres choses qu'elle te cache, répliqua Vicky en le fixant de ses yeux verts.

Le cœur battant, Judith avait assisté à cet échange. Ainsi, dans peu de temps, Florence serait libre de tout lien. S'était-elle fatiguée des escapades de son époux, ou ne pouvait-elle plus étouffer ses sentiments pour Marc ? Celui-ci était-il au courant de cette décision ?

Question qu'elle se posa jour après jour et qui finit par lui ôter une grande part d'optimisme. « Je suis ridicule, se répétait-elle, ridicule d'être suspendue au choix d'un homme. »

Mais comment lutter contre des paroles qu'il avait murmurées pour elle seule, contre cette sensation d'invincibilité qu'elle n'avait éprouvée qu'en sa compagnie, comment oublier la connivence, la gaieté propres à ceux qui s'étaient toujours connus, comment réprimer cet élan où, au-delà de l'attirance, de la sensualité, existait une tendresse qui s'apparentait à celle que l'on réservait aux êtres de son sang... Pour lui rendre plus lourde sa solitude, ses proches se mariaient. Au début de l'été et un mois avant la naissance de leur enfant, Antoine épousa Irina en l'église orthodoxe de la rue Daru. Pierre, vaincu par la passion que lui vouait Sabine, finit par lui glisser au doigt une bague qui avait requis toute l'attention de la maison Fontange. S'ajouta le déménagement de Geneviève qui partait s'installer chez Alexis.

Curieuse période, constatait Judith, où tout changeait, évoluait. Un pan de son existence disparaissait, entraînant avec lui des années d'inconscience, de risques, de doutes et de remise en question, des années riches de promesses tenues, d'amours ébauchées, d'amitié partagée, des années qui l'avaient préparée à garder la tête froide face à son début de succès. New York ayant accueilli avec bienveillance ses bijoux, elle avait promis à son associé américain de se rendre là-bas avant Noël afin d'y étudier l'agrandissement de sa gamme.

— Et pourquoi pas l'ouverture d'un magasin qui porterait votre nom ? lui suggéra Alexis, un jour où elle déjeunait chez lui.

— Il vaut mieux attendre les résultats que j'obtiendrai à l'Exposition.

— Tu as été acceptée ? s'exclama Geneviève.

— Oui.

— A votre succès ! déclara Alexis après avoir demandé que l'on ouvrît une bouteille de champagne.

— Et au prochain retour de Marc, ajouta Geneviève en guettant la réaction de son amie.

Puis elle expliqua :

— Une carte est arrivée ce matin de Santiago. Sa venue à Paris est prévue pour la semaine prochaine.

La semaine prochaine ! Bientôt, Judith saurait si ce qu'elle avait vécu avec Marc comptait encore ou si Florence avait gagné la bataille. Incapable d'attendre son amant à Paris, elle décida de se réfugier à Cormery où sa mère saurait trouver les gestes et les paroles dont elle aurait besoin.

Participer aux vendanges qui battaient leur plein lui changerait les idées.

En compagnie de Marthe et d'Anna, elle se rendit tôt le matin à la Thironnière, la propriété vinicole des Delorme. Puis, un sécateur à la main, elle avança entre les rangées de ceps et coupa les grappes qui rempliraient sa hotte d'osier.

— Je n'en peux plus, gémit Anna en s'épongeant le front du revers de la main.

Il allait être midi et, le temps s'y prêtant, des villageoises déplièrent dans un pré voisin de grandes nappes à carreaux sur lesquelles elles disposèrent miches de pain, volailles et rillons, sans oublier des bouteilles du vin blanc et fruité.

La table est mon péché mignon
J'aurai la douce souvenance
Autant que je vivrai
Du vouvray.

Couplet que reprenaient les garçons qui, juchés sur des charrettes, déversaient le contenu des hottes. A leurs voix répondaient celles de jouvencelles aux joues rougies par le soleil et l'effort. La tête protégée d'un fichu, elles offraient leurs gorges et leurs bras brunis aux regards de leurs galants qui profitaient des pauses pour réclamer des baisers. A cette fête de la vie et des sens, personne ne pouvait se soustraire, pas même Judith, qui, grisée d'odeurs et de rires, s'était allongée dans l'herbe et plaisantait avec le fils du maire, tout juste rentré du service militaire. En levant les yeux, elle apercevait, juchée sur le coteau, la propriété des Fournier.

« Ils y ont à peine séjourné depuis l'inauguration, lui avait appris sa mère. Maintenant elle est à vendre… Quel gâchis ! »

La collation et une courte sieste terminées, chacun retourna à sa tâche.

Judith appréciait ces instants, où seuls comptaient le corps dont on reculait les limites et cette joie presque enfantine. Elle rajustait son chapeau de paille, quand elle suspendit son geste.

Etait-elle victime d'une hallucination, de son fol espoir, ou était-ce Marc qu'elle découvrait en train de parler avec un vendangeur qui, au bout de quelques secondes, la désigna du doigt ? Puis elle le vit se diriger vers elle.

— M'imposer des marathons est devenu votre spécialité, lui dit-il sur un ton qu'il aurait souhaité rendre léger mais dans lequel perçait l'émotion. Dès que je suis arrivé à Paris, je vous ai téléphoné. Quelle idée avez-vous eue de vous réfugier ici alors que vous étiez au courant de ma venue !

Comme elle le fixait sans répondre, il ajouta :

— Je crois comprendre... et je devrais vous en vouloir d'avoir douté.

Distraitement, il caressa la tête du chien qui flairait sa veste et murmura :

— Si seulement vous saviez combien j'ai couru pour mettre de l'ordre dans mes affaires les plus urgentes, raisonner Florence, sauter dans un train, retrouver votre moulin puis, sur les renseignements de votre servante, venir vous chercher jusqu'ici...

— Vous devez avoir très soif, l'interrompit-elle en lui tendant la grappe qu'elle venait de couper.

Sans avoir conscience qu'autour d'eux le travail s'était arrêté, ils se regardèrent avec la sensation d'être unis par une identité plus profonde que leurs différences...

Epilogue

Le soir du 28 avril 1925, Judith traversa le pont Alexandre-III, laissant à sa gauche la tour Eiffel qu'André Citroën avait enveloppée de guirlandes lumineuses. Elle gagna la rive droite le long de laquelle s'échelonnaient pavillons et embarcations multicolores. Demain serait inaugurée l'Exposition des Arts décoratifs, dont l'organisation avait causé tant de tracas à la ville de Paris qui, après d'interminables discussions, avait permis aux nations du monde de s'installer sur l'esplanade des Invalides et les berges de la Seine.

Un emploi du temps chargé l'avait empêchée de jeter un dernier regard à la vitrine contenant ses créations. Avec l'intention de forcer les consignes, elle se présenta à l'entrée du Grand Palais. Après de longues palabres, elle obtint l'autorisation de traverser le côté droit de la nef puis d'accéder à la section des joailliers.

Sous un velum lamé or, s'ordonnaient les vitrines d'Aucoc, Boucheron, Lacloche, Mauboussin, Van Cleef, Fouquet, Sandoz, Templier, Fontange...

Avec émotion, Judith s'arrêta devant le rubis pour lequel elle avait imaginé une nouvelle monture. Avec cette vision surgit le souvenir de Raphaël, ainsi que celui des hommes qui, au cours de ces sept dernières années, l'avaient aimée, encouragée et aidée... Antoine, Jacques, Samuel et Marc l'avaient rejointe, l'entourant de leur confiance. Dans un grand murmure, elle les entendait lui souffler d'oublier ce qu'elle avait sous les yeux afin d'aller plus loin dans son art, puisque l'avenir seul pouvait être perdu...

Romans « Terres de France »

Jean Anglade
Un parrain de cendre
Le Jardin de Mercure
Y a pas d'bon Dieu
La Soupe à la fourchette
Un lit d'aubépine
La Maîtresse au piquet
Le Saintier
Le Grillon vert
La Fille aux orages
Un souper de neige
Les Puysatiers
Dans le secret des roseaux
La Rose et le Lilas
Avec le temps…
L'Ecureuil des vignes
Une étrange entreprise
Le Temps et la paille
Les Ventres jaunes
Le Semeur d'alphabets
La Bonne Rosée
Un cœur étranger
Les Permissions de mai
Les Délices d'Alexandrine
Le Voleur de coloquintes
Sylvie Anne
Mélie de Sept-Vents
Le Secret des chênes
La Couze
Ciel d'orage sur Donzenac
La Maîtresse du corroyeur
Un horloger bien tranquille
Un été à Vignols
La Lavandière de Saint-Léger
L'Orpheline de Meyssac
Le Pain des Cantelou
Victorine, le pain d'une vie
Jean-Jacques Antier
Tempête sur Armen
La Fille du carillonneur
Marie-Paul Armand
Le Vent de la haine
Louise
Benoît
La Maîtresse d'école
La Cense aux alouettes
L'Enfance perdue
Un bouquet de dentelle
Au bonheur du matin
Le Cri du héron
Le Pain rouge
La Poussière des corons
Nouvelles du Nord
La Courée
Victor Bastien
Retour au Letsing
Henriette Bernier
L'Enfant de l'autre
L'Or blanc des pâturages
L'Enfant de la dernière chance
Le Choix de Pauline
La Petite Louison
Petite Mère
Le Rêveur de l'écluse
Une femme empêchée
Françoise Bourdon
La Forge au Loup
La Cour aux paons
Le Bois de lune
Le Maître ardoisier
Les Tisserands de la Licorne
Le Vent de l'aube
Les Chemins de garance
La Figuière en héritage
La Nuit de l'amandier
La Combe aux Oliviers
Patrick Breuzé
Le Silence des glaces

La Grande Avalanche
La Malpeur
La Lumière des cimes
Nathalie de Broc
Le Patriarche du Bélon
La Dame des Forges
La Tresse de Jeanne
Loin de la rivière
La Rivière retrouvée
La Sorcière de Locronan
Annie Bruel
Le Mas des oliviers
Les Géants de pierre
Marie-Marseille
Michel Caffier
Le Hameau des mirabelliers
La Péniche Saint-Nicolas
Les Enfants du Flot
La Berline du roi Stanislas
La Plume d'or du drapier
L'Héritage du mirabellier
Marghareta la huguenote
Le Jardinier aux fleurs de verre
Porte-plumes au vent
Daniel Cario
La Miaulemort
Jean-Pierre Chabrol
La Banquise
Claire Chazal
L'Institutrice
Martine Alix Coppier et Jean-Michel Thibaux
Le Trésor de la Nore
Didier Cornaille
Les Labours d'hiver
Les Terres abandonnées
Etrangers à la terre
L'Héritage de Ludovic Grollier
L'Alambic
Adam en héritage
Georges Coulonges
Les Terres gelées
La Madelon de l'an 40
L'Enfant sous les étoiles
Les Flammes de la Liberté
Les blés deviennent paille
L'Eté du grand bonheur
Des amants de porcelaine
Le Pays des tomates plates
La Terre et le Moulin
Les Sabots de Paris
Les Sabots d'Angèle
La Liberté sur la montagne
Les Boulets rouges de la Commune
Pause-Café
La Fête des écoles
Anne Courtillé
Les Dames de Clermont
Florine
Dieu le veult
Les Messieurs de Clermont
L'Arbre des dames
Le Secret du chat-huant
L'Orfèvre de Saint-Séverin
La Chambre aux pipistrelles
Paul Couturiau
En passant par la Lorraine
L'Abbaye aux loups
Annie Degroote
La Kermesse du diable
Le Cœur en Flandre
L'Oubliée de Salperwick
Les Filles du Houtland
Le Moulin de la Dérobade
Les Silences du maître drapier
Le Colporteur d'étoiles
La Splendeur des Vaneyck
Les Amants de la petite reine
Un palais dans les dunes
Renelde, fille des Flandres
Les Jardins du vent
Alain Dubos
Les Seigneurs de la haute lande
La Palombe noire
La Sève et la Cendre
Le Secret du docteur Lescat
Constance et la Ville d'Hiver

Claude Duneton
Le Monument
Marie-Bernadette Dupuy
L'Orpheline du bois des Loups
Les Enfants du Pas du Loup
La Demoiselle des Bories
Le Chant de l'Océan
Le Moulin du Loup
Le Chemin des Falaises
Les Tristes Noces
Elise Fischer
Trois Reines pour une couronne
Les Alliances de cristal
Mystérieuse Manon
Le Soleil des mineurs
Les cigognes savaient
Confession d'Adrien le colporteur
Le Secret du pressoir
Sous les mirabelliers
Laurence Fritsch
La Faïencière de Saint-Jean
Alain Gandy
Adieu capitaine
Un sombre été à Chaluzac
L'Enigme de Ravejouls
Les Frères Delgayroux
Les Corneilles de Toulonjac
L'Affaire Combes
Les Polonaises de Cransac
Le Nœud d'anguilles
L'Agence Combes et Cie
Suicide sans préméditation
Fatale Randonnée
Une famille assassinée
Le piège se referme
Gérard Georges
La Promesse d'un jour d'été
Les Bœufs de la Saint-Jean
L'Ecole en héritage
Le Piocheur des terres gelées
Les Amants du chanvre
La Demoiselle aux fleurs sauvages
Jeanne la brodeuse au fil d'or
Les Chemins d'améthyste
Denis Humbert
La Malvialle
Un si joli village
La Rouvraie
L'Arbre à poules
Les Demi-Frères
La Dernière Vague
Yves Jacob
Marie sans terre
Les Anges maudits de Tourlaville
Les blés seront coupés
Une mère en partage
Un homme bien tranquille
Le Fils du terre-neuvas
Hervé Jaouen
Que ma terre demeure
Au-dessous du calvaire
Les Ciels de la baie d'Audierne
Les Filles de Roz-Kelenn
Ceux de Ker-Askol
Les Sœurs Gwenan
Michel Jeury
Au cabaret des oiseaux
Marie Kuhlmann
Le Puits Amélie
Passeurs d'ombre
Les Filles du pasteur Muller
Guillemette de La Borie
Les Dames de Tarnhac
Le Marchand de Bergerac
La Cousette de Commagnac
Le Double Secret de Bigaroque
Gilles Laporte
Le Loup de Métendal
Jean-Pierre Leclerc
Les Années de pierre
La Rouge Batelière
L'Eau et les jours
Les Sentinelles du printemps
Un amour naguère
Julien ou l'Impossible Rêve

A l'heure de la première étoile
Les Héritiers de Font-Alagé
De longues fiançailles
Hélène Legrais
Le Destin des jumeaux Fabrègues
La Transbordeuse d'oranges
Les Herbes de la Saint-Jean
Les Enfants d'Elisabeth
Les Deux Vies d'Anna
Les Ombres du pays de la Mée
Eric Le Nabour
Les Ombres de Kervadec
Louis-Jacques Liandier
Les Gens de Bois-sur-Lyre
Les Racines de l'espérance
Jean-Paul Malaval
Le Domaine de Rocheveyre
Les Vignerons de Chantegrêle
Jours de colère à Malpertuis
Les Compagnons de Maletaverne
Le Carnaval des loups
Les Césarines
Grand-mère Antonia
Une maison dans les arbres
Une reine de trop
Une famille française
Le Crépuscule des patriarches
La Rosée blanche
L'Homme qui rêvait d'un village
L'Auberge des Diligences
Le Notaire de Pradeloup
Quai des Chartrons
Dominique Marny
A l'ombre des amandiers
La Rose des Vents
Et tout me parle de vous
Jouez cœur et gagnez
Il nous reste si peu de temps
Pascal Martin
Le Trésor du Magounia
Le Bonsaï de Brocéliande
Les Fantômes du mur païen
La Malédiction de Tévennec
L'Archange du Médoc
Louis Muron
Le Chant des canuts
Henry Noullet
La Falourde
La Destalounade
Bonencontre
Le Destin de Bérengère Fayol
Le Mensonge d'Adeline
L'Evadé de Salvetat
Les Sortilèges d'Agnès d'Ayrac
Le Dernier Train de Salignac
Michel Peyramaure
Un château rose en Corrèze
Les Grandes Falaises
Frédéric Pons
Les Troupeaux du diable
Les Soleils de l'Adour
Passeurs de nuit
Jean Siccardi
Le Bois des Malines
Les Roses rouges de décembre
Le Bâtisseur de chapelles
Le Moulin de Siagne
Un parfum de rose
La Symphonie des loups
La Cour de récré
Les Hauts de Cabrières
Les Brumes du Mercantour
La Chênaie de Seignerolle
Bernard Simonay
La Fille de la pierre
La Louve de Cornouaille
Jean-Michel Thibaux
La Bastide blanche
La Fille de la garrigue
La Colère du mistral
L'Homme qui habillait les mariées
La Gasparine
L'Or des collines
Le Chanteur de sérénades
La Pénitente
L'Enfant du mistral

L'Or du forgeron
Jean-Max Tixier
Le Crime des Hautes Terres
La Fiancée du santonnier
Le Maître des roseaux
Marion des salins
Le Mas des terres rouges
L'Aîné des Gallian
L'Ombre de la Sainte-Victoire
Brigitte Varel
Un village pourtant si tranquille
Les Yeux de Manon
Emma
L'Enfant traqué
Le Chemin de Jean
L'Enfant du Trièves
Le Déshonneur d'un père
Blessure d'enfance
Mémoire enfouie
Une vérité de trop
Louis-Olivier Vitté
La Rivière engloutie
L'Enfant des terres sauvages
L'Inconnue de la Maison-Haute
Le Secret des trois sœurs
Colette Vlérick
La Fille du goémonier
Le Brodeur de Pont-l'Abbé
La Marée du soir
Le Blé noir
Les Terres chaudes

Cet ouvrage a été imprimé en France par

CPI BUSSIÈRE

à Saint-Amand-Montrond (Cher)
en octobre 2010

N° d'édition : 8773 – N° d'impression : 102962/1
Dépôt légal : octobre 2010